HAYMON verlag

Edith Kneifl

# Stadt der Schmerzen

*Ein Florenz-Krimi*

*für Angelika*

Gedruckt mit freundlicher Unterstützung der Stadt Wien, Magistratsabteilung 7 – Kultur, sowie des Landes Oberösterreich, Direktion Kultur/Institut für Kunst und Volkskultur.

Auflage:
7 6 5 4 3 2 1
2017 2016 2015 2014 2013 2012 2011


**HAYMON** verlag
Innsbruck-Wien
www.haymonverlag.at



**ISBN 978-3-85218-681-8**

Umschlag- und Buchgestaltung, Satz:
hœretzeder grafische gestaltung, Scheffau/Tirol
Coverfoto: © Lorenzo Carlmagno
Fotos: © Lorenzo Carlmagno

Gedruckt auf umweltfreundlichem,
chlor- und säurefrei gebleichtem Papier.

## Prolog

*Er schmeckt sein eigenes Blut. Die Faust seines Gegners hat ihn mitten ins Gesicht getroffen, seine Oberlippe ist aufgeplatzt. Verblüfft wischt er sich mit der Hand über den Mund. Dann schlägt er zurück. Zielt auf den Unterleib des anderen. Sein Gegner krümmt sich vor Schmerzen. Torkelt. Fast sieht es aus, als würde er sich im Takt einer bekannten Melodie bewegen.*

*Woher kommt die verdammte Musik? Irritiert blickt er zur Tür. Beinahe hätte er den zweiten Angriff seines Gegners übersehen. Dieser hält plötzlich einen Fleischerhaken in der Hand und geht damit auf ihn los. Er versucht, ihm den Haken zu entreißen, dreht ihm den Arm auf den Rücken. Der Mann schreit, hält aber den Haken fest umklammert und tritt mit den Füßen nach ihm.*

*Die Musik ist lauter geworden. Toscas „Certa sono del perdono se tu guardi al mio dolor" hallt durch den kühlen Raum.*

*Der andere tritt ihn mit dem Fuß gegen das Knie. Er taumelt. Fängt sich sogleich wieder. Stürzt sich auf den Angreifer. Bekommt sein Handgelenk zu fassen und versucht erneut, ihm den Fleischerhaken zu entwinden.*

*Heftiges Schnaufen der beiden Kämpfenden mischt sich unter die sehnsüchtigen Klänge von Cavaradossis Arie „E lucevan le stelle".*

*Die Linke seines Gegners trifft ihn an der rechten Schläfe. Er sieht ein Flimmern vor den Augen. Die bunten Fliesen an den Wänden erstrahlen wie das Firmament in einer klaren Nacht. Aber er geht nicht zu Boden. Seine Fingernägel krallen sich in das Handgelenk des anderen. Mit voller Wucht stößt er ihm sein Knie zwischen die Beine. Aus der Rauferei ist mittlerweile ein Kampf auf Leben und Tod geworden.*

*Als sich der Fleischerhaken in den Oberschenkel des Angreifers bohrt, hallt immer noch Cavaradossis Gesang durch den Kühlraum. Die Schreie des Verwundeten übertönen bald den großartigen Tenor. Es sind hohe, fast unmensch-*

*liche Schreie. Die Spitze des Fleischerhakens hat sich in die Schlagader des Oberschenkels gebohrt. Als er den Haken herauszieht, schießt das Blut mit solcher Wucht aus der Wunde, dass es bis an die Wand spritzt.*

*Er greift nach seiner Anzugjacke, drückt sie auf die offene Wunde, versucht vergeblich, den Blutschwall zu stoppen. Den Tod seines Gegners hat er nicht gewollt.*

*Das schreckliche Kreischen wird schwächer und schwächer. Es wird nicht mehr lange dauern. In ein paar Sekunden wird der andere tot sein. Die Finger, die sich um seine Anzugjacke gekrallt haben, erschlaffen bereits. Ein letztes Röcheln. Es ist vorbei, noch bevor Toscas verzweifeltes „Mario! Mario!" erklingt.*

## Teil 1

### 1.

Nach zehnstündiger Autofahrt drohte mein Kopf zu explodieren. Das Pochen in meinen Schläfen war unerträglich. Was für eine Schnapsidee, mich von Orlando überreden zu lassen, ihn zum Begräbnis seines italienischen Vaters nach Florenz zu begleiten.

Orlandos Vater, ein italienischer Adeliger, war leider nicht mit seiner Mutter, sondern mit einer anderen Frau verheiratet gewesen, als er ihn gezeugt hatte. Trotzdem besaß Orlando eine gewisse Sympathie für die Monarchie. Während der langen Fahrt hatte er mich über seinen komplizierten Stammbaum aufgeklärt, der angeblich bis ins 16. Jahrhundert zurückreichte, und mir von seiner noblen Verwandtschaft vorgeschwärmt.

Bevor ich angefangen hatte, als Kellnerin zu arbeiten, hatte ich Geschichte studiert und auch einige Vorlesungen in Kunstgeschichte besucht. Momentan konnte ich mich aber für gar nichts begeistern: Die bronzene Kopie des David, der fantastische Blick von der Piazzale Michelangelo auf die Stadt, die älteste Kirche von Florenz, die als eine der schönsten romanischen Kirchen Italiens galt – nichts als vergeudete Schönheit für meine müden Augen.

Es war Mitte Juli und drückend schwül. Der Himmel war grau. Von den Boboli-Gärten strömte warme süßliche Luft herauf. Es roch nach Lorbeer.

Leise fluchend keuchte ich die unzähligen Stufen zu San Miniato al Monte hoch. Orlando hatte sich bei mir eingehängt. Ich schüttelte seinen Arm ab.

„Ich schleppe genug eigene Kilos mit mir herum", zischte ich ihn an.

„Hat diese Treppe nicht auch Michelangelo gebaut?“, fragte er.

„Was weiß ich. In dieser Stadt ist alles große Kunst“, antwortete ich unwirsch.

Ich war die ganze Strecke von Wien nach Florenz allein gefahren, obwohl Orlando versprochen hatte, mich am Steuer abzulösen. Als ich ihn dann kurz vor Bologna bat, sich ans Steuer zu setzen, hatte er vorgegeben, unter heftigen Bauchkrämpfen zu leiden. Wahrscheinlich besaß er in Wirklichkeit gar keinen Führerschein.

Wir waren mitten in der Nacht losgefahren. Auf der Südautobahn und im Kanaltal war nicht viel los gewesen, aber vor Mestre waren wir in den Frühverkehr geraten und eineinhalb Stunden im Stau gestanden. Ich bin ein ungeduldiger Mensch. Ein Stau gehört zum Schlimmsten, was mir passieren kann. Der dichte Verkehr hatte bis Florenz angehalten. Wir waren nur im Schneckentempo vorangekommen. In Florenz hatten wir uns verfahren, obwohl Orlando behauptet hatte, diese Stadt wie seine Westentasche zu kennen. Wir waren uns in die Haare geraten, und ich hatte kein Wort mehr mit ihm geredet, bis wir endlich einen Parkplatz in der Nähe der Piazzale Michelangelo gefunden hatten. Nachdem wir uns im Auto rasch für das Begräbnis umgezogen hatten, waren wir zur Kirche geeilt.

San Miniato al Monte war bis auf den letzten Platz besetzt. Halb Florenz schien von dem alten Rudolfo Pazzini Abschied nehmen zu wollen. Jede Menge Fotografen und Journalisten, sogar ein Fernsehteam, waren anwesend.

„Fantastisch“, murmelte Orlando beeindruckt. „Mein Vater war ein berühmter Mann!“

Orlando hatte sich wieder einmal viel zu stark geschminkt. Inmitten all dieser aufgetakelten Society-Ladies fiel er jedoch kaum auf. Zum Glück hatte ich ihn davon abbringen können, sein bodenlanges schwarzes Kleid anzuziehen. Genau genommen hatte ich ihn erpresst: Ich hatte nur eingewilligt, mit zu diesem Begräbnis zu fahren, wenn er nicht in seinem heiß geliebten Sisi-Look auftreten würde. Er hatte sogar auf die Diamantsternchen in seiner Langhaarperücke verzichtet und sich nur in ein wadenlanges, hautenges dunkelblaues Cocktailkleid gezwängt.

„Was sagen eigentlich deine italienischen Verwandten dazu, dass du immer in Frauenkleidern herumläufst?", fragte ich ihn, als wir die Kirche betraten.

„Lass mich in Frieden", zischte er.

Der schwarz lackierte Sarg mit den in Gold geprägten Initialen des Verstorbenen wurde von fünf Männern flankiert. Ich erkannte Francesco, den Halbbruder Orlandos, den ich schon auf Fotos gesehen hatte. Ein Mann um die Vierzig, mit dunkelbraunem, langem Haar, auffallend hellblauen Augen und einer klassisch römischen Nase. Er war mittelgroß und gut gebaut.

„Da fehlt noch einer", sagte ich leise. „Wahrscheinlich haben sie mit dir als sechstem Sargträger gerechnet."

„Davon hat mir keiner was gesagt", maulte Orlando. „In diesem Kleid kann ich unmöglich ..."

„Psst!", fauchte jemand in der Reihe hinter uns.

„Mein Cousin Riccardo ist nicht da", flüsterte Orlando. „Bestimmt war er als sechster Mann vorgesehen."

Als der Priester mit seiner Predigt begann, hörte ich weg. Das Innere von San Miniato al Monte war voller Kunstschätze. Ich erhaschte einen Blick auf den Kreuzaltar von Michelozzo und das Grabmal, das Rosselino für Kardinal Jacob von Lusitanien errichtet hatte.

„Ich muss mich gleich übergeben", jammerte Orlando. „Dieser verdammte Weihrauch ..."

„Okay. Lass uns kurz verschwinden. Das dauert eh ewig hier", murmelte ich und deutete ihm, mir zu folgen. Anstatt mit ihm ins Freie zu gehen, zog ich ihn hinter mir her in die Krypta. Wenn ich schon mal hier war, wollte ich mir wenigstens den Altar ansehen, in dem die Gebeine des heiligen Minias lagen.

„Kaiser Decius hat Minias 250 nach Christus enthaupten lassen. Angeblich hat Minias sein abgeschlagenes Haupt aufgehoben und ist damit bis zu dieser Stelle gegangen, an der die Christen dann über seinem Grab die erste Kirche der Stadt errichtet haben“, erklärte ich ihm im Flüsterton. Ich hatte für Märtyrer viel übrig.

„Hör mit deinen Schauergeschichten auf, Katharina, mir ist schlecht“, protestierte er.

Ein Mönch in weißer Kutte kniete allein in der düsteren Krypta. Plötzlich beleuchtete ein Sonnenstrahl, der durch ein winziges vergittertes Fenster drang, sein kahles Haupt.

„Sieht er nicht aus wie der Heilige Geist höchstpersönlich“, sagte ich begeistert.

Orlando zupfte mich am Ärmel meines schwarzen Seidenshirts, das ich mir extra für das Begräbnis gekauft hatte. „Ich finde, wir sollten den Alten nicht bei seiner Meditation stören“, flüsterte er.

Gerade rechtzeitig betraten wir wieder das Kirchenschiff. Die Männer hoben nun den Sarg hoch. Ein Ministrant sprang für den fehlenden sechsten Träger ein. Die Trauergemeinde folgte ihnen in angemessenem Abstand. Orlando wollte sich zu seinen Angehörigen vordrängen. Ich hielt ihn zurück und reihte mich mit ihm in der Mitte des Trauerzuges ein.

Die Sargträger hatten soeben die Treppe erreicht, als ein lauter Schrei ertönte.

Ein großer grauhaariger Mann in offenem Hemd und ohne Krawatte stand am Ende der Treppe und schrie noch einmal: „Riccardo ist tot!“

„Wer ist tot?“ „Was ist passiert?“ „Nein, das darf nicht wahr sein!“ „Um Himmels willen!“ „Der Neffe?“ „Auroras Sohn.“ „Nein, unmöglich, Riccardo?“, schrien die Trauergäste durcheinander.

Eine elegant gekleidete ältere Dame, die knapp hinter dem Sarg ging, fiel in Ohnmacht. Dann brach ein Tumult aus. Alle rannten Richtung Ausgang. Schoben und drängten mit Fäusten und Ellenbogen. Hüte flogen, Schals zerrissen und deftige Flüche ertönten.

Ich ließ mich von der Menge treiben. Passte höllisch auf, nicht zu stolpern, denn ich hatte Angst, niedergetrampelt zu werden. Bald hatte ich Orlando aus den Augen verloren.

Ein lautes Poltern und Krachen. Der Ministrant war weniger vorsichtig gewesen als ich und über den Saum seines langen Gewandes gestürzt. Er hatte Francesco ebenfalls zu Fall gebracht. Der Sarg war ihnen entglitten und rutschte über die Stiegen. Entsetzt folgten hunderte Augenpaare diesem makabren Schauspiel. Der Sarg wurde immer schneller und schneller, raste unter dem Schreien und Stöhnen der Trauergesellschaft die steile Treppe hinunter.

Nach ein paar Schrecksekunden liefen einige Männer dem Sarg nach. Es herrschte das perfekte Chaos. Orlando war nirgends zu sehen. Ich hielt mich abseits von dem Getümmel und zündete mir eine Beruhigungszigarette an.

Als die Männer den ramponierten Sarg wieder die Treppe hinaufschleppten, erklangen vereinzelte Bravo-Rufe.

Die Familie des Verstorbenen war umringt von aufgeregten Menschen. Francesco war kreidebleich. Der Sturz hatte Spuren in seinem hübschen Gesicht hinterlassen. Das Cut über seinem rechten Auge blutete, und seine Oberlippe war aufgeplatzt. Heftig gestikulierend redete er auf die umstehenden Leute ein. Eine Frau in meinem Alter, also um die Vierzig, stand in Tränen aufgelöst neben ihm und klammerte sich an seinen Arm. Der große, stattliche Mann, der die Hiobsbotschaft überbracht hatte, versuchte einen Fotografen davon abzuhalten, Bilder von den aufgebrachten Trauergästen zu schießen. Er bedrohte ihn mit seinen Fäusten und entriss ihm schließlich die Kamera.

Eine Hand berührte meine linke Schulter. Ich zuckte zusammen. Drehte mich um.

„Oh mein Gott, Orlando, wo warst du?"

„Vorne bei meinen Verwandten", schluchzte er.

Ich legte den Arm um seine Schultern und drückte ihn an mich. „Beruhige dich. Schau, sie bringen deinen Vater schon wieder zurück", sagte ich und deutete auf den Sarg, der über den Köpfen der Menschen zu schweben schien.

„Riccardo ist tot", schrie Orlando mich an. „Man hat ihn ermordet", fügte er leiser hinzu.

„Wer hat das gesagt?"

„Livio. Er hat Riccardos Leiche gefunden."

„Wo?"

„In seinem Kühlhaus. Livio ist Metzger."

„Das ist ja entsetzlich."

„Carla ist völlig aus dem Häuschen. Hoffentlich kippt sie nicht auch um, so wie vorhin ihre Mutter."

„Carla?"

„Meine Lieblingscousine. Sie ist Riccardos Schwester ..."

„Was genau ist passiert?", unterbrach ich ihn.

„Jemand hat ihn mit einem Fleischerhaken auf..., aufgeschlitzt", stammelte er. „Er muss verblutet sein. Genaueres weiß ich nicht. Ich habe nur ganz kurz mit Livio reden können."

„Ist das der große fesche Kerl, der beinahe den Fotografen verprügelt hätte?"

„Ja, das ist Livio Francchetti, der Bruder von Carlas Mutter", sagte Orlando. „Findest du den fesch? Der ist doch ziemlich dick. Außerdem, seit wann stehst du auf Männer mit Knollennasen und Halbglatzen?"

Ich verdrehte die Augen.

Der Himmel über Florenz hatte sich blauschwarz verfärbt. Ein heftiges Gewitter entlud sich über die feine Gesellschaft. Die meisten Trauergäste eilten zu ihren Autos und brausten davon. Außer den nächsten Angehörigen folgte nur mehr eine Handvoll Leute dem schwer beschädigten Sarg. Orlando hatte irgendwo einen Schirm aufgetan. Wir wurden trotzdem nass.

Die wuchtigen klassizistischen Grabmäler und die verzierten Grüfte erinnerten mich an den Wiener Zentralfriedhof. Allerdings hatten dort die Toten mehr Platz. Auf diesem Friedhof lagen sie sehr beengt. Wohin wir auch gingen, begegneten wir gespenstischen, überlebensgroßen Skulpturen.

Die Presseleute hatten längst das Weite gesucht, dafür schickte der Himmel ein Blitzlichtgewitter herab. Lichter zuckten über die finsteren Gestalten aus Stein hinweg, tauchten sie in unheimliches bläuliches Licht. Ich spürte eine leichte Beklommenheit. Orlando presste sich an mich. Er zitterte am ganzen Körper. Als er über eine Grabumrandung stolperte, stieß er einen leisen Schrei aus.

„Reiß dich zusammen“, fauchte ich ihn an.

Die stark geschrumpfte Trauergemeinde zog vorbei an imposanten Mausoleen und riesigen Monumenten für längst vergessene Tote. Wie viele unerfüllte Träume und Leidenschaften mochten hier begraben liegen, fragte ich mich.

Im hinteren Teil des Friedhofes sahen die Gräber verwahrlost und die Statuen verstümmelt aus. Der Leichenzug machte vor dem Eingang zu einer geräumigen Gruft Halt. Zwei bedrohlich wirkende monströse Engelsfiguren hielten schützend ihre Hände über das mit steinernen Weinranken verzierte Dach. Sie erinnerten mich an Todesengel.

Der Priester segnete den Sarg und murmelte ein paar unverständliche Worte. Ich war erleichtert, dass er auf eine Grabrede verzichtete. Wahrscheinlich hatte er keine Lust, sich eine Lungenentzündung zu holen, er war nicht mehr der Jüngste. So wurde Orlandos Vater ohne weitere Förmlichkeiten in der Familiengruft beigesetzt. In der Eile wurde der Sarg schief in die Gruft hinuntergelassen, was nach dem Glauben der Roma bedeutet hätte, dass der Tote in die Hölle fährt.

Unwillkürlich musste ich an das Begräbnis meiner Eltern denken, die vor nunmehr achtzehn Jahren auf einer USA-Reise grausam ermordet worden waren. Meine Mutter war eine Romni gewesen. Unsere Verwandten in Texas hatten sich um die Beerdigung gekümmert. Ich hatte damals nicht genug Geld gehabt, um die Leichen meiner Eltern nach Österreich überführen zu lassen. Obwohl mein Vater ein Gadje war, ein Nicht-Zigeuner, bestatteten sie ihn an der Seite meiner Mutter. Die Leichenwache dauerte die üblichen sechsunddreißig Stunden. Alle meine „Brüder“ und „Schwestern“ in Texas standen mir bei. Auch die männlichen Mitglieder meiner Sippe zeigten ganz offen ihren Schmerz und ihre Trauer. Weinten und wehklagten, obwohl die meisten von ihnen meine Mutter gar nicht persönlich gekannt hatten. Ich selbst hatte keine Tränen. Ich war damals wie versteinert. Fühlte mich, als wäre ich selbst gestorben. Beim Begräbnis wurden die Lieblingslieder meiner Eltern gespielt. Es war fast komisch, als Elvis Presleys „Jailhouse Rock“ und seine Interpretation von „In the Ghetto“ am offenen Grab erschallten. So manch einer von meinen Leuten beherrschte den sexy Hüftschwung ebenso gut wie der King.

Vereinzelte Seufzer und leises Schluchzen erklangen am Grab von Orlandos Vater. Ich wartete, bis alle den Hinterbliebenen Beileid gewünscht hatten, nahm Orlandos Hand und rannte mit ihm zu meinem Wagen.

„Wie ich aussehe! Einfach schauderhaft“, stöhnte er nach einem Blick in den Rückspiegel.

Ich überhörte seine Klagen. Fuhr mit sechzig Sachen auf der kurvigen Straße hinunter in die Stadt. Meine Laune war am Tiefpunkt angelangt.

„Wohin jetzt?“, fragte ich Orlando genervt.

„Wir treffen uns mit ihnen im Caffè Le Giubbe Rosse auf der Piazza della Repubblica“, sagte er mit weinerlicher

Stimme. „Giubbe Rosse war früher *das* Literatencafé. Leider trifft man heutzutage fast nur mehr Touristen dort. Ich weiß auch nicht, warum meine Familie ausgerechnet in dieses Café wollte."

Als ich den Wagen in der Nähe des großen Platzes im Parkverbot abstellte, schüttete es nach wie vor.

„Ich muss mich vorher umziehen. So gehe ich nirgends hin", jammerte Orlando.

Er sah wirklich erbärmlich aus. Sein Kleid war klitschnass, klebte an seinem mageren Körper. Das lange, lockige Perückenhaar hing schlaff herunter und sein Make-up war verschmiert. Ich hatte Erbarmen mit ihm. Packte trockene Sachen in einen Plastiksack und lief mit ihm hinüber in das berühmte Café.

## 2.

Francesco und seine Cousine Carla saßen an einem Tisch beim Fenster. Carla weinte. Er hatte den Arm um ihre Schultern gelegt und das Gesicht in ihrem langen Haar vergraben. Wir schlichen an ihnen vorbei Richtung Toiletten.

Das schöne Art-déco-Café war überfüllt. Die Leute standen bis zur Tür. Offensichtlich fand hier gerade eine Vernissage statt. Die Schwarz-Weiß-Fotos gefielen mir, leider kamen sie zwischen all den farbenprächtigen Gemälden und Zeitungsartikeln, die die Wände schmückten, nicht richtig zur Geltung.

Rasch schlüpften wir in unsere trockenen Sachen und setzten uns dann zu Orlandos Verwandten.

„Katharina Kafka", stellte ich mich selbst vor.

„Meine Freundin", fügte Orlando überflüssigerweise hinzu.

Francesco schaute seinen Halbbruder, der in Jeans und T-Shirt und ohne Make-up richtig gut aussah, verblüfft an.

„Habt ihr inzwischen mehr erfahren? Hat man einen Verdacht, wer es getan haben könnte?“, wollte Orlando wissen.

„Nein. Wir warten auf Livio. Ich weiß nicht, wo er so lange bleibt“, sagte Carla weinerlich.

„Vielleicht haben sie ihn verhaftet“, sagte Orlando. „Dein Bruder wurde doch in Livios Metzgerei ermordet, oder?“

„Spinnst du?“, fuhr sie ihn an. „Du hast Livio doch bei deinem letzten Besuch kennengelernt. Er ist ein ganz netter ...“ Sie begann nun tatsächlich wieder zu weinen.

Die weitere Unterhaltung verlief etwas einseitig. Orlando stellte alle möglichen Vermutungen an und wandte sich immer wieder an seinen älteren Bruder. Aber Francesco schwieg beharrlich, und Carla heulte nur mehr. Ich erklärte mir Francescos Schweigsamkeit mit dem Schock, den er gerade erlitten hatte. An einem Tag den Vater begraben zu müssen und gleichzeitig einen Cousin durch Mord zu verlieren ... Außerdem taten ihm nach dem Sturz über die Treppe bestimmt alle Knochen weh. Das Cut über seiner rechten Augenbraue war nicht so schlimm, seine aufgeplatzte Lippe sah jedoch übel aus.

Ich wandte mich ab und beobachtete das Vernissage-Publikum. Die gleichen gelangweilten Gesichter, das gleiche eingefrorene Lächeln, die gleichen kalten Augen, die gleichen gestylten Typen, wie ich sie von Vernissagen in Wien kannte. Allerdings waren die kunstinteressierten Florentiner noch eine Spur modischer und teurer gekleidet als die typischen Vernissage-Besucher in Wien. Auch die Schnorrer, die ewig Hungrigen und im Leben zu kurz Gekommenen hatten sich eingefunden und plünderten die Delikatessen am Buffet. Die Menschen sind in allen Städten mehr oder weniger gleich – die gleiche Gier, die gleiche Egozentrik, die gleiche Wut, dachte ich nicht zum ersten Mal. Ich wandte mich wieder ab und starrte schweigend hinaus auf den großen Platz.

Der Wind peitschte den Regen gegen die Fenster. Die schwarzen Straßenverkäufer hatten längst ihre Waren zusammengepackt und sich unter die Arkaden geflüchtet. Auf der Piazza della Repubblica, wo sich sonst Einheimische und Touristen von ihren Einkäufen in den eleganten Cafés erholten, hatten sich kleine Seen gebildet. Das altmodische Karussell mit den farbenprächtigen Pferdchen drehte sich nicht mehr. Wassermassen stürzten von seinem Dach auf den Platz. Verwaist auch die kleinen Tische und Stühle vor den Lokalen.

Während ich dem stürmischen Gesang des Regens zuhörte, haderte ich mit meinem Schicksal. Mord und Totschlag schienen mich buchstäblich zu verfolgen. Als ich knapp über zwanzig war, wurden meine Eltern wegen ein paar Dollar niedergemetzelt. Letztes Jahr hatte ich gemeinsam mit Orlando eine Mordserie in Wien aufgeklärt. Und nun war ich wieder in einen Mordfall involviert. Trotz meiner Herkunft glaubte ich nicht an Bestimmung oder ähnlichen esoterischen Schwachsinn. Dennoch fand ich es merkwürdig, dass ich immer wieder in die Probleme anderer Leute verwickelt wurde. Was gingen sie mich an? Mich interessierten ihre Leichen nicht!

Plötzlich betrat Livio Francchetti, der vorhin die Begräbnisfeierlichkeiten gestört hatte, das Café und steuerte auf unseren Tisch zu. Nachdem wir uns miteinander bekannt gemacht hatten, bat er Carla, nach ihrer Mutter zu sehen, die gerade in der Questura einvernommen wurde. „Wir sollten alle hinübergehen, die Polizei braucht auch eure Aussagen fürs Protokoll. Aber ihr müsst euch nicht beeilen. Trinkt in Ruhe aus.“

Er nahm sich einen Stuhl von einem anderen Tisch und setzte sich zu uns. Seine Hände zitterten, als er nach dem Wasserkrug griff. Mir fiel auf, dass seine kräftigen Finger merkwürdig verkrümmt waren.

Francesco und Orlando überfielen ihn sogleich mit Fragen nach Riccardo. Orlando wollte wissen, warum er denn nichts mitbekommen habe von dem Mord, wo doch Riccardo in seinem Haus, buchstäblich vor seiner Nase umgebracht worden war.

„Ich habe mich oben in meiner Wohnung fürs Begräbnis fertig gemacht und dabei ‚Tosca' gehört." Er summte ein paar Takte und sah mich unsicher an. Er hatte wunderschöne, dunkelbraune, ja fast schwarze Augen. Außerdem fand ich seinen Mund sehr sinnlich. Er hatte auch keine Glatze, wie Orlando behauptet hatte, sondern nur kahle Schläfen, und dick war er auch nicht, er hatte nur ein kleines festes Bäuchlein, wie so viele Männer in seinem Alter. Ich schätzte ihn auf Anfang fünfzig.

„Opernmusik muss man, genauso wie Rockmusik, laut genießen, sonst ist es das halbe Vergnügen. Deshalb konnte ich nichts hören. Abgesehen davon ist die Tür zum Kühlhaus fast schalldicht."

„Was hatte Riccardo in deinem Kühlraum zu suchen? Wie kam er dort überhaupt rein?", fragte Francesco.

„Ich hatte die Metzgerei nicht zugesperrt. Als ich hinunterging, sah ich ihn gleich zwischen all den Schweine- und Rinderteilen ..."

„Das Kühlhaus hat eine Glastür, musst du wissen", warf Francesco ein, als er meinen irritierten Blick bemerkte.

„Obwohl ich an den Anblick von Blut durchaus gewöhnt bin, drehte es mir den Magen um, als ich Riccardo mit aufgeschlitztem Bein in einer riesigen Blutlache vor mir liegen sah", fuhr Livio fort. „Der blutige Fleischerhaken lag neben ihm ..." Er hielt inne, stöhnte und bedeckte seine schönen Augen mit beiden Händen. Carla begann laut zu schluchzen.

„Er wurde offenbar von einem sehr wütenden Mann umgebracht", konstatierte ich nüchtern.

„Ja. Der Mörder hat heftig zugestochen. Die Schlagader war völlig zerfetzt. Riccardo muss wohl versucht haben, die Blutung mit seiner Anzugjacke zu stoppen. Die Jacke war mit Blut durchtränkt ..." Er stieß sein Wasserglas um. Der gute Mann schien nicht nur sehr nervös zu sein, sondern auch tollpatschig. Sogleich eilte ein Kellner herbei und wischte den Tisch ab.

Livio bestellte eine Runde Grappa. Bestimmt hatte er diese Infusion von uns allen am dringendsten nötig.

Als wir gemeinsam das Café verließen, hatte sich das Gewitter verzogen. Die Luft war frisch und angenehm kühl. In der Questura herrschte hingegen eine Luftfeuchtigkeit wie in einem Dampfbad. Entweder war die Klimaanlage ausgefallen oder es gab keine. Nassgeschwitzte Kriminalbeamte liefen fluchend und telefonierend auf dem Gang hin und her. Zum Glück mussten wir nicht lange warten. Carla und Francesco kamen nach wenigen Minuten wieder heraus. Orlando und ich wurden nicht einvernommen. Wir hätten den Beamten auch nicht viel erzählen können.

Da alle weiteren Begräbnisfeierlichkeiten abgesagt waren, standen wir nun ratlos auf der Straße vor dem Polizeigebäude.

Francesco hatte uns im Landhaus der Pazzinis einquartiert, da im Palazzo seine sizilianischen Verwandten übernachteten, die ebenfalls zum Begräbnis angereist waren. Orlando hatte mir das Landgut mit begeisterten Worten beschrieben. Ich wäre am liebsten gleich dorthin gefahren. Andererseits war ich aber hungrig. Seitdem ich in Florenz angekommen war, hatte ich noch keinen ordentlichen Bissen zwischen die Zähne gekriegt.

„So schrecklich diese ganze Geschichte ist, ich muss jetzt etwas essen“, sagte ich energisch.

Nach kurzem Zögern erklärte sich Livio bereit, mit uns essen zu gehen. Carla wollte nicht mitkommen. Francesco verabschiedete sich ebenfalls von uns.

„Ich hoffe, du verstehst, dass ich mich leider um unsere anderen Gäste kümmern muss. Außerdem gibt es jede Menge bürokratischen Kram zu erledigen. Draußen ist alles für euch vorbereitet“, sagte Francesco entschuldigend zu seinem Bruder. „Wir sehen uns in den nächsten Tagen.“

Livio schlug vor, bei einem seiner Freunde einzukehren, der ein Lokal außerhalb der Stadt in den Hügeln von Florenz hatte. „Es liegt fast am Weg zum Landhaus der Pazzinis. Ich lotse euch nachher zurück zur Hauptstraße. Von dort sind es zwanzig Minuten mit dem Auto."

Der Himmel war nach wie vor grau, aber zögernd wagten sich schon wieder ein paar Sonnenstrahlen durch die Wolkendecke. Livio fuhr voraus. Er fuhr langsam. Ich hatte keine Mühe, ihm durch die engen mittelalterlichen Gassen von Florenz zu folgen. Die weniger touristischen Viertel wirkten wie ausgestorben.

„Anscheinend flüchten die Florentiner genauso wie die Wiener im Sommer aus der Stadt", murmelte ich.

Orlando schwieg. Er bemühte sich, sein Make-up zu erneuern, was bei den vielen Ampeln kein Kunststück war.

„Kannst du nicht ein bisschen sanfter auf die Bremse steigen?", knurrte er mich trotzdem an. „Beinahe hätte ich mir mit dem Kajalstift das Auge ausgestochen."

„Kannst du deine Renovierung nicht auf der Toilette des Lokals erledigen?"

Orlando würdigte mich keiner Antwort. Erst als wir auf einer von Pappeln gesäumten Straße bergan fuhren, machte er sich wieder bemerkbar: „Dieses Restaurant ist etwas ganz Besonderes. Ich war früher mal mit Livio und meinem Vater da. Damals konnte er noch laufen."

Orlandos Vater hatte seine letzten beiden Lebensjahre im Rollstuhl verbracht. Raucherbein. Seit ich das wusste, musste ich bei jeder Zigarette unweigerlich an seinen amputierten linken Unterschenkel denken. Ich hatte mir fest vorgenommen, meine Raucherei zumindest einzuschränken. Orlando hatte vor drei Monaten aufgehört und war zum militanten Nichtraucher mutiert, der bei jeder Zigarette, die ich mir anzündete, meckerte.

„Die Rezepte, nach denen sie kochen, stammen hauptsächlich aus der Feder der kalabrischen Mutter des Besitzers“, sagte Livio, nachdem wir unsere Autos auf dem kleinen Platz gegenüber dem Lokal geparkt hatten.

Das Gewitter war nur über dem Zentrum von Florenz niedergegangen. Hier oben war alles trocken. Wir bekamen einen Tisch in der Veranda. Geistesabwesend schaute ich hinunter auf die florentinischen Hügel, die in der Abendsonne golden schimmerten.

„Mein Freund ist ein wahrer Kochkünstler. Seine Kreationen fallen unter Eat-Art“, bemühte sich Livio, das Gespräch in Gang zu halten. Ich hörte ihm zu, in Gedanken war ich jedoch bei dem Mord an dem jungen Florentiner.

Orlando studierte ausführlich die Speisekarte. Entschied sich schließlich für hausgemachte Gnocchi mit Gemüsepesto. Das Tartare di manzo, das uns Livio empfahl, verweigerte er als Vegetarier natürlich.

Während des Essens fragte ich Livio: „Hatte Riccardo eigentlich irgendwelche Feinde?“

„Keine Ahnung. Mein Neffe hat sein eigenes Leben gelebt. Ich habe ihn selten gesehen.“

„Was hat er beruflich gemacht?“

„Er hatte Wirtschaft studiert und nach seinem Studium gemeinsam mit seinem Onkel, später dann allein die Firma geleitet. Anscheinend liefen die Geschäfte in letzter Zeit wieder besser. Denn er hat sich erst vor Kurzem einen neuen Alfa Spider gekauft.“

„Was für eine Firma?“

„Sein Vater war ein bekannter Parfümhersteller. Leider ist er vor einigen Jahren bei einem Verkehrsunfall ums Leben gekommen. Riccardo hat mit Hilfe von Orlandos Vater die Profumeria so recht und schlecht über die große Krise gerettet.“

„Dass es so was hier gibt! Unglaublich!“, unterbrach uns Orlando mit einem lauten Aufschrei. Auf der Dessert-Karte hatte er Veilcheneis entdeckt.

Bevor er zu einem Vortrag über seine geliebte Kaiserin ansetzen konnte, sagte ich rasch zu Livio: „Orlando ist ein großer Verehrer der österreichischen Kaiserin Sisi. Angeblich hat die Kaiserin Veilcheneis geliebt und sich fast ein Jahr lang nur davon ernährt. Ihre Essstörungen sind ja geradezu legendär." Ich schickte Orlando, der gerade zu Protest ansetzte, einen warnenden Blick. „Ihren Hungerkuren folgten die üblichen Fressattacken. Soviel ich weiß, hat sie sich nach solchen Eis-Diäten kiloweise Süßigkeiten von der k.u.k. Hofbäckerei Demel liefern lassen."

Orlandos Tritt gegen mein Schienbein tat weh. Um ihn wieder versöhnlich zu stimmen, bestellte auch ich ein Veilcheneis.

Nach dem Essen cremte sich Livio die Hände mit einer merkwürdig riechenden Salbe ein.

„Pardon, ich weiß, ich sollte mir das stinkende Zeug nicht bei Tisch raufschmieren. Aber ich habe Arthritis."

Der Wirt kam gerade an unserem Tisch vorbei und spendierte uns einen Grappa. „Hilft besser gegen Schmerzen als jede Medizin", sagte er augenzwinkernd zu Livio.

Ich verweigerte den Trester mit dem Hinweis, dass ich Auto fahren müsse.

Plötzlich begann Livio zu singen: „Si ridesta in ciel l'aurora, e n'è forza di partir; mercè a voi, gentil signora, di sì splendido gioir."

Hatte er einen kleinen Schwips? Er hatte nicht viel getrunken, ein Gläschen pro Gang. Aber anders konnte ich mir seine plötzliche Fröhlichkeit nicht erklären. Der Tod seines Neffen schien ihm nicht mehr besonders nahezugehen.

Livio hatte eine kräftige Stimme. Die Gäste an den anderen Tischen schauten belustigt zu uns herüber. Kaum hatte er seine Arie aus „La Traviata" beendet, griff er nach seinem Schnapsglas und stieß mit Orlando und mir an.

Ich nahm nun doch einen Schluck von dem köstlichen alten Grappa. Das wunderbare Essen hatte mich in meiner

Vermutung bestärkt, dass die beste Küche Europas in der Toskana beheimatet ist. Hier würde selbst ich als eingeschworener Junk-Food-Fan zum Gourmet werden.

Als wir gegen zweiundzwanzig Uhr das Lokal verließen, war ich in richtig romantischer Stimmung. Die Grillen zirpten in der warmen Nachtluft. Tausende Sterne blinkten und ein riesiger Mond leuchtete rötlich am toskanischen Himmel.

Ich verabschiedete mich von Livio mit einer herzlichen Umarmung. Aber ich spürte, wie er sich in meinen Armen versteifte und ließ ihn wieder los. Er hatte sich den ganzen Abend lang sehr aufmerksam um mich gekümmert. Meine stürmische Umarmung war ihm anscheinend zu viel gewesen.

Auf der Fahrt zum Landhaus machte mir Orlando prompt eine kleine Eifersuchtsszene.

„Dieser Metzger gefällt dir, oder? Er ist viel zu alt für dich“, sagte er.

„Kennst du ihn näher?“, fragte ich grinsend.

„Nein.“

„Stell dich nicht so an. Was weißt du über ihn?“

„Er ist der Bruder von Carlas Mutter und bestimmt schon fünfzig.“

„Danke. Das habe ich inzwischen selbst begriffen.“

„Soviel ich weiß, stammen seine Vorfahren aus den Abruzzen. Deshalb ist er auch so groß und stark, ein richtiger Abruzzenbär, nicht wahr?“

„Hör auf, du Blödian“, sagte ich lachend.

„Okay. Soweit ich weiß, ist er nicht nur Metzger, sondern auch Wirt.“

„Sein Lokal würde ich gern mal sehen.“

„Wir gehen bestimmt mal hin. Übrigens ist er ein perfekter Entertainer, der sich um die Werbung für die traditionellen Speisen dieser Region sehr verdient gemacht hat. Sein Geschäft ist inzwischen eine echte Touristenattraktion.“

„Mich würde eigentlich mehr interessieren, wie er privat so ist.“

„Du meinst, ob er verheiratet ist?“, fragte Orlando grinsend. „War er. Seine Frau hat sich vor einigen Jahren von ihm scheiden lassen. Frag mich jetzt bitte nicht, warum.“

„Warum?“

„Er hat sie verprügelt.“

„Wie bitte?“

„Ja. Er hat sie mit meinem Bruder im Bett erwischt und beide buchstäblich aus dem Haus geprügelt.“

„Mit Francesco?“

„Hab ich denn einen anderen Bruder?“

„War seine Frau viel jünger als er?“

„Ein paar Jährchen vielleicht, aber sicher einige Jahre älter als Francesco. Solche Kleinigkeiten stören ihn nicht. Mein Brüderchen ist ein großer Womanizer. Nimm dich in Acht vor ihm!“

Ich nickte gelangweilt. Francesco interessierte mich nicht. Er war ein Schönling, der Inbegriff des Latin Lovers. Von solchen Typen hatte ich ein für alle Mal die Nase voll. Aber Männer, die ihre Frauen verprügelten, mochte ich natürlich erst recht nicht. Ich beschloss, diesem brutalen Teddybären in Zukunft lieber aus dem Weg zu gehen.

„Unsere Familie gehörte früher zu den vornehmsten von Florenz. Vielleicht stammen unsere Vorväter von der berühmten Pazzi-Familie ab, aber das ist nur ein Gerücht“, gab Orlando wieder mit seiner Familie an.

„Weißt du, dass ‚pazzi‘ auf Deutsch ‚verrückt‘ bedeutet? Sei froh, dass du den Nachnamen deiner Mutter hast, denn sonst würdest du auch ‚die kleinen Verrückten‘, heißen“, sagte ich vergnügt. War ich genauso beschwipst wie Livio?

„Nachnamen lassen sich nicht eins zu eins übersetzen.“

„Stimmt nicht. Kafka bedeutet zum Beispiel auf Deutsch ‚Dohle‘.“

„Lass den Quatsch! Vielleicht solltest du in Zukunft nicht nur weniger rauchen, sondern auch weniger saufen."

„Andererseits würde Orlando Pazzini sehr hübsch klingen", fuhr ich fort, meinen humorlosen Freund zu provozieren.

„Willst du mehr über meine Familie erfahren oder nicht?", fragte er gereizt.

„Ja bitte", sagte ich artig und mit bemüht ernster Miene.

„Leider hat Riccardos Vater das Parfümunternehmen, das er gemeinsam mit meinem Vater geführt hatte, heruntergewirtschaftet. Francescos Mutter, eine reiche sizilianische Gutsbesitzerin, ist vor einigen Jahren an Krebs gestorben. Francesco hat nach ihrem Tod einiges geerbt. Aber der Palazzo Pazzini gehört beiden Familien, also auch Aurora und Carla."

„Sie wohnen alle gemeinsam dort?"

„Ja, die ganze Sippe wohnt unter einem Dach. Du wirst den Palazzo in den nächsten Tagen sehen. Sobald die sizilianische Verwandtschaft weg ist, ziehen wir dort ein."

Ich sah ihn skeptisch an. Vorhin hatte ich eher den Eindruck gehabt, dass sein Halbbruder froh war, uns nicht auch noch am Hals zu haben.

„Der Tod unseres Vaters war sozusagen Francescos letzte Rettung", fuhr Orlando fort, über seinen Bruder zu lästern.

„Was willst du damit andeuten?"

„Nein, nicht, was du denkst. Er hat unseren Papa sicher nicht umgebracht. Sein Tod kommt ihm trotzdem gelegen. Francesco hat sich nie für die Firma interessiert, er will lieber Künstler sein. Zugegeben, seine Bilder sind nicht schlecht, aber er verdient damit sicher kein Geld", sagte er in abfälligem Ton.

Ich verkniff mir ein spöttisches Lächeln. Denn auch Orlando versuchte sich, seit er mit siebzehn die Schule abgebrochen hatte, als Maler – leider erfolglos. Zum Glück fand er immer wieder einen Job als Barkeeper in einem der vielen Wiener Schwulenlokale. Es überraschte mich nicht, dass er den gutaussehenden Francesco nicht ausstehen konnte, spürte aber, dass er auf den legitimen Sohn seines Vaters nicht nur eifersüchtig war, sondern ihn insgeheim auch bewunderte.

„Ich bin übrigens gespannt, ob ich was erben werde. Die Testamentseröffnung wird ja schon nächste Woche stattfinden."

## 3.

Der Mond leuchtete silbern, wie es sich gehörte, und tauchte die bewaldeten Hügel links und rechts der kurvenreichen Straße in milchigen Glanz. Ich hatte alle Fenster heruntergelassen, genoss unsere Fahrt durch die samtene toskanische Nacht, den lauen Fahrtwind, den Duft der üppigen Vegetation. Bald bogen wir auf einen unasphaltierten Weg ein und fuhren im Schritttempo weiter. In der Ferne sahen wir vereinzelt Lichter hinter den Fenstern abgelegener Bauernhöfe.

„Stopp! Ich glaube, hier ist die Einfahrt", rief Orlando, als die Abzweigung mindestens fünfzig Meter hinter uns lag. Ich setzte kommentarlos zurück.

Die Zypressenallee erinnerte an bessere Zeiten. Mein kleiner Skoda wirbelte mächtig Staub auf. Ich fuhr nicht schneller als 20 km/h, legte einen wenig eleganten Slalom hin, um die Räder meines Wagens nicht in den tiefen Löchern der Schotterstraße zu versenken.

„Verdammte Scheiße", fluchte ich lautstark und stieg auf die Bremse, als ein lebensmüder Hase, geblendet von den Scheinwerfern, mitten am Weg eine kleine Verschnaufpause einlegte.

„Eine Dame wirst du nie", sagte Orlando vorwurfsvoll. Seit wir italienischen Boden unter den Füßen hatten, sprach er nasales Schönbrunner-Deutsch.

„Steig lieber aus und verjag das blöde Vieh“, sagte ich wütend, denn das Häschen traf keine Anstalten zu verschwinden. Erst als Orlando ausstieg, ergriff es die Flucht.

Ich fuhr vor bis zu einer hohen Mauer, die von der Fassade eines zweistöckigen Gebäudes überragt wurde. Das eiserne Tor stand offen. Ich fuhr hinein. Die Scheinwerfer meines Wagens beleuchteten eine arg heruntergekommene Villa. Der Verputz war rissig und stellenweise abgeblättert. Das Dach sah undicht aus. Die Fensterläden waren geschlossen. Das ganze Anwesen wirkte verlassen.

Ich parkte direkt vor der Eingangstür. „Bist du dir sicher, dass wir hier richtig sind?“, fragte ich Orlando und hupte unabsichtlich.

„Du weckst die Leute auf“, meckerte Orlando.

„Welche Leute? Außer uns ist doch keiner hier.“

„Bist du nachtblind? In der Scheune brennt Licht.“

Jetzt bemerkte auch ich den schwachen Lichtschein.

„Du darfst nicht nach dem ersten Eindruck urteilen. Drinnen sieht es ganz anders aus. Du wirst überrascht sein. Das erste Stockwerk war fast komplett renoviert, als ich letztes Mal hier war“, versicherte er mir.

Als wir das Haus betraten, warf ich einen zweiten Blick auf das beleuchtete Fenster des halbverfallenen Wirtschaftsgebäudes. Francesco hatte nichts davon gesagt, dass noch andere Menschen in dem Landhaus waren.

Bevor wir über eine breite Treppe in den ersten Stock gelangten, mussten wir durch eine Baustelle. Da ich panische Angst vor Ratten hatte, bat ich Orlando: „Bitte geh vor und mach Licht an.“

„Warte draußen. Ich sag dir Bescheid, wenn die Luft rein ist.“ Manchmal konnte er ein richtiger Gentleman sein.

Während er sich auf die Suche nach den Lichtschaltern machte, gab er pfeifende Geräusche von sich, die mich an den Radetzkymarsch erinnerten. Keine einzige Ratte suchte das Weite. Entweder gab es hier keine oder sie hassten diese

Verunglimpfung des Radetzkymarschs und blieben in ihren Verstecken.

„Viel haben meine lieben Verwandten hier nicht weitergebracht“, meckerte Orlando, als das Deckenlicht anging und die fürchterliche Unordnung sichtbar wurde. Zwischen Baumaschinen, Zementsäcken und Bretterstapeln kugelten Farbkübel, leere Plastikflaschen und zerquetschte Aludosen herum. Die Wände waren mit Kunststofffolien notdürftig abgedeckt.

Die Räume im ersten Stock waren jedoch sehr hübsch. Orlando entschied sich für ein riesiges Zimmer, in dem barocke Engelchen auf einem Fresko über dem Bett Harfe und Mandoline spielten. Der ganze Raum war in Röschenrot austapeziert. Auch die Bettwäsche war rosa. Nur die süßen Engelchen hatten dunkelrote Bäckchen. Eine altmodische Badewanne thronte auf vergoldeten Löwenpratzen mitten im Raum. Der Terrazzoboden war sauber, die Matratze des Bettes kaum durchgelegen. Die Türangeln des alten schweren Kastens quietschten allerdings bei jeder Berührung.

Ich bekam das „Bubenzimmer“, wie Orlando das Zimmer neben seinem nannte. Hier waren die Engelchen und die Bettwäsche in Blassblau gehalten. Die Luft war heiß und abgestanden. Ich riss beide Fenster auf und rauchte eine Zigarette.

Als ich gerade mit dem Auspacken beginnen wollte, stürzte Orlando herein. „Du hast geraucht. Gib es zu!“

„Lass mich in Frieden!“

„Ich hab schon wieder Hunger.“

„Das darf nicht wahr sein. Du hast doch außer den Gnocchi noch zwei Portionen Veilcheneis gegessen.“

Er rollte mit den Augen und sah mich dann so flehend an, dass ich lachen musste. Ich folgte ihm in die Küche.

Wir machten alle Lichter an. Die Küche war nicht gerade einladend. In der Mitte stand ein riesiger Tisch mit einer gesprungenen Marmorplatte, die bestimmt schon bessere

Tage gesehen hatte. Das Geschirr auf der Anrichte war schmutzig und in der großen, steinernen Abwasch schwammen zu Tode gekochte Spaghetti in braunem Kaffeesud.

Ich öffnete alle Wandschränke, Schubladen und zuletzt den Kühlschrank. Neben vergammelten Tomaten enthielt er an Essbarem ein halbes Glas Pesto alla genovese und ein Stück steinharten Parmesan.

„Deine Verwandten saufen ganz schön“, sagte ich. Im Kühlschrank befanden sich unzählige Wein- und Bierflaschen.

„Wir müssen morgen unbedingt Einkaufen fahren“, sagte Orlando.

„Lass uns schlafen gehen“, murmelte ich.

„Ich brauche einen Absacker.“

„Von mir aus. Aber ich mag jetzt höchstens noch ein kleines Bierchen.“

„Klein ist gut“, kicherte Orlando, als er mir eine Dreiviertelliterflasche Moretti-Bier reichte.

Vergeblich suchten wir in den Küchenschränken nach einem Flaschenöffner.

„Vielleicht haben die Leute da drüben einen“, sagte ich und deutete auf das schwach beleuchtete Nebengebäude.

Bewaffnet mit Wein- und Bierflasche begaben wir uns hinüber.

Die Tür stand einen Spalt offen. Wir betraten die Scheune, ohne anzuklopfen.

„Um Himmels willen“, rief Orlando. Auch ich hätte vor Schreck beinahe meine Bierflasche fallen gelassen.

Ein halbes Dutzend dunkle Augenpaare starrte uns ängstlich an. An einer langen schmalen Tischplatte saßen junge Mädchen, fast noch Kinder. Große Plastikkanister mit verschiedenfarbigem Inhalt und Dutzende kleine Fläschchen standen vor ihnen auf dem Tisch. Von der Decke baumelte eine nackte Glühbirne. Die Wände hatten dunkle Flecken.

Auf dem schmutzigen Fußboden stapelten sich große Kartons.

Ich riss mich zusammen, grüßte freundlich und stellte Orlando und mich vor. Die Kinder schauten uns nach wie vor ängstlich an.

„Sie verstehen kein Italienisch", flüsterte Orlando. „Sie schauen aus wie Zigeunerinnen."

Ich gab ihm einen Klaps auf den Arm. Obwohl ich ihm nicht glaubte, versuchte ich es auf Romanes. Zögerndes Lächeln erschien in den kleinen Gesichtern. Eines der Mädchen erhob sich. Sie wirkte reifer als die übrigen. Ich schätzte sie auf siebzehn. Als sie näher kam, bemerkte ich, dass ihre linke Gesichtshälfte entstellt war. Das linke Auge war viel kleiner und stand leicht schief, auch die wulstige Oberlippe über der schmalen Unterlippe sah merkwürdig aus. Außerdem hatte sie einen großen roten Fleck, der aussah wie ein Feuermal. Er breitete sich am Rand ihrer linken Gesichtshälfte von der Stirn bis fast zum Kinn aus.

„Sie sprechen unsere Sprache?", fragte sie mich verwundert.

„Meine Mutter war eine Romni", sagte ich auf Romanes.

Im Nu war ich von den Mädchen umringt. Plötzlich redeten alle auf mich ein. Ich verstand nur mehr ein paar Satzfetzen, obwohl ich Romanes ganz gut beherrsche.

„Nicht so schnell bitte", sagte ich lachend.

Das ältere Mädchen war offensichtlich der Boss. Sie befahl den anderen, still zu sein, und fragte uns, was wir hier machten.

Ich erzählte ihr, woher wir kamen, berichtete kurz von dem Begräbnis. Den Mord erwähnte ich nicht. Ich wollte die Kinder nicht ängstigen. Dann fragte ich sie, woher sie kamen.

„Wir sind aus Rumänien. Ich heiße Maria", sagte die Ältere.

„Frag sie endlich, ob sie einen Flaschenöffner haben. Ich habe Durst", sagte Orlando und hielt Maria die Bierflasche vor die Nase.

Ehe ich es verhindern konnte, schlug sie ihre Zähne in die Bierkapsel. Bei dem knirschenden Geräusch bekam ich eine Gänsehaut. Ich schüttelte mich. Lachend prostete sie uns zu.

Orlando reichte ihr die Weinflasche. „Bin gespannt, ob sie den Flaschenhals auch einfach abbeißen wird“, sagte er grinsend.

Eines der jüngeren Mädchen reichte Maria einen Schraubenzieher. „Das ist meine Schwester Sofia“, sagte Maria, während sie den Schraubenzieher in den Korken stieß. Nach ein paar flinken Drehungen war die Weinflasche offen.

Orlando wirkte beeindruckt. Zumindest hielt er den Mund. Ich bat ihn, Gläser von drüben zu holen. „Spül sie bitte ab. Die haben total verschmiert ausgesehen.“

„An Jugendliche unter sechzehn darf kein Alkohol ausgeschenkt werden“, murmelte er mit einem schiefen Blick auf die kleinen Mädchen, die ihn nach wie vor ängstlich anstarrten. Kein Wunder, wahrscheinlich hielten sie ihn für ein Gespenst. Er trug sein bodenlanges, cremefarbenes und mit hübscher Spitze besetztes Nachthemd, hatte aber seine Perücke nicht aufgesetzt.

„Dann bring Orangensaft mit und die Mannerschnitten“, rief ich ihm nach.

„Ich hab nur mehr zwei Packerln. So hungrig, wie die aussehen, fressen sie mir bestimmt alle weg.“

„Wir haben bereits gegessen. Spaghetti“, sagte Maria.

Aber nicht aufgeräumt, sondern eine Riesenschweinerei in der Küche hinterlassen, dachte ich, sagte es aber nicht laut.

Als Orlando kurz darauf mit einem Tablett voller Gläser und den Mannerschnitten zurückkehrte, verteilte er sie großzügig an die Mädchen. Maria befahl ihnen weiterzuarbeiten und setzte sich mit uns hinaus an den wackeligen Gartentisch.

Sie setzte sich so hin, dass sie die kleinen Arbeiterinnen durch die offene Tür im Auge behalten konnte. Auch ich schaute hin und wieder in den Schuppen. Mir fiel ein besonders hübsches Kind auf, das immer wieder schüchtern zu uns hersah. Geschickt füllten die Mädchen die Flüssigkeit aus den weißen Plastikkanistern in kleine Fläschchen um und verpackten sie danach ordentlich in den Schachteln mit prominenten Markennamen. Da ich weitsichtig bin, konnte ich die Aufdrucke auf den Schachteln entziffern: Chanel, Ferragamo, Yves Saint Laurent.

Maria redete währenddessen wie aufgezogen, erzählte mir von ihrer langen Reise in einem kleinen, fensterlosen Mercedes-Bus quer durch Osteuropa.

„Wir waren zu zehnt darin eingepfercht. Da die Kinder jedes Mal eine Ohrfeige bekamen, wenn sie aufs Klo mussten, trauten sie sich bald nichts mehr zu sagen. Es hat bestialisch gestunken in dem Bus. Aber Schweine sind eben an Gestank gewöhnt. Nur mir und den Kindern war die ganze Zeit schlecht."

„Entsetzlich", warf ich ein.

„Der Kapo und sein Kumpan haben es sich vorne bequem gemacht", beklagte sie sich weiter, „während ich die meiste Zeit Sofia und ihre Freundin Cecile auf dem Schoß hatte. Erst in der Nacht, als sie mich für ein paar Stunden ans Steuer ließen, konnte ich mich ein bisschen ausrasten."

„Du hast einen Führerschein?", fragte ich erstaunt.

„Ich kann Auto fahren", antwortete sie grinsend.

„Ihr seid nur zu siebt. Wo sind die anderen drei?", fragte ich.

„Die werden woanders gebraucht", sagte sie ausweichend.

Ich zog die Brauen hoch.

„Sie arbeiten in der Stadt."

„In Florenz?"

Sie nickte. Ich nahm an, dass die Mädchen dort als Bettlerinnen oder Rosenverkäuferinnen auf die Straße geschickt wurden.

„Ich bin hier die Aufseherin“, sagte sie fast stolz. „Die Kleinen fürchten mich, weil ich gebrandmarkt bin. Ich bin eine Auserwählte. Aber das solltest du eigentlich wissen, wenn du wirklich eine Romni bist.“

„Was ist mit deinem Gesicht passiert?“, fragte ich. „Oder willst du nicht darüber reden?“

„Ich kann's euch ruhig erzählen.“ Sie nahm einen Schluck Wein. „Ich war früher sehr hübsch. Aber ich habe mich geweigert, auf den Strich zu gehen. Daraufhin haben sie mich mit einem Feuerzeug gefoltert und mich schließlich richtig angezündet. Es war ein Wunder, dass ich überlebt habe. Meine Haare haben lichterloh gebrannt. Meine Kleider hielten die Hitze ein wenig ab, nur mein linker Arm und meine linke Gesichtshälfte wurden durch das Feuer entstellt.“ Sie zog den Ärmel ihres T-Shirts hoch und zeigte uns ihren linken Arm, der fast ebenso schlimm aussah wie ihr Gesicht.

Orlando wandte sich erschüttert ab. Auch ich bemühte mich, nicht ihr verwüstetes Gesicht anzustarren, als sie weitersprach.

„Die meisten von uns sind Waisen, haben auf den Straßen von Bukarest gelebt und in der Nähe der Müllhalden, außerhalb der Stadt. Im Winter haben wir Unterschlupf in verfallenen Häusern gesucht. Das war unser Fehler. Die rumänische Mafia schien nur auf uns gewartet zu haben. Sie haben uns eingefangen, uns in Baracken am Land verschleppt. Natürlich waren die auch nicht geheizt. Aber wenigstens hatten wir ein Dach über dem Kopf und haben einmal am Tag zu essen bekommen ...“

Hin und wieder unterbrach ich sie, um für Orlando zu übersetzen. Er winkte bald entsetzt ab. „Verschon mich mit all dem Elend. Ich krieg garantiert heute Nacht Albträume.“

Maria blickte mich unsicher an. Ich hatte den Verdacht, dass sie Deutsch verstand.

„Sprich weiter“, bat ich sie.

„Wir sind nicht lange in diesen Baracken geblieben. Schon im letzten Winter haben sie uns zum ersten Mal nach Italien gebracht."

Ich schenkte ihr Wein nach und bot ihr eine zweite Zigarette an. Sie lehnte ab.

„Ich muss mich jetzt wieder um die Kinder kümmern. Wenn ich nicht aufpasse, trödeln sie herum."

Kaum war sie in der Scheune verschwunden, fragte Orlando mich: „Ist das nicht der helle Wahnsinn? Mitten in Italien triffst du auf kleine Sklavinnen, die sich die Nächte mit dem Abfüllen von Parfüm um die Ohren schlagen."

„Gefälschtes Parfüm", warf ich ein.

„Was für eine Schweinerei!"

„Du sagst es."

„Ich fasse es nicht. Glaubst du, dass meine Verwandten ..."

„Wer denn sonst? Natürlich steckt deine Familie dahinter. Es ist ihr Haus, in dem diese Mädchen schuften müssen. Die Frage ist nur, wer von deiner Familie Dreck am Stecken hat. Vielleicht dein ermordeter Cousin? Sicher ist er nicht zufällig umgebracht worden."

„Du meinst, Riccardo hat diese Mädels aus Rumänien kommen lassen?"

„Das nehme ich stark an."

„Scheiße!"

„Du sagst es."

„Ich hoffe, mein Vater hatte nichts damit zu tun."

„Das hoffe ich auch. Aber vielleicht sollten wir Francesco und Carla fragen, ob sie Bescheid wissen, was sich in ihrem Landhaus abspielt?"

„Sicher nicht. Sonst hätten sie uns nicht hier einquartiert."

Dieses Argument überzeugte mich.

„Wir müssen es ihnen trotzdem sagen. Aber lass uns jetzt schlafen gehen. Ich bin total fertig. Die lange Autofahrerei und all die Aufregungen ..."

„Hast du schon jemals so was Schönes gesehen?“, unterbrach mich Orlando und deutete auf den Sternenhimmel.

„Ja, was für eine wundervolle Nacht!“, murmelte ich. Die Zypressen auf den Hügeln, die im Mondlicht silbern schimmerten, erinnerten mich an festlich geschmückte Weihnachtsbäume. Wie gern wäre ich jetzt allein mit dem Mond und den blinkenden Sternen gewesen. Der Mond schien durch die Weingärten zu wandern. Ich folgte ihm mit halbgeschlossenen Augen.

„Eine Nacht zum Sterben schön“, sagte Orlando.

„Hör auf“, zischte ich. „Musst du mich ausgerechnet jetzt an diesen scheußlichen Mord erinnern?“

„Welcher Mord?“, fragte Maria, die plötzlich wieder neben uns stand, auf Italienisch.

„Ah, erwischt“, sagte Orlando. „Du verstehst Deutsch und Italienisch?“

„Ein bisschen von beidem“, sagte sie verlegen.

„Wir machen eine Pause“, rief eine helle Kinderstimme. Die kleine Sofia stand hustend neben unserem Tisch und griff nach Marias Glas.

„Das ist Wein“, sagte ihre Schwester. „Der schmeckt dir sicher nicht.“

Die Kleine musterte Orlando mit ihren großen traurigen Augen und stellte das Glas wieder hin. „Cecile und ich möchten noch Saft haben“, sagte sie selbstbewusst.

Das Mädchen an ihrer Seite war die kleine Schönheit, von der Maria vorhin gesprochen hatte. Sie hatte ebenmäßige Züge, eine auffallend helle Haut, riesige schwarze Augen und glänzendes, langes schwarzes Haar. Sie strahlte Orlando und mich erwartungsvoll an. Er konnte nicht widerstehen, nahm die beiden Kinder an der Hand und ging mit ihnen in die Küche.

„Wie alt seid ihr?“, hörte ich ihn fragen.

„Ich bin fast zwölf, Cecile wird bald dreizehn.“ Sofia sah eher wie eine Zehnjährige aus, und Cecile hätte ich nicht viel älter geschätzt.

Als die beiden außer Hörweite waren, erzählte ich Maria in wenigen Worten vom Mord an Riccardo, ließ aber die brutalen Details weg. Es lag so viel Entsetzen und Angst in ihren Augen. Ich war mir sicher, dass ich diesen Blick nie vergessen würde.

„Ich habe ihn gekannt“, sagte sie. „Er war ein schöner Mann, und er war immer gut zu mir.“

In ihren Worten schwang eine Wehmut mit, die mich stutzig machte. War diese Unglückliche etwa in Orlandos Cousin verliebt gewesen? Sie erhob sich eilig. Kehrte zurück zu den anderen Mädchen, bevor ich sie über ihre Bekanntschaft mit Riccardo ausfragen konnte.

„Bis morgen“, rief ich ihr nach.

Als Orlando und die beiden Kleinen zurückkamen, sagte ich: „Lass uns schlafen gehen, es ist zwei Uhr vorbei.“

Er protestierte nicht, obwohl er eine Nachteule war.

## 4.

Ich schlief schlecht im Landhaus der Pazzinis. Marias brutale Geschichten gingen mir nicht aus dem Kopf. Minderjährige Arbeitssklavinnen mitten in Europa – die Flamme eines Feuerzeugs beleuchtete die Züge eines Kindes ... ich begann zu schwitzen. Außerdem war ich an die ländliche Stille nicht gewöhnt. Brauchte die Geräusche der Großstadt, um tief und fest schlafen zu können.

Kaum war ich endlich eingeschlafen, weckte mich Motorengeräusch. Ich war zu faul, um aufzustehen und das Fenster zu schließen. Als der Lärm nicht aufhörte und ich sogar Schreie vernahm, verließ ich doch das Bett und ging zum Fenster.

Im Hof standen ein Mercedes-Bus und ein kleiner Sportwagen. Zwei große kräftige Männer trieben die Mädchen mit zischenden Lauten und eindeutigen Handbewegungen an, die schweren Schachteln in den Bus zu befördern. Einer der Kerle schlug ein Mädchen, das seine Schachtel fallengelassen hatte. Leider konnte ich die Gesichter der Männer nicht deutlich sehen. Aber ich wusste auch ohne sie zu erkennen, dass sie Scheiß-Typen waren. Kriminelle, die kleine Mädchen nach Italien verschleppt hatten, auf den Arbeitsstrich schickten und terrorisierten.

Am liebsten hätte ich einfach losgeheult. Ich fühlte mich so hilflos und war zugleich unheimlich wütend. Ich war nahe daran, mich aus dem Fenster zu lehnen und zu schreien.

Auf einmal erschien ein dritter Mann im schwach beleuchteten Scheuneneingang. Er war kleiner als die anderen beiden. Die drei Männer redeten aufeinander ein. Ihre Stimmen waren leise, doch sie schienen zu streiten. Der kleinere Mann rempelte einen der anderen an. Dieser holte mit der Rechten aus, wurde aber von seinem Kompagnon zurückgehalten.

Dann ging alles sehr schnell. Ein paar Mädchen kletterten in den Bus. Die zwei Kleinsten folgten dem anderen Mann zu seinem Sportwagen. Ich hörte eines der Mädchen husten. Bevor sie im Dunkel der Bäume verschwanden, hob das kleine Mädchen die Hand und winkte heftig. Ich war mir sicher, dass es Sofia war. Rasch versteckte ich mich hinter dem Vorhang. Der Gedanke, dass nicht nur sie, sondern auch einer der Männer mich gesehen haben könnte, jagte mir Angst ein.

Als die Motoren in der Ferne verklungen waren, legte ich mich wieder hin. An Schlaf war jedoch nicht mehr zu denken. Ich schloss die Augen und lauschte den Geräuschen des frühen Morgens. Irgendwo krähte ein Hahn. In einem benachbarten Dorf läuteten Kirchenglocken.

Ich hielt mir die Ohren zu. Das Glockengeläute machte mich wahnsinnig. Die Kirchenglocken in den umliegenden Dörfern schienen um die Wette zu schlagen, sich gegenseitig zu übertönen zu versuchen.

Da ich fast die ganze Nacht wachgelegen war, kam ich am nächsten Tag kaum aus dem Bett. Anstatt die merkwürdige Badewanne mitten in meinem Zimmer zu benützen, wollte ich rasch in den Pool springen. Ich wickelte mir ein blassblaues Badetuch um den Körper und eilte hinunter.

Im Hof saßen Orlando und Carla. Sie hatte Frühstück mitgebracht: Salami, Schinken, Käse, Brot, sogar eine offene Flasche Chianti stand auf dem wackeligen Gartentisch.

Ich war sprachlos. Während hier Minderjährige auf dem Landgut seiner Verwandten zur Sklavenarbeit gezwungen wurden, genoss Orlando mit seiner Cousine seelenruhig ein Frühstück im kargen Schatten einer Zypresse.

„Schon munter?“ Orlando grinste von einem Ohr zum andern. Er schien bereits das erste Gläschen Wein intus zu haben. „Den Pool kannst du leider vergessen. Der ist völlig verdreckt“, bemerkte er dann mit einem Blick auf das Handtuch, das meine Blöße bedeckte. Wortlos machte ich kehrt.

Da die Fenster offen waren, hörte ich, wie Orlando zu Carla sagte: „Vor dem ersten Kaffee ist sie nie sehr gesprächig.“

Dieser Sonntagmorgen versprach einen strahlend schönen Sommertag. Kleine weiße Schäfchenwolken zeigten sich auf dem blauen Himmel. Von den Hügeln wehte eine leichte Brise herunter, und die Zikaden machten einen solchen Lärm, dass man kaum sein eigenes Wort verstand. Die warme Luft war erfüllt vom Duft des Lorbeers, und in den Bäumen sangen kleine, niedliche Vögel. Doch leider konnte ich diese Idylle nicht genießen, zu sehr bedrückte mich die Erinnerung an die vergangene Nacht. Ich überlegte, ob ich Carla sofort zur Rede stellen oder besser abwarten sollte, ob sie von selbst auf die Kinder zu sprechen kommen würde.

Als ich mich zu ihnen gesellte, beklagte sich Orlando gerade bei seiner Cousine, dass er nicht einschlafen hatte können. Ihn hatten ebenfalls die ländlichen Geräusche wach gehalten, das Vogelgezwitscher und das Konzert der Zikaden am frühen Morgen, das Krähen der Hähne, das Knarren und Ächzen der alten Balken, das Glockengeläute und all die anderen unheimlichen Klänge.

„Dass wir mitten in der Nacht Besuch hatten, scheint dir aber entgangen zu sein", unterbrach ich ihn zornig.

Carla und Orlando blickten mich fragend an.

„Ein paar Kriminelle haben die Mädchen abgeholt. Beinahe hätte es eine Schlägerei gegeben. Kannst du mir verraten, wer für diese Schweinerei hier verantwortlich ist?", fragte ich Carla schärfer, als ich es beabsichtigt hatte.

Sie zerbrach ihr Weinglas. Ließ die Scherben auf den Boden fallen.

„Welche Mädchen", fragte sie mit zittriger Stimme.

„Mein Gott, du blutest ja", schrie Orlando und reichte ihr eine Serviette. Von ihrer Hand tropfte tatsächlich Blut. Fasziniert starrte sie auf den kleinen Schnitt mitten auf ihrer Handfläche.

„Es tut nicht weh", murmelte sie und presste die Serviette auf die Wunde.

Ich ignorierte ihre Verletzung. „Als wir gestern Nacht hier ankamen, haben wir ein paar Kinder dabei erwischt, wie sie in eurer Scheune gefälschtes Parfüm abgefüllt und in gestohlene Verpackungen gesteckt haben", fuhr ich sie an.

Sie sah mir nicht in die Augen, als sie antwortete: „Mein Bruder hat nach der Operation seines Onkels versucht, den Familienbetrieb allein weiterzuführen. Leider verstand er nicht viel von der Parfümherstellung. Als ich ihn eines Tages dabei ertappte, wie er das Zeug, das er in unserem alten

Labor zusammengebraut hatte, in leere Chanel-Fläschchen abfüllte, hat er mich beschworen, den Mund zu halten. Riccardo war das schwarze Schaf der Familie und von klein auf ein Unglücksrabe ..." Sie begann zu weinen.

„Soll ich ein Pflaster holen?", fragte Orlando und füllte gleichzeitig ihr Glas mit Wein.

Sie schüttelte den Kopf und fuhr fort: „Riccardo hatte mir versprochen, mit diesen Betrügereien Schluss zu machen."

„Offensichtlich hat er sein Versprechen nicht gehalten. Er hat nur die Abfüllung in euer Landhaus verlegt", sagte ich und ignorierte ihre blutende Hand. „Aber es geht nicht nur um Betrug, höchstwahrscheinlich war dein lieber Bruder sogar in einen Menschenhandel verstrickt. Wir haben gestern mit den jungen Rumäninnen gesprochen. Sie sind nicht freiwillig nach Bella Italia gekommen, sondern wurden hierher verschleppt."

Carla starrte mich entsetzt an.

Wenn ich richtig wütend bin, dann werde ich manchmal eisig ruhig. „Wer ist noch in diese kriminellen Geschäfte involviert?", fragte ich scheinbar gelassen.

„Niemand von uns. Ehrlich!"

„Du wirst mir doch nicht erzählen wollen, dass dein Bruder diese Geschichte im Alleingang durchgezogen hat! Ich dachte, in Italien hätte die Mafia alle kriminellen Machenschaften unter Kontrolle."

„Ich habe bis jetzt wirklich nichts davon gewusst, glaub mir! Ich lüge nicht!"

Die reine Unschuld? Nun war ich doch nahe daran, laut zu werden.

„Lass sie in Frieden. Merkst du denn nie, wann es genug ist?", herrschte mich Orlando an und legte den Arm um die Schultern seiner heulenden Cousine.

Wunderbar – mein bester Freund fiel mir in den Rücken! Es geht eben nichts über Familienbande, dachte ich und wurde erst recht böse.

„Halt den Mund!“, zischte ich zurück und schrie Carla an: „Du hattest also keine Ahnung, dass dein Bruder seine illegalen Geschäfte hier draußen weiter betrieb?“

„Ich schwöre ...“, Carlas Stimme brach. Sie wirkte tief verletzt.

„Okay, wir reden ein anderes Mal weiter. – Was machst du überhaupt hier?“, fragte ich eine Spur freundlicher.

„Sie wollte uns abholen“, antwortete Orlando. „Die Zimmer im Palazzo sind frei. Die sizilianische Verwandtschaft ist heute Früh abgereist.“

„Ehrlich gesagt, bin ich vor dem Familiensonntag geflohen“, sagte Carla. „Das sonntägliche Mittagessen ist für alle Italiener eine heilige Kuh. Auch wir haben diese wichtigste aller Mahlzeiten früher ausgiebig zelebriert. Meistens hat sich die ganze Pazzini-Sippe in unserem Salon versammelt und ist bis zum späten Nachmittag regungslos dort hocken geblieben. Selbst Livio und seine Ex-Frau Chiara mussten jeden zweiten Sonntag bei uns antanzen.“

Es lag mir auf der Zunge zu fragen: „Hat er diese Chiara nicht halb totgeschlagen?“

Carla sprach weiter: „Seit sich meine Mutter lieber flüssig ernährt, haben wir diese Gelage aufgegeben. Aber die Sonntage sind dadurch noch viel unerträglicher geworden. Meistens beginnt sie gleich nach dem Frühstück, oder besser gesagt nach der ersten Tasse Kaffee zu saufen. Bis Mittag ist ihre Stimmung prächtig, das Essen misslingt ihr trotzdem jedes Mal. Natürlich ein Grund, um erst recht zu trinken.“

Ich wollte Carla gerade sagen, dass ich von Familientreffen generell nicht viel hielt, da sie meist mit Zank und Streit endeten, als ich Orlandos verträumten Blick auffing. Als einziges Kind einer alleinstehenden Mutter hatte er sich immer nach einer großen Familie gesehnt. Er war sehr aufgeregt gewesen, als ihn die Pazzinis zum Begräbnis seines Vaters, den er höchstens dreimal in seinem Leben zu Gesicht bekommen hatte, eingeladen hatten. Die Freude, seine Verwandten wiederzusehen, ihnen womöglich sogar willkommen zu sein, hatte den Schmerz über den Tod seines Vaters jedenfalls merklich gelindert.

Carla entschuldigte sich. Sie wollte die Schnittwunde auf ihrer Handfläche, die nach wie vor blutete, nun doch verarzten.

„Du kannst manchmal ein richtiges Biest sein, Kafka“, sagte Orlando, nachdem sie ins Haus gegangen war. „Die arme Carla hat die ganze Nacht ihre hysterische Mutter am Hals gehabt. Francesco hat sich abgeseilt, während sie sich anhören musste, wie großartig ihr kleines Brüderchen war. Für meine Tante hat einzig und allein Riccardo gezählt. Carla war sozusagen das Stiefkind. Aurora hat die Arme immer wie eine Dienstbotin behandelt.“

Orlando reichte mir die Chiantiflasche. Ich schüttelte den Kopf. Er füllte sein Glas bis zum Rand mit der rubinroten Flüssigkeit. Schweigend saßen wir da und betrachteten den kobaltblauen Himmel und die Weingärten auf den sanften Hügeln.

Auch Orlando hatte eine traurige Kindheit gehabt. Zwar hatte ihn seine Mutter abgöttisch geliebt, da sie jedoch unter Depressionen gelitten hatte, war sie zeitweise nicht imstande gewesen, sich um ihn zu kümmern. Er hatte viel Zeit bei Tagesmüttern, in Horten und später bei Pflegeeltern verbracht. Bald nachdem er mit siebzehn von zuhause ausgezogen war, hatte sie sich umgebracht.

Im Gegensatz zu ihm war ich recht behütet aufgewachsen. Dennoch dachte auch ich nicht gern an meine Kindheit. Erinnerungen an die Kindheit bedeuteten Erinnerungen an meine Eltern. Ich hatte ihre grausame Ermordung bis heute nicht überwunden. Rachephantasien bereiteten mir so manche schlaflose Nacht, denn die Täter waren nie gefasst worden. Wahrscheinlich interessierte ich mich deswegen so sehr für Tod und Verbrechen.

Nach dem Tod meiner Eltern hatte ich mehrmals versucht, bei meiner Sippe zu leben. Egal, ob in Texas oder in

Südfrankreich, meine Roma-Verwandten hatten mich überall freundlich aufgenommen. Ich hatte es nirgendwo länger als ein paar Monate ausgehalten. Meine Selbständigkeit und meine Unabhängigkeit bedeuteten mir einfach sehr viel. Ich bin ein freiheitsliebender Mensch und hasse Verpflichtungen jeder Art. Die Vorstellung, jemandem zur Last zu fallen oder gar von ihm abhängig zu sein, ist schrecklich für mich.

Die Beziehung mit dem schwulen Orlando, den ich bei einem Barkeeperkurs kennengelernt hatte, kam meinem Bedürfnis nach Unabhängigkeit sehr entgegen. Als er jedoch damals, nach den Serienmorden in Wien, einige Zeit bei mir wohnte, war ich fast durchgedreht. Und obwohl wir jetzt erst seit zwei Tagen miteinander unterwegs waren, merkte ich schon wieder, dass ich leicht gereizt und nervös war. Ich hielt eben keinen Menschen rund um die Uhr in meiner Nähe aus.

Orlando und ich sind zwar beide Einzelkinder, aber doch sehr verschieden. Er ist ein Klammeräffchen, das von einer symbiotischen Zweierbeziehung träumt, am liebsten Tag und Nacht einen geliebten Menschen um sich haben möchte, während ich fast ausflippe, wenn ich einen Tag lang keine Zeit für mich allein habe.

„Was macht Carla eigentlich? Hat sie einen Job?“, durchbrach ich das Schweigen.

„Sie ist Schauspielerin und versucht sich in letzter Zeit als Regisseurin. In ihrer Jugend war sie eine Schönheit, so wie ihre Mutter.“

Auf mich wirkte Carla, die genauso alt war wie ich, etwas verhärmt. Außerdem war sie übergewichtig.

Orlando beantwortete meine unausgesprochene Frage: „Sie hat zwei Abtreibungen hinter sich. Die zweite war erst vor Kurzem. Und sie ist eine Frustesserin.“

„Woher weißt du das?“

„Meine Tante erzählt es jedem, egal, ob er es hören will oder nicht.“

Ich hatte plötzlich Mitleid mit Carla. Und obwohl mir bewusst war, dass Orlando mit seinen Worten genau dies beabsichtigt hatte, war ich besonders freundlich zu ihr, als sie zurückkehrte. Ja, ich entschuldigte mich sogar bei ihr, obwohl mir Entschuldigungen nie leicht über die Lippen kommen. Carla schien nicht nachtragend zu sein. Sie umarmte mich.

„Der Beginn einer wunderbaren Freundschaft", scherzte ich und freute mich, als sie mich schüchtern anlächelte.

Sie hatte sich das Gesicht gewaschen und die Haare gekämmt. Sie sah nun recht passabel aus. Da sie ihr langes, dichtes schwarzes Haar hochgesteckt hatte, wirkte ihr herzförmiges Gesicht schmäler und ihre ebenmäßigen Züge kamen besser zur Geltung.

„Ich hole schnell ein paar Flaschen Wein aus dem Keller", sagte sie. „Die Sizilianer haben unsere Weinvorräte ziemlich reduziert. Wenn ihr einverstanden seid, brechen wir dann gleich auf. Kann ich mit euch zurückfahren? Der Suzuki, mit dem ich hergekommen bin, gehört eigentlich hierher zum Landhaus. Irgendwer aus der Familie muss wohl damit in die Stadt gefahren sein, Livio hat mir heute Früh gesagt, dass der Wagen in der Nähe seines Lokals stehen würde."

Während sie in den Keller ging, räumte ich den Tisch ab und rauchte in Ruhe eine Zigarette. Orlando brauchte erfahrungsgemäß doppelt so lange zum Packen wie ich.

## 5.

Auf schmalen Landstraßen fuhren wir zurück nach Florenz. Ich war froh, eine ortskundige Beifahrerin zu haben. Orlando hatte sich auf die Rückbank meines Skodas verzogen und hielt ein kleines Schläfchen. Er hatte einen Schwips. Kein Wunder, hatte er doch drei Gläser Wein auf fast nüchternen Magen getrunken.

Das bezaubernde Hügelland zeigte sich von seiner besten Seite. Bauernhäuser aus Naturstein am Ende von Feldwegen, umgeben von Olivenhainen, heruntergekommene Villen, bei denen der Verputz in großen Stücken von den Mauern bröckelte, eine mittelalterliche Burg, die wie ein Adlerhorst auf einer spitzen Bergkuppe klebte. Die Straße schlängelte sich zwischen Weingärten einen steilen Hügel empor. Wir kamen durch kleine Dörfer, vorbei an idyllisch gelegenen Weingütern und hohen bemoosten Mauern, die prachtvolle Anwesen vor neugierigen Blicken bewahrten.

„Die Rebflächen hier zeichnen sich durch einen speziellen Boden aus. Diese sonnigen Mergelböden sind besonders ideal für Sangiovese", sagte Carla.

„Ich steh mehr auf Chianti", sagte Orlando. „Ich liebe diesen Wein."

„Das habe ich heute früh gemerkt", murmelte ich.

„Weißt du, dass man den echten Chianti Classico an seinem Siegel erkennt? Alle Flaschen tragen am Hals ein Siegel mit Nummer und einem schwarzen Hahn auf goldenem Hintergrund, ein aus dem Mittelalter stammendes Emblem der Chianti-Liga", sagte Carla und drehte sich zu ihrem Cousin um.

Orlando reagierte nicht, er schien wieder eingeschlafen zu sein.

„Rund um das kleine Städtchen Panzano gibt es die dichteste Konzentration an hochqualitativen Weinen", fuhr sie fort, als wir uns diesem Ort näherten. „Deshalb ist es hier für Neulinge im Weingeschäft oft schwierig, Fuß zu fassen. Viele der Winzer produzieren nicht nur hervorragende Weine, sondern erzeugen auch hochwertige Produkte aus Olivenöl und Getreide, zum Beispiel Pasta aus dem selbst angebauten Getreide oder ein grandioses Olivenöl."

Als wir in Panzano kurz Halt machten und einen Espresso in einer kleinen Bar tranken, spielte Carla weiter die Fremdenführerin: „Ursprünglich hatten sich die Etrusker hier angesiedelt. Die Burg stammt aus dem 12. Jahrhundert. Leider ist nicht mehr viel davon übrig. Während der jahrhundertelangen Streitigkeiten zwischen Florenz und Siena ist die Umgebung von Panzano mehrmals total verwüstet worden."

„Mir kam der Ort letztens, als ich mit meinem Vater hier war, ziemlich touristisch vor", sagte Orlando. Er klang wieder ganz munter.

„Vielleicht war gerade Markt? Aber es stimmt schon, Panzano lebt heute nicht allein vom Weinbau, sondern auch vom Tourismus. Seit Penelope Cruz und Paul Newman hier Urlaub gemacht haben, begeistern sich vor allem viele US-Amerikaner für diese Gegend. Auch internationale Küchenchefs wie Anthony Bourdain und Jamie Oliver drehen gern ihre Kochshows in den umliegenden Hügeln."

Während der Weiterfahrt nach Florenz begann Carla, wieder von ihrem Bruder zu reden: „Riccardo war fünf Jahre jünger als ich. Als Kinder haben wir uns ganz gut verstanden, obwohl es mich genervt hat, immer auf ihn aufpassen zu müssen. Denn Riccardo und meine Mutter haben jedes Kindermädchen in die Flucht getrieben, und dann musste immer ich einspringen." Sie hielt inne und wischte sich ein paar Tränen aus den Augen.

„Du musst uns nicht von ihm erzählen, wenn es dich zu sehr schmerzt", sagte ich.

„Nein, nein, es geht schon. Als er in die Pubertät kam, haben wir den guten Draht zueinander verloren. Und als Erwachsene sind wir dann verschiedene Wege gegangen. Er schloss sich einer Clique an, die mir nicht recht behagte. Junge reiche Florentiner, die nichts anderes im Kopf hatten als Frauen, Autos und exzessive Partys. Im Sommer sind sie mit ihren Geländewagen durch die Gegend gerast, ans Meer gefahren oder haben die Weingüter und Sommerhäuser ihrer Eltern und Verwandten am Land besucht. Im Winter haben sie in schicken Bars herumgehangen ..."

„Müßiggang muss ja nicht unbedingt negativ sein“, unterbrach ich sie. „Ich verbinde damit auch eine gewisse Leichtigkeit des Seins.“

„Ja, ja, das mag schon sein. Aber währenddessen stand uns allen das Wasser bis zum Hals. Ich bin gezwungenermaßen mit drinnen gehangen. Was das Parfümgeschäft betraf, so habe ich mich nicht eingemischt. Und Francesco hatte sowieso nie Interesse an der Parfümerie. Er ist Künstler.“

Ich hatte keine Lust mehr, mir noch länger ihre Jammerei anzuhören. Doch Carla fuhr fort: „Ich hatte in jungen Jahren nur meine Schauspielerei im Kopf, und meine Mutter hat sowieso nie mit Geld umgehen können. Im Grunde haben wir alle dabei zugesehen, wie das Geschäft den Bach runterging. Und eines Tages waren wir eben ruiniert. Man kann nicht immer Geld aus einer Firma ziehen, man muss auch einmal was in Erneuerungen, in moderne Technologie und Marketing investieren. Das habe selbst ich inzwischen kapiert.“ Seufzend lehnte sie sich in ihrem Sitz zurück.

Ich legte rasch eine CD ein und drehte auf volle Lautstärke. Als die verführerische Stimme von Vasco Rossi erklang, begann ich, die Fahrt endlich wieder zu genießen. Die malerischen Hügel der Toskana erstrahlten in der Mittagssonne in saftigem Grün. Die Weinberge mit ihren weit auseinanderstehenden Rebstockreihen schimmerten golden, und die Swimmingpools in den Gärten der Neureichen leuchteten türkis.

„Was bedeutet eigentlich der Name Toskana?“, fragte Orlando plötzlich.

„Land der Etrusker. Hast du die etruskischen Ausgrabungen in Populonia gesehen?“, fragte Carla.

„Leider nein. Aber wenn ich das Landhaus erben sollte, komme ich ja bald wieder.“

Ich wusste, dass er hoffte, Landlord in der Toskana zu werden. Vor unserer Abreise hatte er von kaum etwas anderem geredet. Carla jedoch reagierte nicht auf seine Bemerkung.

Als Florenz in Sicht kam, bot sie mir an, mich am Steuer abzulösen. „Florenz ist ein Einbahndschungel. Außerdem darfst du eigentlich mit einem ausländischen Kennzeichen nicht ins Zentrum, wo wir wohnen. Falls uns ein Polizist aufhalten sollte, zeige ich ihm meine Fahrerlaubnis." Ich tauschte gern mit ihr Platz.

Durch die Porta Romana, das südliche Tor zur Altstadt, gelangten wir in ein Labyrinth von krummen engen Gassen und mittelalterlichen Häusern. Die Stadt schien kein realer Ort zu sein, an dem Menschen lebten. Sie kam mir wie ein einziges großes Museum vor.

„Ist das dein erster Besuch in Florenz?", fragte Clara mich.

Ich nickte.

„In den Florentinern vereint sich angeblich das politische Denken der Römer und das technische Talent, für das die Etrusker bekannt waren. In unserer Stadt entwickelte sich jedenfalls sehr früh ein demokratisches Bewusstsein", gab sie uns Nachhilfe in Geschichte.

„Florenz heißt ‚die Blühende'", meldete sich Orlando vom Rücksitz.

„Genauer gesagt Florentia", korrigierte ihn Carla.

Obwohl mir meine Frage selbst ein wenig merkwürdig vorkam, unterbrach ich die beiden und meinte: „Kommen wir zufällig in der Nähe von Livios Metzgerei vorbei? Ich würde mir den Tatort des Mordes gern genauer ansehen. Ihr braucht ja nicht mit hineinzukommen."

„Klar komm ich mit", sagte Orlando.

Auch Carla war einverstanden. Sie wollte ohnehin wegen Riccardos Begräbnis mit ihrem Onkel sprechen.

Die Polizei hatte Livios Laden geschlossen. Der Eingang war versiegelt. Ich schimpfte mich eine Idiotin. Schließlich hätte ich das vorhersehen können. Carla rief ihren Onkel am Handy an.

„Er kommt gleich. Er wird euch gern seine Metzgerei zeigen. Livio ist ein Original. Nicht nur seine Würste und sein Schinken sind etwas ganz Besonderes. Vor allem seine Steaks sind weltberühmt. Eine andere Spezialität ist sein Rollbraten …"

Eine Hand berührte sanft meine Schulter. Ehe ich mich umdrehen konnte, vernahm ich eine angenehme, tiefe Männerstimme hinter mir: „Schön, dass ihr gekommen seid. Leider kann ich euch nichts zum Essen anbieten. Die Polizei hat auch mein Restaurant geschlossen."

„Kafka spielt gern Detektiv", sagte Orlando grinsend.

Livio sah mich fragend an. Ich errötete. Kam mir wie ein neugieriges kleines Mädchen vor.

Wir betraten das Geschäft durch einen Seiteneingang. Die Fleischhauerei bestand aus einem Raum. Livio begab sich gleich hinter die Theke und nahm aus einem der unten eingebauten Kühlschränke einen Rollbraten heraus.

„Von dem hast du doch gerade geschwärmt", sagte er schmunzelnd zu Carla. „Du weißt, wie man ihn zubereitet. Lass ihn ja nicht wieder von deiner Mutter zu Tode schmoren."

Als er sich aufrichtete und ihr den Braten hinüberreichte, wirkte er noch gigantischer, als er ohnehin war. Anscheinend befand sich hinter der Theke eine Art Podest. Auch sein Bauch schien mir dicker zu sein als bei unserem ersten Treffen, obwohl er ihn zu verstecken versuchte, indem er sein blaues Jeanshemd über den Hosenbund hängen ließ. Er bemerkte, dass ich ihn beobachtete. Rasch wandte ich mich ab.

Rechter Hand, gleich neben dem Eingang, stand ein großes Bücherregal mit zahlreichen Kochbüchern, daneben eine Anrichte, über der fette Würste hingen. Und dahinter war eine Glastür – der Eingang zum Kühlhaus.

Riccardos Leichnam war natürlich längst fortgebracht worden, aber angesichts der Rinderhälften, die an mächtigen Fleischerhaken von der Decke herunterhingen, durchfuhr mich dennoch ein Schauer. Plötzlich verwandelte sich das geschlachtete Rind vor meinen Augen in einen enthäuteten Männerkörper. Die Spitze des riesigen Fleischerhakens hatte seinen Adamsapfel durchbohrt. Der Körper war fast gläsern, bestand nur mehr aus Muskeln, Sehnen und rohem Fleisch. Auch die Organe und Gedärme waren deutlich sichtbar. Das Herz schien noch zu pochen, bewegte sich in langsamem Rhythmus. Die Gliedmaßen zuckten, ebenso wie das leicht erigierte Glied, dem ebenfalls die Haut abgezogen worden war. Die blanken Hoden waren enorm vergrößert und schimmerten lila. Die Schädeldecke war offen, das Gesicht blutüberströmt. Die Augen waren leere, von Blut verkrustete Höhlen. Als aus dem lippenlosen Mund des Toten schwarzes Blut zu sprudeln begann, schrie ich laut auf.

Livio drückte mich fest an sich. „Diesen Raum darf nicht einmal ich betreten. Ich wollte das Fleisch da drinnen längst wegwerfen, aber sie haben mich nicht gelassen", sagte er mit sanfter Stimme. „Es war keine so gute Idee, euch hierherzubringen." Er wirkte richtiggehend schuldbewusst.

Obwohl ich nach wie vor zitterte, sagte ich: „Nein, nein, es ist allein mein Problem. Die Phantasie ist mit mir durchgegangen."

Livio bestand jedoch darauf, dass wir sein Geschäft sofort verließen, und servierte uns oben in seiner Wohnung einen Grappa zum Espresso.

Es ist immer aufschlussreich, die Wohnung eines unverheirateten Mannes zu sehen. Schon auf den ersten Blick wird meistens klar, ob man besser sofort die Flucht ergreifen oder ihm eine Chance geben soll. Livios Wohnung gehörte zur zweiten Kategorie. Sie war mit schönen dunklen Möbeln im Landhausstil eingerichtet, und auch die Ölbilder an den Wänden verrieten guten Geschmack. Volle Bücherschränke, ein HiFi-Tower und eine beeindruckende CD-Sammlung beherrschten das Wohnzimmer. Ich wunderte mich nicht über den Musikgeschmack des Metzgers, hatte ich doch bereits gehört, dass er Opernliebhaber war. „Oh, du hast sogar eine Aufnahme von Rigoletto mit Maria Callas als Gilda“, sagte ich bewundernd. „Rigoletto ist meine Lieblingsoper“, fügte ich erklärend hinzu.

„Meine auch.“ Livio strahlte mich an.

Unter dem Vorwand, aufs Klo zu müssen, schaute ich mir auch Livios Bad an. Terrakotta-Fliesen, ein längliches, eckiges Waschbecken, eine moderne barrierefreie Dusche.

Als ich ins Wohnzimmer zurückkam, war die Stimmung zwischen den dreien am Nullpunkt angelangt. Livio wirkte bedrückt. Selbst als ich sein geschmackvolles Zuhause lobte, lächelte er nicht. Erst als ich bei Carlas Schilderung, wie ihre Mutter es jedes Mal schaffte, Livios köstlichen Rollbraten zu ruinieren, in Gelächter ausbrach, lachten die anderen mit. Wir vermieden es jedoch alle vier tunlichst, das Gespräch wieder auf den Mord zu bringen.

Auf dem Weg zum Palazzo Pazzini musste sich Carla auf den regen Verkehr in der Innenstadt konzentrieren. Gewandt steuerte sie meinen Skoda durch die belebten Gassen, vorbei an den Renaissance-Palästen der kunstbegeisterten florentinischen Adeligen. Die meisten Gassen waren Einbahnen oder Fußgängerzonen. Zahllose Zweiräder zischten mit höllischem Tempo links und rechts an uns vorbei. Nun war ich doch froh, nicht selber fahren zu müssen.

Als wir den Palazzo Pazzini auf Parkplatzsuche umrundeten, fiel mir als Erstes der brutale, fast abstoßende Charakter dieses Gebäudes auf. Das burgartige „Rustica“ verlieh den meisten florentinischen Palästen, an denen wir bisher vorbeigefahren waren, etwas Einschüchterndes und Gewalttätiges. Das Mauerwerk bestand aus derben, an der Vorderseite roh behauenen Quadern. Ich sprach Carla darauf an.

„Die Florentiner Paläste sind Festungen, die gebaut wurden, um Menschen abzuhalten, nicht, um sie zu empfangen. Zumindest fehlt ihnen von außen die Farbe und Eleganz. Alle Palazzi und vornehmen Häuser stehen außerdem mit der Rückseite zur Straße. Die schönen Fassaden und Gärten sind innen", sagte Carla.

Ich fragte mich, ob dies nicht auch etwas über den Charakter der Bewohner dieser Stadt aussagte. Und mein Verdacht bestätigte sich, als Carlas Mutter uns begrüßte.

Aurora Pazzini besaß eine gewisse Ähnlichkeit mit einer Vogelscheuche. Ihr ärmelloser champagnerfarbener Overall war voller Flecken – ich tippte auf Rotwein – und schlotterte um ihren dürren Körper. Er war ihr mindestens zwei Nummern zu groß. Das blond gefärbte Haar hatte sie schlampig hochgesteckt. Ausgebleichte Fransen hingen ihr ins straff gespannte Gesicht. Da hatte irgendein Schönheitschirurg gewaltig gepfuscht. Die Haut unter ihrem Kinn war faltig wie Krokodilshaut. An ihren dünnen Oberarmen hing die Haut ebenfalls schlaff herab, und ihre Hände waren übersät mit Altersflecken.

Aurora schien nicht besonders erfreut über ihre neuen Gäste zu sein. Begrüßte nur Orlando mit einem gekünstelten Lächeln. Mich ignorierte sie beinahe. Gab mir zwar die Hand, wandte sich aber gleich wieder ab und befahl ihrer Tochter, uns die Zimmer zu zeigen.

„Ich habe schreckliche Migräne", jammerte sie. Die unzähligen geplatzten Äderchen auf ihrer Nase und ihren Wangen, die stark geröteten Augen, die zitternden Hände und ihre fahrigen Bewegungen bestärkten mich in meinem Verdacht, dass sie eine schwere Alkoholikerin war, wie Carla schon angedeutet hatte. Als langgediente Kellnerin wusste ich, dass vor allem Trinkerinnen aus der sogenannten besseren Gesellschaft ihren Kater gern als Migräne ausgaben.

Unsicheren Schrittes ging Aurora vor uns hinauf in den ersten Stock. Das kahle, neoklassizistische Treppenhaus

aus Marmor war in diffusem Grün beleuchtet und wirkte etwas mysteriös. Ich musste unwillkürlich an die Gemälde von Giorgio de Chirico denken. Offensichtlich war es umgebaut worden, denn der Palazzo war, soviel ich wusste, im 16. Jahrhundert errichtet worden. Es war deutlich zu erkennen, dass dies früher einmal ein sehr prunkvolles Haus gewesen war. Heute erinnerte nur mehr der riesige Kronleuchter, der von der hohen Decke hing und funkelndes Licht verbreitete, daran.

„Entschuldigt bitte das Chaos. Wir sind am Renovieren", sagte Carla. „Deshalb ist es zurzeit auch ein bisschen eng bei uns. Wir bewohnen momentan nur den zweiten Stock. Francesco schläft unten auf der Baustelle, falls er ausnahmsweise einmal zuhause übernachtet. Für seinen Vater hatten wir unterm Dach, auf demselben Gang, wo sich die Gästezimmer befinden, eine kleine Wohnung eingerichtet. Er konnte sowieso nicht mehr außer Haus ..." Sie brach ab. „Ich hoffe, ihr werdet euch trotzdem hier wohlfühlen ..."

„Natürlich", sagte ich. Ihre Unsicherheit rührte mich. Mir tat es richtig leid, dass ich sie beim Frühstück so scharf angegangen war. Ich verfluchte mein Temperament. Zwar geriet ich nicht oft in Rage, aber wenn, dann heftig. Und meistens waren mir meine Zornesausbrüche kurz danach peinlich.

„Dein Vater hatte ursprünglich geplant, die Räumlichkeiten im dritten Stock zu vermieten", sagte Carla zu Orlando. „Mein Bruder und Francesco sind strikt dagegen gewesen. Sie wollten keine Fremden im Haus. Ich selbst fand seine Idee nicht schlecht. Das Geld hätten wir jedenfalls gut brauchen können."

Von der Galerie im ersten Stock führten links und rechts Holztreppen in die oberen Stockwerke. Wir bekamen jeder ein eigenes Zimmer im rechten Trakt. Das Bad mussten wir uns teilen.

Die Fresken an den hohen Wänden waren sorgfältig restauriert worden. Ich staunte vor allem über die großen, von viel Licht durchfluteten Räume. Was für ein Kontrast zu den düsteren unteren Stockwerken. In den Gängen und Zimmern, die mit neuen Parkettböden ausgestattet waren, standen liebevoll ausgesuchte Accessoires, asiatische Krieger aus Terrakotta, antike Tischchen, zarte Vitrinen und alte Steinvasen.

Mein Zimmer war in Gelbtönen gehaltenen. Auf dem Deckenfresko schmiegten sich fette kleine Engel an eine nackte Blondine ohne Unterleib. Vom Bad aus gelangte man nicht nur in Orlandos Zimmer, das meinem ganz ähnlich war, sondern auch auf einen kleinen Balkon mit einem fantastischen Blick auf die Dächer von Florenz.

Die Einrichtung war praktisch und unspektakulär. Schrank, Schreibtisch und Sessel strahlten antikes Flair aus. Die entzückenden Himmelbetten in sandfarbenen Tönen versprachen süße Träume.

„Alles Tand! Meine Verwandtschaft versteht sich darauf, den schönen Schein zu wahren“, sagte Orlando leise. „Schau, auf der Bodenvase klebt der Preiszettel. Ist aus einem Billigladen.“ Der Preis gab ihm Recht.

„Ihr könnt unsere Küche im zweiten Stock mitbenützen. Unten im Keller gibt es auch noch eine große Küche aus dem Jahre 1550 mit einem steinernen Brunnen und einem uralten Herd, aber die haben wir zu einem Weinkeller umfunktioniert. Manchmal malt auch Francesco dort“, sagte Carla. „Packt in Ruhe aus und macht es euch gemütlich. Nachher kann ich euch die Stadt zeigen, wenn ihr wollt.“

Orlando war zwar bereits zweimal in Florenz gewesen, hatte damals jedoch nicht viel von der Stadt gesehen. Sein Vater war beide Male mit ihm aufs Land gefahren.

## 6.

Die Sonne brannte erbarmungslos vom wolkenlosen Himmel, als wir zum Duomo Santa Maria del Fiore schlenderten. Auf dem Domplatz herrschte eine Stimmung wie in einem ausverkauften Fußballstadion. Wir mussten uns in einer langen Schlange vor dem Eingang anstellen. Während ich das Tor mit der Darstellung des Paradieses betrachtete, drängelte sich Carla nach vorn und redete auf den Mann beim Eingang ein. Kurz darauf winkte sie uns zu sich. Ohne auf das empörte Geraune der anderen Touristen zu achten, betraten wir das Innere der prachtvollen Kathedrale.

„Was hast du ihm denn für ein Märchen aufgetischt, dass er uns vorgelassen hat? Oder hast du ihn gar bestochen?", fragte ich leise.

„Ich hab ihm eine Nacht mit mir versprochen", erwiderte Carla grinsend.

„Waaas?", entfuhr es mir laut.

„Das war ein Scherz", lachte Carla. „Wir haben einfach Glück, dass heute der Sohn unserer Putzfrau Dienst hat."

Oben in der Kuppel wurde mir schwindlig. Die Fresken von Giorgio Vasari und Federico Zuccari, die von dem Licht aus den wunderschönen bunten Glasfenstern erleuchtet wurden, begannen vor meinen Augen zu verschwimmen. Ich sah zu, dass ich rasch wieder hinunterkam, und weigerte mich dann, den Campanile zu besteigen.

„Ich leide unter Höhenangst", erklärte ich Carla.

„Ich auch", sagte Orlando rasch. Sightseeing gehörte nicht zu seinen Lieblingsbeschäftigungen.

„Dantes geliebtes Baptisterium San Giovanni müsst ihr euch aber ansehen", sagte Carla.

Ich war heilfroh, dass wir dort nicht mehr in luftigen Höhen herumklettern mussten.

„Habt ihr denn keinen Hunger? Mir ist fast schlecht", sagte ich, als wir diesen Prachtbau verließen.

„Genügt euch ein Sandwich?“, fragte Carla und lotste uns dann durch eine von kauflustigen Touristen bevölkerte Einkaufsstraße.

„So klein und schon ein Lokal?“, scherzte ich beim Anblick des winzigen Kiosks in einer Häusernische.

„Mach dich nur lustig. Du wirst sehen, diese Panini mit Speck, Pasteten, Gemüse und Käse gehören zum Besten, was Florenz zu bieten hat.“

Wir standen wieder in einer langen Schlange an. Dieses Mal waren wir jedoch hauptsächlich von Einheimischen umringt.

„Was haben denn die Nummern auf den Regalen zu bedeuten?“, fragte ich.

„Die Regale für die Weingläser sind nummeriert, damit man sein Glas leichter findet. Früher gab es in der Umgebung der ehemaligen Getreidebörse viele solche kleinen Läden. Dieser Kiosk hier existiert schon seit 1875. Anfangs wurde nur Wein ausgeschenkt, das ‚flüssige Brot‘ der Armen. In den vergangenen Jahrzehnten haben sich jedoch alle Studenten von Florenz hier satt gegessen.“

Endlich waren wir bis zur Theke vorgedrungen. Carla bestellte für sich und mich Panini mit Prosciutto crudo, Rucola und Caprino, für Orlando ein vegetarisches Panino und drei Gläser Weißwein.

„Dort drüben ist die ehemalige Getreidebörse. Lasst uns kurz reinschauen, wenn ihr mit eurem Sandwich fertig seid.“

„Das schmeckt nach mehr“, sagte Orlando mit vollem Mund.

„Vielfraß“, antwortete ich. Trank rasch mein Glas aus und folgte Carla in die Chiesa di Orsanmichele.

„Der frühere Getreidespeicher ist heute eine Kirche. Die Säulen sind innen hohl. Das Getreide wurde unterm Dach gelagert und durch die Säulen auf einer Art Rutsche nach unten befördert. Seht ihr die Öffnungen? Da kam das Getreide heraus.“

Auf den benachbarten kleinen Märkten trieben sich hauptsächlich Touristen herum. „Das war mal der Fleischmarkt.“ Carla deutete auf die Stände mit kitschigen Souvenirs und mehr oder weniger billigen Täschchen und Lederjacken. „Aber weil wir gerade in der Gegend sind, sollten wir vielleicht Il Porcellino besuchen.“

Als ich eine Gruppe japanischer Touristen vor der bronzenen Statue eines Wildschweins erblickte, wollte ich gleich kehrtmachen. Aber Carla hielt mich zurück. „Man muss seine Schnauze streicheln und ihm eine Münze ins Maul legen. Wenn sie in den Brunnen rutscht, bringt das Glück“, sagte sie.

Entschuldigend lächelnd drängte sich Orlando vor. Die höflichen Japaner schauten ihn verwundert an, protestierten aber nicht. Sie waren viel zu wohlerzogen und inzwischen wohl auch an unhöfliche Europäer gewöhnt. Hastig berührte Orlando die Schnauze des bronzenen Wildschweins und steckte ihm einen Euro ins Maul. Die Münze fiel nicht in den Brunnen, sondern auf den Boden.

„Oh verdammt“, fluchte er und wiederholte die Zeremonie. Beim zweiten Mal klappte es. Ich war mir trotzdem sicher, dass ihm das Schwein kein Glück bringen würde.

Wir gingen ein paar Schritte weiter und standen auf einmal vor einem der eindrucksvollsten Bauwerke, die ich je gesehen hatte. Der Palazzo Vecchio, der imposante Sitz des republikanischen Florenz, ragte direkt vor uns in den wolkenlosen Himmel.

„Den Palazzo sollten wir unbedingt besichtigen. Cosimo der I. hat ihn von Giorgio Vasari umgestalten lassen. Ihr werdet überrascht sein, wie prunkvoll dieser mittelalterliche Bau innen ausgestattet ist. Die mit Fresken bemalten Wände im Liliensaal sind unbeschreiblich schön“, sagte Carla.

Doch weder Orlando noch ich hatten Lust, uns schon wieder anzustellen, und da ich nicht annahm, dass Carla auch diesen Türsteher kennen würde, sagte ich: „Morgen vielleicht. Heute will ich erst einmal ein Gefühl für diese Stadt bekommen. Außerdem werde ich hier gleich klaustrophobisch."

Auf der Piazza della Signoria irrten hunderte Touristen bewaffnet mit Foto- und Filmkameras herum. Keiner vertraute mehr auf seine Erinnerungsfähigkeit. All diese Schönheit musste digital festgehalten werden, um dann erst recht rasch vergessen zu werden. Haben wir diese göttliche Statue in Florenz oder in Rom gesehen, oder gar in Neapel? Die meisten Touristen starrten auf ihre Stadtpläne oder lasen in Reiseführern. Kaum einer schenkte diesen Meisterwerken der Renaissance größere Beachtung.

„Ihr müsst in der Früh hierherkommen und euch die Statuen in der Loggia dei Lanzi in Ruhe ansehen. Morgens ist hier nicht so viel los", sagte Carla. „Schaut euch nur kurz mal die Statue vom Raub der Sabinerinnen an. Von einem bestimmten Punkt des Platzes aus wirkt es so, als würde die Sabinerin den Turm des Palazzo Vecchio in ihren Händen halten."

„Tolle Komposition", sagte ich und schenkte den anderen Statuen in der Loggia einen zweiten Blick. Was für eine Galerie der Gewalt! Mord, Folter, Entführung, Vergewaltigung – hier waren die schlimmsten Verbrechen in Stein verewigt worden. Die Piazza della Signoria schien mir nicht nur einer der schönsten Plätze der Welt zu sein, sondern zugleich auch ein Ort des Grauens.

„Ich zeige euch noch rasch die Ponte Vecchio", sagte Carla.

„Mir tun die Füße weh", jammerte Orlando leise.

„Schönheit muss leiden", sagte ich spöttisch, als er uns seine aufgescheuerten Fersen zeigte. Obwohl ich ihm davon abgeraten hatte, trug er seine neuen weißen Slipper. Mein Mitleid hielt sich in Grenzen.

„Ich habe eben sehr empfindliche Füße", erwiderte er eingeschnappt.

Schweigend folgten wir Carla zu der weltberühmten Brücke. Vor den Uffizien standen wieder hunderte Leute an.

„Falls ihr da mal rein wollt, solltet ihr vorher unbedingt Karten reservieren", empfahl sie uns.

Auch auf der Ponte Vecchio herrschte ein fürchterliches Gedränge. Wir schoben uns durch die Reisegruppen, die vor jedem Juwelierladen auf der Brücke stehenblieben.

„Eleonora von Toledo, die junge Frau von Cosimo dem I., hat einen Gang von den Uffizien über die Ponte Vecchio zum Palazzo Pitti errichten lassen, den sogenannten Vasari-Korridor. Wahrscheinlich wollte sie nicht nass werden, wenn sie von ihrem alten Palazzo in den neuen schlenderte. Das ist ein Scherz!", fügte Carla hinzu, als Orlando sie ungläubig anstarrte. „Die Medici hatten schlicht und einfach Angst. Obwohl die Stadt ihnen Reichtum, Wohlstand und das hohe Kunstniveau verdankte, waren sie beim Volk und bei den anderen adeligen Familien nicht sehr beliebt. Der Neid ist die schlimmste Eigenschaft von uns Menschen. Luca Pitti zum Beispiel wollte unbedingt einen noch größeren Palazzo als die Medici. Das hielten diese wiederum nicht aus. Später hat Eleonora von Toledo den Palast gekauft, und so wurde dieser wuchtige Renaissance-Palast der Familie Pitti auf der anderen Seite des Arno das Stadtschloss der Medici. Als Florenz im neunzehnten Jahrhundert für kurze Zeit die Hauptstadt von Italien war, wurde er sogar als königlicher Palast genützt. Aber ihr werdet in den paar Tagen wohl kaum Zeit haben, all die Kunstschätze unserer Stadt zu sehen", sagte sie stolz und bedauernd zugleich. „Die Ponte Vecchio wurde übrigens von den Nazis als einzige Brücke über den Arno nicht zerstört. Die italienischen Partisanen hatten dadurch im Zweiten Weltkrieg eine ideale Verbindung vom einen Ufer zum anderen."

Plötzlich blieb Carla stehen, deutete auf einen eisernen Zaun, der eine Cellini-Büste umgab, und sagte: „Hier haben früher junge Liebespaare Vorhängeschlösser angebracht, um ihre Liebe auf immer und ewig zu beschließen. Als die Schlösser überhandnahmen, hat die Stadt diesen Brauch verboten. Manche Verliebte bringen aber noch heute heimlich ihre Schlösser irgendwo auf dieser Brücke an."

„Ihr Florentiner scheint ziemlich abergläubisch zu sein", sagte ich grinsend, „zuerst das Wildschwein, und jetzt Vorhängeschlösser für die Liebe?"

„Ich habe auch mal so ein Schloss angehängt", gestand Carla.

„Wer war denn der Glückliche?", fragte ich.

„Das darf ich nicht verraten."

In diesem Augenblick bekam sie einen Anruf. Sie errötete.

Ich wandte mich diskret ab. Carla entfernte sich ein paar Meter, während sie telefonierte. Trotzdem bekam ich ein paar empörte Satzfetzen mit: „Da kann ich nichts dafür ... das ist dein Problem ..., lass dir halt eine gute Geschichte einfallen, das wird dir doch nicht so schwerfallen ..."

„Alles okay?", fragte ich, als sie wieder zu uns gekommen war.

„Ja, ja. Das war Francesco. Ich habe ihn seit dem Begräbnis nicht mehr gesehen. Er hat nicht zuhause geschlafen. Glaube, er ist vor meiner Mutter und ihren sizilianischen Verwandten geflohen. Er lädt uns heute Abend zum Essen ein. Lasst uns umkehren. Die andere Seite des Arno, die ich übrigens viel interessanter finde, könnt ihr euch morgen ansehen."

Plötzlich bildete ich mir ein, zwischen all den verschwitzten Touristen ein bekanntes Gesicht zu sehen. Als ich meine Sonnenbrille abnahm, war es aber schon wieder verschwunden. Dennoch sagte ich zu Carla und Orlando: „Geht ihr beide schon mal vor. Ich möchte mich ein bisschen in den hübschen Läden umsehen. Ich komme gleich nach."

„Du wirst hier hoffentlich nichts kaufen", sagte Carla. „Auf der Ponte Vecchio zahlst du Idiotensteuer."

„Ich will mich nur umsehen“, beteuerte ich.

Orlando schaute mich unschlüssig an. „Geh ruhig. Dir tun doch die Füße weh. Ich finde allein zurück, außerdem habe ich ja einen Stadtplan.“

Meine Augen hatten mich nicht getäuscht. Kaum waren Carla und Orlando verschwunden, zupfte jemand am Saum meines T-Shirts. Ich drehte mich um.

„Maria! So ein Zufall! Was machst du in Florenz?“, fragte ich die junge Romni, die ich gestern Nacht kennengelernt hatte.

„Ich arbeite jetzt hier.“ Grinsend reichte sie mir mein Portemonnaie.

„Hej, bist du verrückt ...“, stammelte ich.

„Gib zu, du hast nichts bemerkt“, sagte sie.

„Hab ich wirklich nicht. Aber ich habe mir eingebildet, dich zu sehen.“

„Sechster Sinn?“

Ich hatte einmal irgendwo gelesen, dass der viel beschworene sechste Sinn, der uns nicht nur Blicke im Nacken spüren lässt, eine Art Frühwarnsystem im Gehirn darstellt, das bei Gefahren, die noch nicht in unser Bewusstsein gedrungen sind, Alarm schlägt.

„Bist halt doch keine Gadje“, fügte Maria hinzu.

Ich wusste nicht, ob ich mich über ihr Kompliment freuen sollte, nicht zu den Gadje, wie die Roma und Sinti alle Nichtzigeuner nennen, gezählt zu werden. Ich fragte sie: „Magst du einen Kaffee trinken gehen?“

„Nein. Bist du verrückt? Der Kapo und seine Leute sind zwar momentan nicht in der Nähe, kreuzen aber bestimmt bald wieder auf. Und was glaubst du, was die mit mir machen, wenn sie mich mit einer Touristin in einem Café sitzen sehen?“

„Sie würden glauben, dass du mir aus der Hand liest“, scherzte ich und bot ihr eine Zigarette an.

Sie rauchte genüsslich und sagte dann mit sehr ernster Miene: „Du musst uns helfen. Cecile ist spurlos verschwunden. Entweder ist sie abgehauen oder sie haben die Kleine kassiert. Meine Schwester Sofia macht deswegen einen Riesenzirkus. Ich habe Angst, dass sie Sofia umbringen werden, wenn sie nicht bald Ruhe gibt."

„Wer hat Cecile? Wovon sprichst du?"

„Kapierst du nicht? Du weißt ja, wenn die Mädchen unrein werden, gelten sie bei uns als Frauen. Und dann werden sie eben an reiche Männer verkauft. Vorher zeigen sie ihnen ein paar Tricks, mit denen sie diese müden alten Knacker auf Touren bringen können. Die arme Cecile hat das Pech, viel zu hübsch zu sein."

„Nein", stöhnte ich.

„Bestimmt sind sie mittlerweile dabei, Cecile abzurichten. Zeigen ihr, wie man ordentlich bläst, oder diese Typen durch Massagen animiert. Wenn's hart auf hart geht, müssen sich die Kleinen auch windelweich prügeln lassen. Und wenn die Kinder Glück haben, dürfen sogar sie diesen Perversen den Arsch verhauen ..."

„Bitte hör auf, mir wird gleich schlecht", unterbrach ich sie.

„Sag bloß, du hast nicht geahnt, was da so läuft."

„Nicht wirklich", sagte ich erschüttert.

„Cecile ist Sofias beste Freundin. Meine kleine Schwester ist sehr widerspenstig. Egal, wie oft ich ihr erzähle, was mir diese Schweine angetan haben, sie scheint keine Angst zu haben. Dafür habe ich umso mehr Angst um sie. Ich will nicht, dass sie die Kleine genauso fertigmachen wie mich. Obwohl es von Vorteil sein kann, so hässlich zu sein. Wenigstens muss ich meinen Arsch für keinen fetten alten Mann hinhalten."

Ich schüttelte mich vor Ekel. Bemühte mich aber, einen klaren Kopf zu behalten. „Kommen diese Zuhälter da nicht der italienischen Mafia in die Quere? Die hat doch die Prostitution fest in der Hand?", meinte ich.

„Für die arbeiten sie ja." Maria schien mich für eine komplette Idiotin zu halten, denn sie fügte erklärend hinzu: „Wie sollten diese rumänischen Schlepper und Mädchenhändler denn sonst hier überleben? Natürlich haben sie italienische Mittelsmänner. Und die Oberbosse sind sowieso alles Italiener. Warum glaubst du wohl, dass sie Riccardo umgebracht haben? Er war noch einer von den Netteren, er hat sich rührend um die Kleinen gekümmert. Selbst zu mir war er freundlich und zuvorkommend. Wahrscheinlich wollte er mit diesen dreckigen Geschichten irgendwann nichts mehr zu tun haben. Bestimmt haben sie ihn deshalb beseitigt."

Ich starrte sie entsetzt an.

„Ich habe dir doch erzählt, dass sie mich gefoltert haben, als ich mich weigerte, auf den Strich zu gehen", setzte Maria fort. „Der Typ, der mich damals quälte, hat es übertrieben. Nach seiner ‚Spezialbehandlung', wie er es genannt hat, war ich als Prostituierte untauglich. Aber weil ich eine geschickte Taschendiebin bin, hat man mich trotzdem am Leben gelassen. Sie haben geglaubt, meinen Willen gebrochen zu haben, aber sie irren sich. In den ersten Monaten war ich völlig daneben, mittlerweile bin ich wieder die Alte. Ich denke andauernd darüber nach, wie die Mädchen und ich ihnen entkommen könnten. Aber wir haben keine Papiere. Und ohne Papiere ist es ziemlich schwierig, vor allem für die Kleinen. Sie fallen zu sehr auf."

„Und wie seid ihr ohne Papiere nach Italien gekommen?", unterbrach ich sie.

„Die Schlepper haben Papiere, gefälschte natürlich. Ich habe noch nie in meinem Leben einen echten Pass besessen. Aber selbst wenn wir die Pässe bekämen, würden sich die Kinder viel zu sehr fürchten, um abzuhauen. Der Kapo und seine Leute halten die Mädchen nicht nur durch Schläge und Drohungen in Schach, sondern auch durch Magie. Es gibt da eine Zauberin. Sie wohnt in der Nähe des Bahnhofs. Angeblich bewahrt sie abgeschnittene Fingernägel oder schmutzige Wäsche von uns allen auf und hat dadurch Macht über uns. Ich glaube nicht an diesen Quatsch. Aber die Kleinen haben vor dieser Frau noch viel mehr Angst als vor den Schleppern. – Oh Scheiße, ich muss gehen, da hinten ist Radu, unser Kapo. Er ist der Ärgste von allen. Ein richtiger Sadist. Hoffentlich hat er mich nicht entdeckt."

Ehe ich mich verabschieden konnte, war sie in der Menge untergetaucht. Ich versuchte, unter den vielen dunkelhaarigen Männern diesen Radu auszumachen. Aber alle Männer sahen auf einmal gleich bedrohlich für mich aus.

Plötzlich spürte ich, dass mich jemand anstarrte. Ich schaute über meine Schulter. Ein paar Meter entfernt lehnte ein großer dunkelhaariger Kerl in einem schmutzigen weißen T-Shirt mit dem Aufdruck „I love Florence" am Brückengeländer und musterte mich abfällig. Er wandte sich nicht ab, als ich ihn ebenfalls taxierte. Er war nicht mehr der Jüngste. Tief zerfurchte Stirn, große Augen, Hakennase, schmallippiger Mund, vorstehendes Kinn. Das musste Radu sein. Ich prägte mir sein markantes Gesicht ein.

## 7.

Obwohl die Sonne hinter den Dächern verschwunden war, schoben sich gegen acht Uhr abends die Menschenmassen durch die Gassen der Innenstadt. Die Straßencafés waren überfüllt. Leute mit großen Sonnenbrillen tranken Aperol, Bier, Campari oder Weißwein. Der Himmel verfärbte sich rosarot. Doch die Temperaturen sanken nicht.

Sehr nachdenklich schlenderte ich auf der linken Seite durch die Borgo San Jacopo entlang bis zur nächsten Brücke. Marias Geschichte hatte mich sehr verstört. Was konnte ich tun? Zur Polizei gehen? Sie würden mich nicht ernst nehmen.

Ich hatte keine Beweise, und die Aussage einer jungen Romni würde nicht viel zählen. Sinti und Roma waren hier gesellschaftlich genauso geächtet wie in Rumänien.

Vielleicht sollte ich mit Francesco reden? Er musste zumindest geahnt haben, was sein Cousin für üble Geschäfte betrieb. Sagte nicht Carla, oder war es Livio gewesen, dass die beiden Cousins sich gut verstanden hätten?

Nirgends ist der Sonnenuntergang so samtig und süß wie in Florenz, dachte ich, als ich von der schönsten Brücke der Stadt aus auf das Zentrum schaute. Das zarte Rosa der Abenddämmerung tauchte die Brunelleschi-Kuppel und alle Kirchtürme und Hausdächer von Florenz in einen geheimnisvollen, märchenhaften Glanz. Die Ponte Santa Trinità überquerend starrte ich in den träge dahinfließenden Fluss.

Ich schlenderte ein Stück am Fluss entlang. Die untergehende Sonne vergoldete die imposanten Paläste am Ufer des Arno. Auf den Lungarni war viel Verkehr. Die Luft war erfüllt von Abgasen. Ich verließ daher die laute Uferstraße und ging Richtung Zentrum. Als ich mich der Piazza della Signoria näherte, wurden gerade die letzten Touristen aus dem Palazzo Vecchio gescheucht. Der zinnengekrönte Laufgang des Palazzo verschwand allmählich in der Finsternis.

Es war spät geworden. Ich wollte vor dem Abendessen unbedingt duschen, doch Orlando blockierte das Bad.

Während ich zur Feier des Tages in meine schwarze Lieblingsjeans schlüpfte und ein sauberes T-Shirt anzog, rief ich durch die offenen Türen: „Und zieh ja keinen Sisi-Fummel an, sonst kannst du gleich zuhause bleiben!“

Orlando erschien kurz darauf in cremefarbener Seidenhose und dazupassendem Hemd.

„Du siehst umwerfend aus, Darling! Ehrlich.“

Er strahlte übers ganze Gesicht. Ich würde ihm diesen blöden Sisi-Tick schon noch abgewöhnen.

Carla hatte sich ebenfalls in Schale geworfen. Sah in dem engen, wadenlangen Rock und mit der tief ausgeschnittenen Bluse richtig sexy aus.

Das Restaurant lag in einem alten Stadtpalast unweit der Casa di Dante. Francesco wartete bereits auf uns in der Chill-out-Area, in der weiche Sitzgelegenheiten und kleine Couchtische zum Genießen eines Aperitifs vor oder eines Digestifs nach dem Essen einluden.

Orlandos Halbbruder war ein schöner Mann. Er war zwar kaum größer als ich, aber perfekt proportioniert: Breite Schultern, muskulöse Arme, schlanke Taille, Waschbrettbauch, fester Hintern und wohlgeformte Beine. Sein Gesicht war makellos, abgesehen von den Verletzungen nach dem Sturz über die Treppe. Doch irgendetwas störte mich an ihm. Vielleicht wirkte er einfach zu perfekt?

Er begrüßte zuerst mich sehr herzlich. Orlando klopfte er kameradschaftlich auf die Schulter. Seiner Cousine gab er einen flüchtigen Kuss auf die Wange. Die Spannung zwischen den beiden war unübersehbar.

Nachdem er eine Flasche Prosecco bestellt hatte, sagte Carla: „Ihr entschuldigt, ich muss kurz mit Francesco etwas besprechen." Sie zog ihn beiseite an die Bar.

Ich versuchte wegzuhören, bekam aber dennoch mit, dass Carla mit Francesco schimpfte, dass er sich nicht um Aurora kümmerte. Bald brach er den Streit ab und kehrte zu unserem Tisch zurück.

„Ist euch bewusst, dass ihr euch hier an einem ganz speziellen Ort befindet?", fragte er.

„Weil Dante nebenan wohnte?", scherzte ich.

Er blieb ernst. „Ich nehme an, ihr habt schon mal was von der Platonischen Akademie gehört?"

„Ich habe Geschichte studiert", sagte ich mit arrogantem Unterton.

„Sie wurde von Cosimo dem Alten gegründet und vereinte die klügsten Denker der Stadt. Graf Pico della Mirandola, ein Freund von Lorenzo dem Prächtigen, hat in seiner Rede ‚Über die Würde des Menschen' das Anliegen der Platonische Akademie zusammengefasst. Über die Aufgaben des Menschen sagte er: ‚Der Mensch ist von allen anderen Geschöpfen unterschieden, er allein bestimmt, was er sein wird, er kann zum Tier entarten oder zu höherem Geist sich läutern. Der Mensch als einziges Wesen hat eine Entwicklung, ein Wachsen nach freiem Willen, nur im täglich neuen Entscheiden und Tun bleibt er sich treu.'"

„Und das war die theoretische Geburtsstunde der Renaissance", warf ich ein. „Hat der Graf diese Rede hier in diesem Palazzo gehalten?"

Ungeduldig schüttelte er den Kopf. Francesco Pazzini ließ sich anscheinend nicht gern unterbrechen. „Die Medici entdeckten damals die antike griechische Philosophie und beschlossen die Wiederbelebung der Schönheit und Perfektion der klassischen griechischen Kunst. Deshalb wurde diese Bewegung auch Renaissance, also Wiedergeburt, genannt. Zu Beginn war die Renaissance ein typisches Phänomen der Stadt Florenz. Erst ein paar Jahrzehnte später breitete sie sich in ganz Italien und im übrigen Europa aus. Die Medici förderten Maler, Architekten, Dichter, Philosophen und Wissenschaftler, und die gebildete Oberschicht las Platon", beendete er seinen kulturhistorischen Vortrag.

„Und die Medici gründeten auch das erste europäische Kreditinstitut, die Medici-Bank, und später das erste öffentliche Museum der Welt, den Säulengang der Uffizien. Der florentinische Gulden wurde zur führenden europäischen Währung. Und Florenz hatte, das darf man nie vergessen, damals schon eine republikanische Staatsform", fügte Carla hinzu.

„Die Medici waren also die ersten Kapitalisten", konstatierte Orlando trocken. Ich war überrascht, dass er offenbar die ganze Zeit aufmerksam zugehört hatte.

„Nicht nur die Medici, auch andere reiche Florentiner Familien, wie die Peruzzi, die Valdi ... Allerdings forderten sie sehr hohe Zinsen für ihre Darlehen, betrieben Wucher, was wiederum die Kirche auf den Plan rief."

„Die haben es nötig", murmelte Orlando.

„Man muss den reichen Florentinern zugutehalten, dass sie eine soziale Ader hatten. Sie kümmerten sich auch um die Armen, gründeten Bruderschaften, wie zum Beispiel La Misericordia."

„Weil sie ihr schlechtes Gewissen geplagt hat", warf Orlando kichernd ein.

Francesco ignorierte ihn. „Gehen wir hinauf", brach er seine Erklärungen ab. „Ich habe im ersten Stock reserviert."

Bevor er anfangen würde, uns noch einen Vortrag über die Fresken zu halten, die die Decke des Obergeschoßes schmückten, fragte ich ihn unvermittelt: „Hast du eigentlich gewusst, dass Riccardo draußen auf eurem Weingut minderjährige Schwarzarbeiterinnen aus Rumänien für die Abfüllung und Verpackung seiner Parfüms beschäftigt hat?"

Er schüttelte den Kopf. „Carla hat mir erst heute Nachmittag am Telefon davon erzählt. Ich vermute aber, dass unser verstorbener Vater davon wusste, denn Riccardo hat ihn immer über alles Geschäftliche informiert. Die beiden haben sich sehr gut verstanden, was ich von meinem Vater und mir leider nicht behaupten kann. Er hätte es gern gesehen, wenn ich in der Profumeria mitgearbeitet hätte. Aber ich bin eben kein Geschäftsmann, sondern ein Künstler." Er sah mir tief in die Augen. Sein Blick war kalt – was vielleicht nur an der außergewöhnlichen Farbe seiner Augen lag.

Orlando setzte an zu protestieren. Ich fiel ihm sofort ins Wort. Wollte jetzt keinen Streit zwischen ihm und seinem Halbbruder schlichten müssen, sondern endlich mehr über die kriminellen Machenschaften seiner Familie erfahren.

Ich erzählte nun von meiner Begegnung mit Maria auf der Ponte Vecchio. Erwähnte, dass diese kriminellen Rumänen die Mädchen auch zur Prostitution zwangen, und dass Maria zu wissen glaubte, wer Riccardo umgebracht hatte.

„Bestimmt waren es diese Verbrecher. Mein Bruder war so naiv und leichtgläubig. Wer weiß, in welche dubiosen Geschäfte er sich eingelassen hatte“, sagte Carla. Ihre Wangen hatten sich vor Aufregung gerötet.

„Überlassen wir die Aufklärung dieses schrecklichen Mordes besser der Polizei. Ich würde mich da nicht einmischen. Ich halte diese osteuropäischen Banden für immens gefährlich. – Und jetzt lasst uns etwas Anständiges trinken“, sagte Francesco.

Die umfangreiche Weinkarte des Lokals überforderte mich. Ich überließ es ihm, den Wein für uns auszuwählen. Orlando gähnte demonstrativ.

„Haben sie meinen Lieblingswein“, fragte Carla. Sie schien froh, das Thema wechseln zu können.

„Wolltest du nicht auf dem Weingut der Antinoris mal eine Ausstellung machen?“, fragte Carla ihren Cousin.

„Stimmt, aber als mich dann Livio oder besser gesagt Chiara einlud, meine Bilder in ihrem Lokal aufzuhängen, konnte ich schlecht nein sagen.“

„Neinsagen fällt dir ja ohnehin immer schwer, nicht wahr?“, bemerkte Carla und zwinkerte ihm kokett zu, bevor sie auf die Toilette ging.

„Übrigens habe ich gerade eine Ausstellung in einem der besten Hotels von Florenz. Vielleicht möchtet ihr euch meine Bilder dort ansehen?“

„Na klar“, sagte Orlando mit einem falschen Lächeln.

„Entschuldigt mich bitte auch für einen Moment“, sagte Francesco dann und folgte seiner Cousine in den Keller.

Auch ich musste dringend aufs Klo. Ich wartete ein paar Minuten, doch als keiner der beiden zurückkam und ich es nicht mehr länger aushielt, stolperte ich ebenfalls die Stiegen hinab.

Aus der Damentoilette im Keller ertönte eindeutiges Stöhnen. Männliches Stöhnen. Als ich die Tür, die einen Spalt offen stand, aufstoßen wollte, zuckte ich erschrocken zurück. Ich glaubte meinen Augen nicht zu trauen: Francesco lehnte mit dem Rücken am Waschbecken, hatte den Kopf nach hinten geneigt und einen verzückten Ausdruck im Gesicht. Carla kniete vor ihm am Boden und bewegte Kopf und Oberkörper in gleichförmigem Rhythmus vor und zurück. Seine Hände hatten sich in ihrem langen schwarzen Haar verkrallt.

Beschämt wandte ich mich ab und flüchtete ins Herrenklo. Peinlich berührt lauschte ich den Geräuschen aus der Damentoilette. Die beiden waren dort nach wie vor miteinander beschäftigt. Als ich einen lauten Wasserstrahl vernahm, verließ ich so leise wie möglich die Herrentoilette. Ich konnte es aber nicht lassen, noch einen raschen Blick in das Damenklo zu werfen.

Francesco wusch sich gerade seinen Schwanz. Ich registrierte, dass er einen hübschen, knackigen Arsch hatte. Carla stand neben ihm, hatte einen Arm um seine Mitte geschlungen und zog sich mit der anderen Hand gerade ihr Höschen hoch. Ihr Hinterteil war weniger attraktiv, ausladend und voller Dellen.

Ich schlich die Treppe hinauf zurück ins Lokal.

„Ist dir nicht gut?“, fragte Orlando mich besorgt.

„Alles okay“, murmelte ich.

Als Carla und Francesco wenig später an unseren Tisch zurückkehrten, versuchte ich, mir nichts anmerken zu lassen. Widmete mich meinem Brathuhn, gefüllt mit Feigen und Prosciutto auf Kartoffel-Mangold-Püree. Orlando dagegen rührte seinen Branzino auf Basilikumpesto nicht an.

„Schmeckt dir der Fisch nicht?“, fragte ich ihn.

„Ich esse nichts, was Augen und Mund hat“, sagte er schmollend.

„Warum hast du dann Fisch bestellt?“

„Du hast für mich bestellt“, sagte er vorwurfsvoll.

Eine Diskussion über Orlandos kompliziertes Essverhalten hatte mir gerade noch gefehlt. Wortlos gab ich mein Püree auf seinen Teller und wandte mich rasch an Francesco. Fragte ihn, ob Dante und Boccaccio auch heute zumindest in Florenz noch gelesen würden.

„Den beiden entkommt kein italienischer Schüler“, sagte er theatralisch. „Nicht einmal Mussolini, der sicher längst in Dantes Hölle schmort, ist es gelungen, die beiden aus den Schulbüchern zu vertreiben.“

Kein Wunder, dass er bester Laune ist nach Carlas Blowjob, dachte ich.

„Wenn man sich vorstellt, dass dieses Genie, als er die ‚Göttliche Komödie‘ geschrieben hat, erst fünfunddreißig Jahre alt war und in hübschen bunten Hosen herumgelaufen ist“, warf Carla kichernd ein. Sie wirkte leicht beschwipst.

Francesco begann nun in beeindruckendem Toskanisch Dante zu rezitieren. Es klang sehr schön in meinen Ohren. Er sprach über den florentinischen Geist, das Licht des florentinischen „amore“.

Ich sah Carla verstohlen an. Doch sie zuckte mit keiner Wimper. Ich konnte diese Frau, die mir irgendwie sympathisch war, nicht einschätzen.

Carla bezahlte die Rechnung für unser fürstliches Dinner. Meine Versuche, mich zu beteiligen, wies sie energisch zurück. Gemeinsam schlenderten wir dann in Richtung Palazzo Pazzini. Die Sehenswürdigkeiten in der Altstadt waren wirkungsvoll beleuchtet. Der Palazzo Vecchio mit seinen vielen Zinnen und Fensterbögen wurde von Flutlichtern angestrahlt. Dutzende schwarze Vögel jagten um den Glockenturm, der leuchtend in den dunklen Himmel emporragte.

„Was sind das für Vögel?“, fragte Orlando.

„Das sind Vampire“, antwortete Carla grinsend.

„Fledermäuse, meint sie“, sagte ich zu Orlando.

Ich fand den mittelalterlichen Turm und seine nächtlichen Besucher ziemlich unheimlich.

Francesco verabschiedete sich plötzlich und ohne Erklärung von uns. Carla versuchte nicht, ihn zurückzuhalten, schaute ihm aber nach, bis er in einer dunklen Gasse verschwand.

## 8.

Am nächsten Tag trafen wir uns mit Francesco in einem Café in der teuersten Einkaufsstraße der Stadt. Er hatte nicht zuhause geschlafen, sondern Orlando in der Früh am Handy angerufen und sich mit ihm verabredet. Orlando hatte mich gebeten, ihn zu begleiten.

„Ich kann mir nicht vorstellen, was er von mir will. Irgendwie ist mir mein Bruderherz ein Rätsel“, sagte er.

„Immerhin ist er ein gebildeter Mann, was man von dir ja nicht gerade behaupten kann“, sagte ich.

Francesco war bleich, fast grau im Gesicht, wirkte aber trotzdem erhitzt, wenn nicht gar erregt, als er kurz nach uns das Lokal betrat. Er schien gegenüber dem Vorabend irgendwie verändert. Es dauerte eine Weile, bis ich dahinterkam, woran das lag: Er war unrasiert und sah dadurch ein paar Jahre älter aus.

Gestern hatte er mir gegenüber den Charmeur gespielt, heute ignorierte er mich beinahe. Ich mochte keine launischen Menschen.

Die Wände des Cafés waren mit Schwarz-Weiß-Fotografien von Stars und Sternchen dekoriert. Während Orlando die Fotos betrachtete, beobachtete ich die schicken Gäste in dem stylischen Lokal.

„Wir stecken in der Scheiße“, begann Francesco gereizt. „Heute Nachmittag ist die Testamentseröffnung. Unser Anwalt hat mich bereits vorweg telefonisch auf das

Schlimmste vorbereitet. Unser lieber Herr Papa hat uns nichts als Schulden hinterlassen. Der Palazzo ist mit Hypotheken belastet, das Weingut ebenfalls. Ich kann dir nur raten, auf dein Erbe zu verzichten, denn sonst steckst du bis zum Hals mit drin." Er sah Orlando eindringlich an.

„Ich bin seit meiner Geburt an Scheiße gewöhnt", sagte Orlando.

Seine zynische Antwort überraschte mich.

„Wer weiß, ob ich im Testament meines Vaters überhaupt bedacht werde. Aber sollte ich was erben, werde ich es sicher nicht ablehnen. – Ich habe noch nie etwas geerbt", fügte er lächelnd hinzu.

„Ich meine es nur gut, will dich nur warnen. Wir werden nichts als Schulden und Hypotheken aufgehalst bekommen", sagte Francesco.

„Ist mir egal. Kommst du mit zum Notar, Katharina? Du weißt, ich verstehe nicht so gut Italienisch."

„Wir haben einen professionellen Dolmetscher engagiert", sagte Francesco arrogant.

„Katharina wäre mir lieber." Orlando lächelte seinen Halbbruder zuckersüß an.

„Lass den Dolmetscher mal machen. Mein Italienisch ist nicht so besonders", sagte ich.

Da läutete Francescos Handy. Er nahm den Anruf an. Plötzlich änderte sich sein angespannter Gesichtsausdruck. Sehr freundlich, ja beinahe devot, beantwortete er die Fragen seines Gesprächspartners.

Ein paar Minuten später näherte sich ein sehr elegant gekleideter Mann unserem Tisch. Francesco sprang auf und umarmte ihn. Dann stellte er uns kurz vor. Ich verstand nur den Vornamen seines Bekannten. Er hieß Salvatore.

Orlando starrte auf die Muskelpakete des Mannes, die sich deutlich unter seinem eleganten weißen Designeranzug abzeichneten. Ich sah mir sein Gesicht näher an: Er hatte ebenmäßige Züge, eine schmale, leicht geschwungene Nase, war sonnengebräunt, und sein Lächeln wirkte sehr smart. In seinem schwarzen Haar zeigten sich bereits graue Strähnen. Er war ein paar Jahre älter und um einen halben Kopf größer als ich.

Salvatore sprach sehr leise, seine Stimme klang heiser. Anscheinend war er verkühlt. Vielleicht trug er deshalb bei dieser Hitze einen weißen Seidenschal? Er schien in Eile zu sein. Kaum hatten wir uns begrüßt, verabschiedete er sich auch schon wieder von uns.

Francesco trank seinen Kaffee im Stehen aus und folgte dem Mann im weißen Anzug.

„Ich glaube, das war Francescos Mäzen. Er hat mir bei meinem letzten Besuch erzählt, dass er einen einflussreichen Kunstliebhaber kennengelernt hätte, der an seiner Malerei ernsthaft interessiert wäre."

„Könnte gut sein. Der Typ hat förmlich nach Geld gestunken. Wahrscheinlich haben wir gerade die Bekanntschaft eines waschechten Mafioso gemacht."

„Deine Vorurteile in Ehren, Kafka, aber nur, weil er exquisit gekleidet ist, braucht er nicht zwangsläufig zur Mafia zu gehören. Auf mich hat er eher den Eindruck eines Mannes aus ehrenwerter Familie gemacht."

Ich konnte mir ein Grinsen nicht verkneifen, musste ich doch bei seinen Worten erst recht an die Mafia denken.

„Die Florentiner sind ja bekannt dafür, verschlossen und etwas hochmütig zu sein. Sie fühlen sich eben zivilisierter als die übrigen Italiener. Schließlich war ihre Stadt einst die Wiege der abendländischen Zivilisation, das hat uns Francesco ja gestern erklärt", sagte Orlando.

Es hatte keinen Sinn, mit ihm weiter über Salvatore zu diskutieren. Mir war klar, dass sein teurer Anzug ihn schwer beeindruckt hatte.

Wir verließen ebenfalls das Lokal und machten einen Schaufensterbummel. Ich hatte alle Mühe, Orlando ein extravagantes Rüschenhemd in einem Designershop auszureden. Der Knabe verdiente weniger als ich und hatte sein Konto hoffnungslos überzogen. Aber die Aussicht auf sein Erbe schien ihn noch leichtsinniger zu machen, als er ohnehin war.

„Francesco findet dich übrigens toll“, sagte Orlando. „Er hat heute Früh am Telefon gemeint, dass du eine natürliche Schönheit bist.“

Auf die Komplimente seines Halbbruders konnte ich gut verzichten. Francesco interessierte mich nicht. Sollte seine Cousine mit ihm glücklich werden – was ich stark bezweifelte.

Vor uns flirrte die Hitze über dem Asphalt der Straße. Fast wie in Zeitlupe bewegten wir uns im kargen Schatten der Hausmauern, blieben vor jeder Auslage stehen. Sommerlicher Dunst hing über der Stadt. Es hatte vierzig Grad im Schatten. Laut Wetterbericht war es einer der heißesten Sommer der letzten Jahre. Ermattet und betäubt von der unbarmherzigen Sonne schlichen wir durch die gepflasterten Gassen.

„Florenz ist die heißeste Stadt Italiens“, stöhnte Orlando.

„Ich weiß“, seufzte ich.

Ein Souvenirshop brachte mich auf eine Idee. Ich kaufte zwei Schirmmützen mit der Aufschrift „Firenze“ und zwei Flaschen Mineralwasser. Orlando weigerte sich zuerst, die blöde Kappe aufzusetzen. Sobald wir uns aber in den Trubel auf der Piazza della Signoria gestürzt hatten, bedeckte er brav seine dunkle Lockenpracht mit dem pinkfarbenen Käppchen.

„Dieser Platz spricht von all den Grausamkeiten, die im Mittelalter begangen worden sind“, sagte ich theatralisch. „Hier haben die Medici den Mord an Giuliano de’ Medici und den Mordversuch an seinem Bruder Lorenzo dem Prächtigen im Dom von Florenz gerächt. Franceschino de’ Pazzi, der Erzbischof und zwei andere Verschwörer wurden an den Palastfenstern aufgehängt. Die übrigen Anhänger des Erzbischofs wurden über die vier baumelnden Körper hinweg aus den Fenstern geworfen und von der empörten Menge auf der Piazza in Stücke geschlagen. Der alte Jacopo de' Pazzi, der ursprünglich gegen das Attentat gewesen war, flüchtete in ein Bergdorf, wurde aber von den wütenden Bauern in die Stadt zurückgeschleppt und ebenfalls gelyncht. Die verstümmelten Körper baumelten übrigens solange unter den Fenstern des Palazzo bis sie zu verwesen begannen."

„Ich kenne deine Vorliebe für Gruselstorys, aber könntest du mich bitte heute damit verschonen?", sagte Orlando.

„Hast du ‚Hannibal' von Thomas Harris gelesen? Er behauptet, dass Habsucht und Hängen im mittelalterlichen Denken eng miteinander in Verbindung standen."

„Krimilesen bildet, ich weiß", sagte er kichernd.

„Auf dieser Piazza haben die Florentiner auch Fra Girolamo Savonarola hingerichtet, nachdem sie ihm ein Jahr vorher zu Füßen gelegen waren und jedes seiner Worte als heilig erachtet hatten", fuhr ich fort.

„Die Florentiner sind eben ein grausames Völkchen", sagte er spöttisch.

„Da magst du leider Recht haben. Die Fürsten haben ihren Opfern bevorzugt dic Knochen gebrochen, indem sie die armen Kerle auf den Boden fixiert und die aufgebockten Glieder durch ein mit Eisen beschlagenes Rad malträtieren haben lassen ..."

„Das haben die österreichischen Herrscher im Mittelalter nicht viel anders gemacht. Denk an die Folterkammern in unseren Burgen." Orlando klang sehr vergnügt. Er schien beschlossen zu haben, meine Gräuelgeschichten nicht mehr ernst zu nehmen.

Ich legte ein Schäuflein nach: „Übrigens hat dieser Savonarola als Erstes die Homosexualität verboten und mit der Todesstrafe geahndet. Viele Menschen wurden deswegen auf der Piazza della Signoria verbrannt oder vor den Toren der Stadt erhängt."

„Es reicht, Kafka", sagte Orlando scharf.

„Im Ernst. Homosexualität war damals weit verbreitet, ein Zeichen für die Offenheit und Toleranz der damaligen Gesellschaft. Oder siehst du das anders?"

Er sah mich irritiert an. War sich offenbar nicht sicher, ob ich mich über ihn lustig machte oder nicht.

„Dieser irre Mönch hat die religiösen Eiferer zu seinen berüchtigten Feuern der Eitelkeiten angestiftet", fuhr ich fort. „Alles, was sie für ‚sündig' hielten, wurde gestohlen und verbrannt, vor allem Bücher, Musikinstrumente, Gemälde, prunkvolle Kleidung, Spiegel, Bilder, darunter sicher so manches Meisterwerk von Botticelli oder Michelangelo. Als sich Savonarola sogar mit der Kirche anlegte, wurde er vom Papst exkommuniziert. Die wütenden Florentiner, womöglich die gleichen, die ihm früher gefolgt sind, haben ihn gefoltert und an der Stelle, wo er seine Feuer der Eitelkeiten entfacht hatte, ans Kreuz gekettet und verbrannt."

Orlando hielt sich demonstrativ die Ohren zu. „Bist du bald fertig?", fragte er.

Ich gab nach, beendete meinen Vortrag. Wir gingen eine Weile still nebeneinander her, dann bat mich Orlando noch einmal, zur Testamentseröffnung mitzukommen.

„Ich habe dabei nichts verloren, mein Lieber. Es wäre peinlich, wenn ich dort aufkreuzen würde. Es wird schon alles glattgehen. Sei nicht so misstrauisch. Wir treffen uns später in dem Lokal, das uns Carla empfohlen hat."

Das Büro des Notars befand sich in der Nähe des Klosters San Marco. Ich begleitete Orlando fast bis vor die Tür des Büros und beschloss, mir dann die berühmten Fresken in dem alten Kloster anzusehen.

Als ich das Gebäude betrat, bildete ich mir ein, dass mich jemand beobachtete. Ich schaute mich um. Lauter fremde Gesichter. Doch als ich die Treppe in den ersten Stock hinaufging, spürte ich wieder Blicke in meinem Rücken. Hör auf zu phantasieren, Kafka, schalt ich mich selbst und ging weiter, ohne mich umzudrehen. Beim Anblick der kleinen Zellen mit den wunderbaren Fresken von Piero della Francesca vergaß ich rasch auf meinen vermeintlichen Verfolger.

Als ich das Kloster verließ, sah ich ihn sofort. An dieses Gesicht würde ich mich mein Leben lang erinnern. Radu besaß eine gewisse Ähnlichkeit mit diesem fanatischen Mönch Savonarola, dessen Bildnis ich gerade im Kloster gesehen hatte: Die gleiche riesige Hakennase, die gleichen stechenden Augen. Und er hatte, ebenso wie der Mönch, etwas Derbes und Plumpes an sich, gleichzeitig aber auch etwas Asketisches.

Radu hatte sich heute hübsch gemacht, das schwarze Haar zurückgegelt, und trug ein weißes, sauberes Hemd. Auf seiner dichten Brustbehaarung ruhte ein Goldkettchen. Als er mich erblickte, setzte er eine spiegelnde Sonnenbrille auf und zündete sich eine Zigarette an.

Ich näherte mich ihm von hinten. Ich hatte keine Angst vor ihm.

„Haben Sie Feuer?“, fragte ich ihn auf Romanes.

Er zuckte zusammen. Drehte sich betont langsam um. Ich deutete auf meine Zigarette und machte eine entsprechende Bewegung mit meinen Fingern. Verlegen kramte er in seiner Hosentasche herum, reichte mir schließlich seine brennende Zigarette.

Ich grinste ihm ins Gesicht und fragte noch einmal auf Romanes: „Sie verstehen mich nicht?“

Er zuckte hilflos mit den Schultern. Lächelnd gab ich ihm seine Zigarette zurück. Immerhin war er kein Rom.

„Sie sind nicht von hier?“, fragte ich auf Italienisch.

„Ich bin ein Tourist“, sagte er in fast akzentfreiem Italienisch, soweit ich das nach diesem kurzen Satz beurteilen konnte.

„Hätte ich mir denken können“, sagte ich. „In dieser Stadt trifft man nur Touristen.“

Er starrte mich nach wie vor verwirrt an.

„Ciao“, sagte ich und ging weiter. Ließ mich durch die Gassen treiben und landete auf der Piazza Santissima Annunziata, einem der harmonischsten Plätze von Florenz. Vor allem interessierte ich mich für das Ospedale degli Innocenti, die womöglich erste Kinderklappe der Welt. Ich setzte mich auf die Stufen vor dem Gebäude und sah mir in Ruhe die formvollendeten Keramiken der gewickelten Findelkinder von Andrea della Robbia an.

Wieder bildete ich mir ein, dass fremde Augen auf mir ruhten. Vielleicht lag es an meinen roten Haaren? Ich hatte in Florenz bisher nicht viele Rothaarige gesehen.

Da in der Kirche Santissima Annunziata gerade eine Totenmesse stattfand, wartete ich eine Weile und betrat erst, nachdem die Trauergemeinde die Kirche verlassen hatte, die mit wunderbaren Fresken geschmückte Vorhalle. Die abstrakt anmutenden Verzierungen der gläsernen Überdachung überwältigten mich mit ihrer Schönheit. Alle Probleme, selbst dieser furchtbare Mord, alles kam mir plötzlich so weit weg und so banal vor.

## 9.

Als ich die Kirche verließ, erblickte ich eine kleine Bettlerin vor dem Ospedale degli Innocenti.

„Sofia!“, rief ich laut über den Platz.

Es dauerte keine Minute, bis sie mir ihre schmutzige Hand reichte.

„Ich hab dich schon vorher gesehen, aber du mich nicht“, murmelte sie. „Ich habe mich nicht getraut, dich anzusprechen.“ Also hatte ich mir die Blicke nicht eingebildet.

„Einer von euren Aufpassern, ich glaube, er heißt Radu, scheint mich zu verfolgen.“

Grinsend hob sie zwei gekrümmte Finger zu Teufelshörnern, um das Unheil abzuwehren. „Keine Angst, ich habe ihn weggelockt. Als du in die Kirche hineingegangen bist, bin ich vor seiner Nase herumgetanzt. Er hätte mir bestimmt eine geschmiert, wenn er mich erwischt hätte, denn eigentlich müsste ich heute mit den anderen vor dem Dom arbeiten. Aber Radu ist viel zu langsam. Ich bin Richtung Dom gerannt. Er mir hinterher. Ich habe mich unter eine Schülergruppe gemischt, bin in eine Seitenstraße rein und hierher zurückgelaufen. Der Blödian sucht mich jetzt bestimmt auf dem Domplatz."

„Ich lade dich auf ein Eis ein", schlug ich vor. Ich wollte diesen großen Platz möglichst rasch verlassen, denn ich war mir, was Radus Dummheit betraf, nicht so sicher wie Sofia. Wahrscheinlich vermutete er, dass sie mit mir Kontakt aufnehmen wollte, und würde ebenfalls hierher zurückkommen. Warum hätte er mich sonst verfolgen sollen, wenn nicht, um zu verhindern, dass ich mit dem Mädchen sprach.

Sofia sah erhitzt, ja beinahe krank aus. Sie hatte dunkle Ringe unter den schwarzen Augen, hustete und hatte eine rinnende Nase.

„Bist du erkältet?", fragte ich und reichte ihr ein Papiertaschentuch. „Vielleicht lieber doch kein Eis?"

„In einer Gelateria in der Nähe gibt es das beste Granita der Stadt. Bitte, bitte ..."

Ich lachte, nahm ihre Hand und ließ mich von ihr führen.

Der kleine sizilianische Eissalon in der via Ricasoli war gut besucht. Sofia, die anscheinend die Besitzer kannte, musste nicht lange warten.

„Die haben mir schon öfters was spendiert", sagte die Kleine stolz.

Genüsslich löffelten wir das eiskalte Zeug und ließen uns gegenseitig kosten. Als ich mich mit meinem Erdbeer-Granita bekleckerte, lachte Sofia schadenfroh.

„Ich habe gestern zufällig Maria getroffen", sagte ich. „Sie hat mir erzählt, dass sie deine Freundin Cecile verschleppt haben. Ist sie inzwischen wieder aufgetaucht?"

„Nein. Sie wird nie wieder auftauchen, wenn wir sie nicht befreien“, sagte Sofia traurig. „Ich habe keine Ahnung, wo sie gefangen gehalten wird.“

Ich bildete mir ein, sehr wohl zu wissen, wo dieses kleinen Mädchen steckte – hinter den dicken Mauern eines Palazzo, im Schlafzimmer eines ekelhaften Päderasten.

„Als wir in die Stadt gekommen sind, haben sie Cecile in ein altes Haus gebracht, in so ein ähnliches Haus wie das, in dem du wohnst. Ich habe mich heute Früh hingeschlichen, aber sie war nicht mehr dort.“

„Du weißt, wo ich wohne?“, unterbrach ich sie überrascht.

„Natürlich. Ich hab dich schon gestern Abend verfolgt.“

„Warum erzählst du das alles nicht der Polizei?“

Eine blödere Frage hätte ich wohl nicht stellen können. Ich las tiefe Verachtung in Sofias Augen.

„Ihr könnt euch dort natürlich nicht blicken lassen, aber ich könnte die Polizei verständigen“, sagte ich daher rasch.

„Und du meinst, die Polizisten würden dir glauben?“ Sofia schüttelte ihre schwarzen Locken. „Außerdem haben die Aufpasser ihre Augen überall. Wenn wir einen winzigen Fehler machen oder zu wenig Geld abliefern, fuchteln sie schon mit ihren Messern vor unserer Nase herum. Drohen, uns das Gesicht zu zerschneiden oder uns abzufackeln, so wie Maria.“

„Wo ist Maria jetzt?“

„Auf der Piazza della Signoria, im größten Gedränge. Dort fotografieren alle. Und diese fotografierenden Touristen sind eine leichte Beute. Sie sind so beschäftigt mit ihren tollen Apparaten, dass sie kaum auf ihre Taschen achten. Maria ist sehr geschickt, sie schafft es manchmal sogar, an ihre blöden Bauchtäschchen zu kommen.“ Die Kleine lächelte zaghaft.

Ich lächelte zurück. Erinnerte ich mich doch sehr gut an mein Portemonnaie in Marias Hand.

„Kannst du ein Geheimnis für dich behalten?“, fragte Sofia. „Wenn du schwörst, es niemandem, nicht einmal deinem netten Freund, zu verraten ...“

„Ich schwöre“, sagte ich wie aus der Pistole geschossen.

„Maria und ich werden bald überhaupt nicht mehr arbeiten müssen. Nie mehr!“

„Nie mehr?“

„Wir werden sehr reich sein und miteinander weit wegfahren. Irgendwohin, wo es schön ist. Vielleicht nach Spanien. Dort sind die Leute netter zu uns Zigeunern, hat Maria gesagt. In allen anderen Ländern werden wir abgeschoben. Nur die Spanier haben nichts gegen uns. Ich möchte ans Meer. Ich war noch nie am Meer. Und Maria meint, meinem Husten würde die Seeluft guttun.“

„Und wie wollt ihr es anstellen, so reich zu werden?“, fragte ich leicht belustigt.

„Du glaubst mir nicht, aber du wirst es sehen. Maria hat einen Plan. Sie weiß nämlich, wer diesen Italiener umgebracht hat.“

„Du meinst Riccardo?“

„Ja.“

„Und, wer war es?“

„Das hat sie mir nicht verraten. Zu meinem eigenen Schutz, hat sie gesagt. Aber bestimmt war es einer von Radus Männern. Maria wird ihnen drohen, dass sie alles der Polizei erzählen wird, und dann werden sie ihr viel Geld geben müssen.“

Ihre Naivität war rührend. Es tat mir richtig weh, ihre Hoffnung zerstören zu müssen.

„Ich muss mit Maria reden“, sagte ich. „Sie werden niemals zahlen, sondern euch schlicht und einfach umbringen.“

„Nein, glaub mir, Maria hat keine Angst vor ihnen. Sie liefert längst nicht mehr alles ab, was sie erbeutet. Ich übrigens auch nicht. Wir haben ganz viel Geld gespart.“

Bei dem Gedanken, was diese Kriminellen mit den beiden Mädchen anstellen würden, wurde mir richtig übel.

„Du bringst mich jetzt sofort zu Maria“, sagte ich energisch.

„Das geht nicht. Die bösen Männer passen auf der großen Piazza auf. Heute ist dort Großeinsatz.“

„Sag ihr wenigstens, dass sie mich anrufen oder einfach bei mir vorbeischauen soll. Ich gebe dir die Adresse.“

„Ich weiß, wo du wohnst.“

„Für Maria“, sagte ich.

Sofia steckte den Zettel mit der Adresse vom Palazzo Pazzini in die Tasche ihres viel zu kurzen Kleidchens. Plötzlich schien sie es sehr eilig zu haben.

Ich packte sie am Arm und zwang sie, mir in die Augen zu sehen. „Und jetzt versprichst du mir etwas.“

„Was?“

„Dass du Maria verlässlich zu mir schickst. Okay?“

Sie starrte mich trotzig an. Ich schrieb meine Handynummer auf ihren Unterarm.

„Du sagst ihr Bescheid? Ehrenwort unter Freundinnen?“

Sie nickte zögernd.

„Wisch die Nummer sofort ab, wenn du einem von euren Aufpassern begegnest“, schärfte ich ihr ein.

Kaum hatte ich ihren Arm losgelassen, war sie in einer Touristengruppe untergetaucht, die auf den Dom zusteuerte.

Unerträgliche Hitze, zu viel Lärm, zu viele Touristen. Kein Wunder, dass die Florentiner im Sommer aufs Land flüchteten und ihre schöne Stadt den Fremden überließen.

Ich begab mich hinüber auf die andere Seite des Flusses und schickte Orlando eine SMS. Teilte ihm mit, dass ich um sieben auf dem Platz vor der Kirche Santo Spirito auf ihn warten würde.

Mir ging der dumme Plan der Mädchen nicht aus dem Kopf. Ich machte mir Vorwürfe. Hätte ich nicht doch darauf bestehen sollen, dass sie mich sofort zu Maria brachte?

Auf der Piazza Santo Spirito wurde ich von den Gerüchen des Orients eingenebelt. Sehnsüchtig betrachtete ich die

Marktstände mit fremdländischen Gewürzen. Ich erstand ein Säckchen mit sündhaft teurem Safran und wollte mir dann die Kirche ansehen. Leider war sie geschlossen.

Pünktlich um neunzehn Uhr setzte ich mich auf die Stufen vor der Kirche und beobachtete die Leute auf der Piazza mit den kränklichen Ahornbäumen.

Als Orlando um Viertel nach sieben noch immer nicht da war, ging ich in die Trattoria, die Carla uns empfohlen hatte. Vielleicht hatte er meine SMS nicht bekommen und war gleich in das Lokal gegangen?

In der Trattoria standen schon einige Leute, vorwiegend Einheimische, an und warteten auf einen Tisch. Der ältere Kellner war nicht gerade freundlich. Er erinnerte mich an die vielen grantigen Kellner in den Wiener Kaffeehäusern. Ich reagierte ironisch auf seine spitzen Bemerkungen. Sogleich entpuppte er sich als kleiner Scherzbold und wies mir, obwohl ich nicht an der Reihe war, einen Zweiertisch zu.

Ich wartete weitere fünfzehn Minuten auf Orlando und bestellte ein zweites Glas Wein. Der Kellner brachte mir einen Halbliter-Krug Rotwein zu meinem Fettunta coi fagioli – getoastetes Schwarzbrot mit Olivenöl und Bohnen – und servierte mir kurz danach das Tagesgericht, ein Kaninchenragout. Beides schmeckte sehr deftig, aber hervorragend, und der Vino della Casa war ebenfalls mehr als genießbar. Ich trank trotzdem nur ein Glas.

Als Orlando endlich aufkreuzte, war ich beim Espresso angelangt und stinksauer, weil er mich nicht zurückgerufen hatte. Aber er schien meine Vorwürfe gar nicht zu hören. Die Testamentseröffnung hatte ihn mehr mitgenommen, als ich gedacht hatte. Er schenkte sich von meinem Wein ein und bestellte einen Krug Wasser.

„Ich will jetzt nichts essen. Du kannst dir nicht vorstellen, was sich bei diesem Notar abgespielt hat. Meine Tante hatte einen Nervenzusammenbruch. Mein Bruder war stinksauer. Wenn Carla nicht dabei gewesen wäre ..."

„Bitte der Reihe nach“, unterbrach ich ihn.

Aus seiner wirren Erzählung reimte ich mir zusammen, dass er tatsächlich die Hälfte des Weingutes samt den verpachteten Weingärten geerbt hatte. Einerseits schien er sich sehr zu freuen, dass ihn sein Vater überhaupt in seinem Testament bedacht hatte, andererseits hatte er immense Zweifel, ob das nicht ein Danaergeschenk war.

„Wie soll ich das alles bloß erhalten?“, jammerte er. „Allerdings hat meine Tante behauptet, dass das Weingut seit Jahren ihre einzig sichere Einnahmequelle wäre. Die andere Hälfte gehört ja ihr. Sie ist natürlich wenig begeistert von der Idee, die Erträge in Zukunft mit mir teilen zu müssen.“

„Und Francesco ist leer ausgegangen?“

„Nein. Er hat die Hälfte des Palazzo geerbt. Die andere Hälfte hat ebenfalls schon Aurora gehört. Im Grunde ist Francesco schlechter ausgestiegen als ich, obwohl natürlich der Palazzo viel mehr wert ist als das Landgut. Aber er kann ihn nicht verkaufen, wegen Aurora und Carla ...“

„Und du kannst deinen Anteil an diesem Weingut auch nicht verkaufen. Wer kauft schon ein halbes Weingut?“, resümierte ich. Beide würden Auroras Zustimmung brauchen, und so wie ich Aurora einschätzte, würden sie diese niemals bekommen.

Nach einem zweiten Glas Wein sah sich Orlando wieder als stolzer Latifundienbesitzer in der schönen Toskana. Er bot mir großzügig an, mit ihm dort zu leben und einen ebenso guten Wein zu produzieren, wie wir ihn hier tranken.

Ich hatte keine Geduld, mir seine Phantastereien anzuhören. „Zeit zu gehen“, fand ich und verlangte die Rechnung. Natürlich bezahlte ich und nicht der neugeborene Großgrundbesitzer.

Als wir das Lokal verließen und die Piazza Santo Spirito überquerten, lag Haschischgeruch in der Luft. Aus den Bars und Restaurants drangen Essensgerüche und Stimmengewirr. Junge Leute schmusten, tanzten oder rauchten sich auf der Piazza zu Gitarrenklängen ein. Statt eines Joints zündete ich mir eine Zigarette an.

„Du wolltest doch aufhören", sagte Orlando vorwurfsvoll.

„Eine nach dem Essen muss sein", sagte ich. „Außerdem rauche ich in letzter Zeit ohnehin viel weniger. Ist dir das nicht aufgefallen?"

„Glaubst du, ich weiß nicht, dass du dir jedes Mal eine ansteckst, wenn ich dir den Rücken zukehre? Seit ich selbst nicht mehr rauche, rieche ich Tabakgeruch kilometerweit. Alle deine Klamotten stinken. Außerdem solltest du dir Pfefferminzbonbons besorgen."

„Willst du damit sagen, dass ich Mundgeruch habe?" Schön langsam reichte es mir, dauernd seine Launen ertragen zu müssen.

Er antwortete nicht und ging stumm neben mir her. Er schien weder die Musik noch die vielen Leute zu registrieren.

Florenz bei Nacht hatte einen eigentümlichen Charme. Die krummen, finsteren Gassen entlang des Arno waren fast menschenleer. Ich begann mich zu entspannen und den Spaziergang zu genießen. Doch als uns eine Schar Halbwüchsiger begegnete, musste ich sogleich wieder an Sofia und Maria denken. Ich hatte mein Handy den ganzen Abend lang eingeschaltet gelassen. Maria hatte mich nicht angerufen.

Zuhause empfing uns Aurora in einem zerknitterten pfirsichfarbenen Negligé, unter dem sich ihr ausgemergelter Körper deutlich abzeichnete. Das blond gefärbte Haar hing strähnig auf ihre Schultern herab. Normalerweise toupierte sie es und steckte es hoch à la Brigitte Bardot.

Obwohl sie mir unsympathisch war, bekam ich fast Mitleid mit dieser Frau, die mit der Vergänglichkeit ihrer Schönheit nicht zurechtkam, um keinen Preis altern wollte und alle möglichen Anstrengungen unternahm, um ihr Alter zu verbergen – mit dem Resultat, dass sie noch ein paar Jahre älter aussah, als sie tatsächlich war.

„Sie hatten Besuch“, fauchte sie mich an. „Ein dreckiges Zigeunerkind hat nach Ihnen gefragt. Eine Verwandte von Ihnen?“

Ich fragte ganz ruhig, ob die Kleine eine Nachricht für mich hinterlassen hätte.

„Bringen Sie mir solche Leute ja nicht ins Haus“, kreischte sie hysterisch.

„Was hat das Mädchen gesagt?“

„Nichts! Ich habe sie gleich verjagt.“

Wut stieg in mir auf. Am liebsten hätte ich ihr einen linken Haken auf ihr giftiges Botox-Maul verpasst.

„Wie alt war das Mädchen?“, fragte ich sie mit zusammengebissenen Zähnen.

„Woher soll ich das wissen?“

Unsere liebenswürdige Gastgeberin rauschte, eine betörende Gin-Fahne hinterlassend, von dannen. Orlando und ich gingen auf unsere Zimmer.

Während er duschte, schlich ich noch einmal hinunter in die frühere Küche, die den Pazzinis nun als Weinkeller diente, um mir einen Gute-Nacht-Drink zu holen. Ich war zu aufgewühlt, um jetzt einfach schlafen zu gehen. Das Schicksal der Mädchen beschäftigte mich mehr, als mir lieb war. Wahrscheinlich hatte Sofia mich gesucht. Oder hatte mich gar Maria sprechen wollen? Ich machte mir Vorwürfe, weil ich nicht im Haus gewesen war.

Als ich die schwere Tür öffnete, die zum Untergeschoß führte, raubte mir der süßliche Geruch beinahe den Atem. Die Keller hatten anscheinend der Parfümerie Pazzini als Lager gedient. Überall standen extravagante Flakons und Flaschen herum. Meine empfindliche Nase reagierte allergisch auf diese merkwürdigen Gerüche. Ich bemühte mich, nicht zu niesen.

Leise Musik und ein schwacher Lichtschein drangen durch die angelehnte Küchentür ins Stiegenhaus. Ich wollte sie aufstoßen, doch irgendetwas hielt mich zurück. Ich spähte stattdessen durch den Spalt.

Was für ein Déjà-vu. Obwohl ich das Gesicht des Mannes nicht sehen konnte, wusste ich, dass es Francesco war. Seinen knackigen Hintern hatte ich vom letzten Mal noch in bester Erinnerung. Er lehnte nackt, wie Gott ihn schuf, an der großen steinernen Abwasch aus dem 16. Jahrhundert und wusch einen Pinsel unter einem laufenden Wasserhahn aus.

Lautlos stieß ich die Tür ein bisschen weiter auf. Gegenüber der alten Abwasch stand eine Staffelei. Ein billiger Scheinwerfer beleuchtete die Leinwand, an der er gerade gearbeitet hatte: ein lebensgroßer Akt. Und plötzlich sah ich auch das Modell hinter der Staffelei. Carla saß mit gespreizten Beinen auf einem Tisch und lächelte versonnen.

Rasch wandte ich mich ab und lief zurück auf mein Zimmer. Ohne mich vorher zu duschen, legte ich mich hin. Eine tropisch heiße Nacht stand bevor. Eine weitere schlaflose Nacht.

*Er drängt sich durch die Menschenmenge auf der großen Piazza. Vorübergehende streifen ihn. Hin und wieder bekommt er einen Ellbogen in die Rippen gestoßen. Er hasst Menschenaufläufe.*

*Eine Gruppe übergewichtiger amerikanischer Mädchen hüpft kreischend und knipsend vor der Kopie des hübschen David herum. „Fette Kühe", murmelt er leise. Als er sich an ihnen vorbeidrückt, spürt er, wie sein Schwanz steif wird. Zu gern würde er ihn in einen dieser dicken Ärsche rammen.*

*Plötzlich entdeckt er sie. Er hat sie nicht so klein in Erinnerung gehabt. Zwischen all diesen riesigen, wohlgenährten Jugendlichen aus Übersee wirkt sie fast wie ein Zwerg. Das warme Licht der Abendsonne bringt ihre dunklen Wangen zum Glühen. Seine Erregung steigert sich. Seine Hände zittern, während er sich bemüht, näher an sie heranzukommen. Seine Anspannung ist so groß, dass er fürchtet, seine Beine würden nachgeben. Eine weitere Touristengruppe wälzt sich heran. Reißt ihn mit und stößt ihn fast gegen die Kleine.*

*Er steht nun dicht hinter ihr. Greift in seine Hosentasche. Zögert jedoch. Die Gruppe ist zu unruhig. Ständig quetschen sich fremde Körperteile zwischen ihn und das Mädchen. Er nimmt die flinke Bewegung ihrer linken Hand kaum wahr. Sieht nur die Geldbörse, die sie einem Mann aus der Gesäßtasche gezogen hat, unter ihrem weiten Rock verschwinden. Er weiß, dass sie darunter einen Beutel hat. Er hat sie schon einmal gefickt. Stockbetrunken, in einer finsteren Nacht. Eine schnelle Nummer von hinten, damit er ihr hässliches Gesicht nicht hat sehen müssen.*

*Als er sein Messer aus der Hosentasche nimmt, spürt er seinen Puls heftig klopfen. Niemand schenkt ihm Beachtung. Neptun, David und Herkules haben ihre Blicke auf den bronzenen Perseus von Cellini gerichtet, der das abgeschlagene Haupt der Medusa in der Hand hält.*

*Er packt den Griff des Messers mit beiden Händen und stößt es dem Mädchen mit aller Kraft genau unterhalb der*

*Rippen in den weichen Körper. Als es bis zum Heft eingedrungen ist, dreht er es herum. Während er sich fest an sie presst, bildet er sich ein zu hören, wie sich das Messer knirschend in ihr bewegt. Sie gibt keinen Laut von sich. Bewegt sich nicht. Bleibt eingezwängt zwischen den Touristen aufrecht stehen.*

*Als er sich ein paar Schritte entfernt hat, dreht er sich noch einmal um. Sieht ihre zarten Hände in die Luft greifen. Auch sie dreht sich um. Starrt ihn an. Ihre Augen werden glasig. Verdrehen sich himmelwärts. Ihr Mund öffnet sich zu einem Schrei.*

*Bemüht, nicht allzu sehr zu drängeln, zwängt er sich durch die Schaulustigen. Als die ersten Schreie über die Piazza della Signoria schallen, hat er bereits die Uffizien erreicht. Er zündet sich eine Zigarette an. Wundert sich, dass seine Hände nicht mehr zittern. Auf seiner Stirn haben sich Schweißtropfen gebildet. Sie verkleben sein dichtes schwarzes Haar. Abschätzig betrachtet er die Warteschlange vor dem Eingang und schlendert weiter. Der starre Blick des Mädchens verfolgt ihn bis zum Arno.*

## Teil 2

### 10.

Orlando und ich machten uns früh morgens auf den Weg zur Kirche San Lorenzo. Kaum hatten wir den Palazzo Pazzini verlassen, hielt ich Ausschau nach Sofia. Ich hoffte, sie würde mich irgendwo abpassen.

Orlando beschwerte sich über meine Unaufmerksamkeit und meine mangelnde Begeisterung für seine „Heimatstadt“, wie er als geborener Wiener das schöne Florenz neuerdings bezeichnete. Ich hatte Orlando nichts von meiner Begegnung mit Sofia und dem verrückten Plan der beiden Mädchen erzählt.

Die Marktstände rund um San Lorenzo waren noch mit Rollläden verbarrikadiert. Die Kirche war jedoch bereits offen. Ich klärte meinen Freund einmal mehr über die Bedeutung auf, die die Medici für Florenz gehabt hatten: „Sie haben Filippo Brunelleschi beauftragt, die Alte Sakristei und die Kirche zu bauen. San Lorenzo gilt als erster Zentralraum der Renaissance. Das großartige Kirchenportal hat kein Geringerer geschaffen als Michelangelo.“

Als wir die Medici-Kapellen besichtigten, wirkte Orlando richtiggehend eingeschüchtert. Die aufwändige Pietra-dura-Ausstattung der Fürstenkapelle übte eine fast magische Anziehungskraft auf ihn aus. In dieser Kapelle befanden sich die prunkvollen Grabstätten der sechs Medici-Herzöge. Die neue Sakristei, die von Michelangelo gestaltet, aber wegen seines Weggangs nach Rom unvollendet geblieben war, wirkte hingegen weniger pompös, sondern eher nüchtern, fast kühl.

In der Biblioteca Medicea Laurenziana, die ebenfalls nach Plänen von Michelangelo erbaut worden war, blieb Orlando mitten im Lesesaal stehen und staunte über die schweren Eisenketten, mit denen die Folianten an den Pulten befestigt waren.

„Ist es nicht wunderbar, wenn jemand Angst haben muss, dass seine Bücher gestohlen werden könnten?“, scherzte ich.

Anschließend schlenderten wir Richtung Dom. Die Geschäfte in den Einkaufsstraßen hatten zum Teil noch geschlossen. Wir betraten ein Café, bestellten zwei doppelte Espressi und zwei Tramezzini mit Mozzarella und Tomaten.

Ein älterer Herr, der neben uns an der Theke stand, hatte eine Zeitung vor sich liegen. Ich las die Schlagzeile. Mein Herzschlag setzte für ein paar Sekunden aus. Der Bericht über die grausame Ermordung einer jungen Romni auf der Piazza della Signoria hatte es auf die Titelseite von „La Repubblica“ geschafft. Das Mädchen war am Vorabend unter den Augen tausender Touristen niedergestochen worden.

Ich bat den Herrn, mir seine Zeitung zu leihen, und übersetzte Orlando den Artikel. Der Journalist erwähnte das durch Brandnarben verunstaltete Gesicht der Toten. Wahrscheinlich hoffte die Polizei durch die Weitergabe dieser Information die Identifizierung zu erleichtern.

Für mich bestand nun kein Zweifel mehr, dass es sich bei dem Opfer um Maria handelte. Bestürzt gab ich die Zeitung zurück.

Orlando war genauso entsetzt wie ich. Mir schien der Zeitpunkt gekommen zu sein, ihn einzuweihen und ihm von Marias und Sofias Erpressungsplänen zu erzählen.

„Warum hast du mir das gestern nicht gleich gesagt?“, fragte er mich vorwurfsvoll.

„Weil ich es Sofia versprochen habe. Und ich halte, wie du weißt, meine Versprechen.“

„Du siehst ja, was dabei herausgekommen ist.“

„Das ist nicht fair. Du brauchst mir nicht auch noch Schuldgefühle einzureden. Lass uns zur Polizei gehen. Wir müssen ihnen sagen, dass wir das Mädchen kannten, und ihnen auch von den Betrügereien deines Cousins erzählen.“

Orlando tippte sich auf die Stirn.

„Ich meine es ernst. Bestimmt arbeiten diese rumänischen Verbrecher mit italienischen Kriminellen zusammen. Ich nehme an, die Mafia hat in Florenz sowohl Schwarzarbeit als auch Prostitution fest im Griff. Gegen das organisierte Verbrechen können wir beide beim besten Willen nichts ausrichten."

„Denk an die Geschichte in Wien", sagte er. „Da haben wir schließlich auch einen Serienmord gemeinsam aufgeklärt."

„Werde jetzt bloß nicht größenwahnsinnig."

Doch Orlando blieb stur und überzeugte mich schließlich, dass wir uns zuerst mit seiner Familie beraten sollten. „Vielleicht weiß Francesco, was zu tun ist", meinte er.

Ich war zwar froh, dass sich Orlando mit seinem Bruder nun besser verstand als zu Beginn unseres Aufenthalts in Florenz. Trotzdem bezweifelte ich, dass unsere Entscheidung, nicht zur Polizei zu gehen, sondern zuerst mit Francesco zu reden, klug war. Francesco war ein Schöngeist. Von Menschenhandel und Prostitution hatte er sicher ebenso wenig Ahnung wie wir.

„Warum rufst du ihn nicht gleich an?"

„Vielleicht schläft er noch."

„Dann weck ihn halt auf."

„Später."

Sein Respekt vor seinem Bruder schien größer zu sein, als ich gedacht hatte.

„Was sollen wir jetzt machen?", fragte er.

„Lass uns Sofia suchen."

„Großartige Idee. Diese Stadt hat ja nur 370.000 Einwohner. Wo sollen wir anfangen?"

„Ich habe gelesen, dass es am nördlichen Stadtrand von Florenz eine große Roma-Siedlung gibt. Vielleicht kann uns dort jemand weiterhelfen."

Orlando schien von meiner Idee nicht gerade begeistert zu sein. Folgte mir jedoch zu meinem Auto. Carla hatte es in der Nähe des Palazzo Pazzini geparkt. Das Strafmandat zwischen Scheibenwischer und Windschutzscheibe überraschte mich nicht. Ich zerriss es, ohne es mir genauer anzusehen, und warf es in einen Papierkorb.

Der Verkehr in der Innenstadt war höllisch. Die vielen Zweiräder, die links und rechts an mir vorbeirasten, machten mich nervös.

„Du fährst wie eine Anfängerin. Deine Kupplung wird bald hinüber sein."

„Wenn dir mein Fahrstil nicht passt, kannst du dich ja hinters Steuer setzen", fauchte ich ihn an. „Schau lieber auf den Stadtplan. Ich bin mir nicht sicher, ob wir richtig sind. Wir müssen am Bahnhof vorbei und dann Richtung Norden."

„Wo ist Norden?"

Ich gab es auf. Orientierte mich an den Straßenschildern und fuhr Richtung Prato. Kaum waren wir auf der Autobahn, erblickte ich die ersten Wohnwägen und Wellblechbaracken neben einer riesigen Müllhalde. Ich fuhr bei der nächsten Abfahrt von der Autobahn ab und auf einer Schotterstraße zurück zu dem kleinen Lager.

„Mein Gott, wie es hier aussieht", stöhnte Orlando angesichts der Müllberge, die sich zwischen den Wohnwagen und Baracken auftürmten. Manche der Hütten hatten nicht einmal ein Dach, sondern waren mit Decken, Planen und schwarzen Müllsäcken notdürftig abgedeckt.

„Diese Siedlungen werden von den italienischen Behörden seit Jahren ignoriert", sagte ich mit belegter Stimme.

„Woher weißt du das?"

„Habe ich in einer Zeitschrift gelesen."

Ich hielt vor einem Wohnwagen, der noch halbwegs passabel aussah. Als wir ausstiegen, waren wir sogleich von einem Dutzend schreiender Kinder umringt. Die kleineren zupften an unseren Kleidern, die größeren streckten uns ihre Hände hin. Ein alter Mann kam aus dem Wagen, verscheuchte die Kinder und sah mich forschend an.

Ich stellte Orlando und mich vor und fragte auf Romanes, ob wir hier in Poderaccio seien. Er schüttelte den Kopf und deutete in nördliche Richtung.

„Wie weit ist es bis dorthin?"

Er sagte irgendetwas, das ich nicht verstand, weil er so nuschelte. Der alte Rom hatte nicht mehr viele Zähne im Mund.

Ich erklärte ihm, dass wir jemanden suchten. Während ich ihm von Sofia und den anderen Mädchen erzählte, verteilte Orlando Kaugummis und Bonbons an die Kinder. Ich bot dem Mann eine Zigarette an. Er steckte sie sich hinters Ohr. Eine Frau in seinem Alter gesellte sich zu uns. Ich begrüßte sie höflich und reichte auch ihr mein Päckchen. Sie lehnte ab.

„Habt ihr eine Idee, wo die Mädchen festgehalten werden könnten? Sie müssen irgendeinen Unterschlupf in Florenz haben."

„Vielleicht bei Giorgina?", sagte die Frau und sah den Mann ängstlich an.

„Gut möglich. Die alte Hexe ist nicht totzukriegen", krächzte er.

„Wie heißt diese Giorgina mit Nachnamen? Oder habt ihr eine Adresse von ihr?"

„Sie wohnt irgendwo in der Nähe des Bahnhofs", antwortete die Frau zögernd. „Ein böses Weib, nimm dich vor ihr in Acht!"

„Und diese Mädchenhändler kennt ihr nicht?"

Beide schüttelten energisch den Kopf. Ich glaubte ihnen.

„Lass uns abhauen. Mir wird gleich schlecht", sagte Orlando leise und deutete auf die Kinder, die mit einer toten Ratte Fußball spielten. Ich verabschiedete mich von dem alten Paar und machte, dass ich in meinen Wagen kam.

„Ich glaube, wir können es uns sparen, nach dem großen Roma-Lager zu suchen“, sagt ich im Auto. „ Ich fürchte, die Chancen, dass wir dort jemanden treffen, der uns Giorginas Adresse sagen kann, stehen schlecht.“

„Die haben doch alle keine ordentlichen Adressen“, sagte Orlando.

Mich ärgerte sein arroganter Ton, obwohl ich ihm insgeheim Recht gab.

„Ich verstehe das nicht. Warum pfercht man deine Leute wie Tiere in diese Lager? Dieser fürchterliche Gestank, der kam sicher nicht nur vom Müll. Ich glaube, die haben keine Kanalisation.“

„Und keinen Strom, kein frisches Wasser und keine Heizung“, sagte ich.

„Wie können sie nur so leben?“

„Es bleibt ihnen nichts anderes übrig. Vielleicht ziehen sie ja bald weiter. Spätestens vor dem Winter müssen sie hier weg sein, wenn sie nicht erfrieren wollen. Hast du nicht die Hütten gesehen? Einige bestehen nur aus ein paar Brettern und Plastiksäcken. Bei einem stärkeren Regenguss baden sie im Schlamm. Die ausgetrocknete Erde nimmt das Wasser sicher nicht auf.“

„Sind sie nicht auch ein bisschen selber schuld? Du hast mir mal erzählt, dass sich viele deiner Leute nicht anpassen wollen, lieber stehlen als arbeiten ...“

„Man lässt sie nicht arbeiten“, unterbrach ich ihn scharf. „Um überleben zu können, sind sie praktisch zur Kleinkriminalität gezwungen. Natürlich ruft das eine ausländerfeindliche oder besser gesagt Roma-feindliche Stimmung im Land hervor. Aber das rechtfertigt noch lange nicht die Brutalität, der sie auch hier in Bella Italia ausgesetzt sind.“

Auf der Rückfahrt redeten wir kaum ein Wort miteinander. Mich hatten die Zustände in dieser illegalen Siedlung schockiert, und selbst Orlando schien ausnahmsweise nachdenklich zu sein. Zumindest ersparte er mir weitere Kommentare über meinen Fahrstil.

Zurück in Florenz, blieb mir nach mehreren Umkreisungen des Palazzo Pazzini nichts anderes übrig, als meinen Wagen wieder im Parkverbot abzustellen.

Obwohl mir jetzt überhaupt nicht nach Sightseeing zumute war, schlug ich vor, die Uffizien zu besuchen. Die Meisterwerke der italienischen Malerei würden uns auf andere Gedanken bringen, hoffte ich. Außerdem könnten wir vielleicht Sofia treffen, wenn wir uns in der Innenstadt herumtrieben.

Doch Orlando wollte nicht mitkommen. Er behauptete, bei einem seiner früheren Besuche in Florenz in den Uffizien gewesen zu sein. Ich glaubte ihm nicht. Führte seine Weigerung mitzukommen vielmehr auf die lange Schlange zurück, die sich vor dem Eingang gebildet hatte.

Als er endlich begriff, dass ich sauer war, weil er mich nicht begleiten wollte, sagte er: „Mich deprimiert große Kunst. Ich fühle mich dann immer so klein und unbedeutend. Und außerdem möchte ich mich mit meinem Bruder treffen. Er wollte noch einmal mit mir über das Testament sprechen. Bei dieser Gelegenheit werde ich ihn auch fragen, was wir wegen Marias Ermordung unternehmen sollen, okay?“

Sollte ich ihm erzählen, dass sein Bruderherz seine Cousine vögelte? Ich ließ es bleiben. Stattdessen sagte ich: „Ruf mich an, wenn ihr fertig seid. Aber lass dich bloß nicht von Francesco über den Tisch ziehen.“

„Ich bin ein großes Mädchen, ich kann schon auf mich selbst aufpassen“, antwortete er mit einem breiten Grinsen.

Ich konnte die Schätze des weltberühmten Museums nicht genießen. Immer wieder musste ich an Marias Tod denken und machte mir große Sorgen um ihre kleine Schwester und um Cecile, die nun niemanden mehr hatten, der sie beschützte. Geistesabwesend betrachtete ich die „Geburt der Venus". War der große Botticelli nicht einst auch Savonarolas Hasslehren erlegen? Hatte er nicht einige seiner Bilder selbst verbrannt?

Mehr Begeisterung als die berühmten Botticellis riefen bei mir Michelangelos „Heilige Familie" und Tizians „Venus von Urbino" hervor. Und am faszinierendsten fand ich Caravaggios „Medusenhaupt". Es entsprach viel besser meiner momentanen Verfassung als die Bildnisse lieblicher Damen.

Als ich die Uffizien verlassen hatte, überlegte ich kurz, ob ich mich einfach in der Gegend rund um den Bahnhof herumtreiben sollte. Verwarf diesen Gedanken jedoch. Es war Hochsommer und die Einheimischen zelebrierten ihre Siesta. Die alte Romni, von der man mir erzählt hatte, würde ich dort sicher nicht auf der Straße antreffen.

Ziellos schlenderte ich durch die Stadt. Als ich an der Casa Horne, einem Renaissance-Palast, den der englischer Gelehrte und Literat Herbert Percy Horne Anfang des zwanzigsten Jahrhunderts gekauft hatte, vorbeikam, ging ich hinein. Ich hatte irgendwo gelesen, dass dieser kunstsinnige Mann einige sozialkritische erotische Werke von Félicien Rops besessen hatte. Leider bekam ich die Zeichnungen des großen belgischen Künstlers nicht zu Gesicht. Da das Museum aber schöne Giottos, Masaccios und Filippo Lippis beherbergte, hielt sich meine Enttäuschung in Grenzen.

Orlando meldete sich, als ich anschließend den Palazzo Bardi besuchen wollte. Graf Bardi hatte gegen Ende des 16. Jahrhunderts Philosophen, Dichter und Musiker um sich geschart, um das antike Drama, an dem Gesangssolisten, Chor und Orchester beteiligt waren, wieder aufleben zu lassen. In dieser berühmten Florentiner Camerata entstand die heutige Oper. Da ich Orlando nicht warten lassen wollte, verschob ich den Besuch dieses Palazzo auf einen anderen Tag.

Wir hatten uns in einem der touristischen Lokale am Ufer des Arno verabredet. Als ich mich über die Uferbefestigung lehnte, erblickte ich ein paar halbnackte Kinder, die sich unten am Fluss gegenseitig anspritzten. Ich bildete mir ein, dass eines der Mädchen Sofia ähnlich sah, und rief laut ihren Namen. Keines der Kinder schaute zu mir herauf. Kreischend plantschten sie weiter im seichten Wasser herum.

Ich erschien wieder einmal als Erste bei meiner Verabredung mit Orlando. Meine Überpünktlichkeit nervte mich manchmal selbst, andererseits empfand ich Unpünktlichkeit stets als Geringschätzung meiner Person. So litt ich umso mehr, wenn jemand, den ich gern hatte, meine Zeit verschwendete.

Ich hatte Glück und bekam auf der Terrasse einen Tisch in der ersten Reihe. Nur der Lungarno trennte mich vom Fluss. Der Arno schleppte sich träge dahin. Trotz der momentanen Hitzewelle war der Wasserstand relativ hoch. Unwillkürlich musste ich an die schlimme Überschwemmung in den Sechzigerjahren denken. Auf dem anderen Ufer standen die Häuser auch jetzt buchstäblich im Wasser. Die oberen Stockwerke warfen bereits Schatten auf den Fluss.

Ich liebte das Wasser. Nirgendwo fühlte ich mich so geborgen wie im feuchten Nass. Mein amerikanischer Therapeut hatte meine Liebe zum Wasser mit meiner Sehnsucht nach der Geborgenheit im Mutterbauch erklärt. Vielleicht hatte er Recht gehabt. Jedenfalls genoss ich es, auf den Fluss zu schauen, und vergaß auf Orlando.

Nach zwei Zigaretten bestellte ich, trotz der horrenden Preise, etwas zu essen. Da Vitello Tonnato zu meinen absoluten Lieblingsspeisen gehört, ließ ich mich auch durch Orlandos Erscheinen nicht irritieren, sondern aß in Ruhe weiter.

„Willst du nicht wissen, was Francesco und ich besprochen haben?“, fragte er mich empört.

Obwohl ich neugierig war, sagte ich scheinbar gelassen: „Ich kann's gerade noch erwarten." Demonstrativ schaute ich auf meine Armbanduhr. Er verdrehte die Augen zur Decke.

„Jetzt hör auf, die Beleidigte zu spielen. Ich bin einfach nicht früher weggekommen."

„Du hast mich vor einer Stunde angerufen und gesagt, du nimmst dir ein Taxi."

„Hab keines gefunden. Aber jetzt hör zu. Ich muss dir unbedingt von Francescos Vorschlag erzählen. Stell dir vor, er will meine Hälfte des Weinguts pachten. Er würde mir jeden Monat eine angemessene Summe überweisen. Ich halte das für keine so schlechte Idee. Was meinst du? Glaubst du, dass er es ehrlich meint?"

„Der schöne Francesco ein Weinbauer? Nein, das kann ich mir beim besten Willen nicht vorstellen. Eher wird er dort Riccardos kriminelle Geschäfte weiterführen", murmelte ich mit vollem Mund.

„Mein Bruder ist kein Krimineller", sagte Orlando bestimmt.

Als der Kellner bereits zum dritten Mal an unseren Tisch kam, ließ er sich gnädig dazu herab, auch etwas zu bestellen: „Ich nehme eine Tarte Tartin mit Pfirsich und Vanilleeis." Mit besorgtem Blick strich er über sein nicht vorhandenes Bäuchlein.

„Hast du mit deinem Bruder auch über den Mord an Maria gesprochen? Was meint er? Sollen wir zur Polizei gehen?"

„Dazu bin ich gar nicht gekommen."

„Wie bitte?", fuhr ich ihn an.

„Hör mir zu. Es ist noch etwas passiert. Nachdem wir beide heute früh weggegangen sind, hat im Palazzo Pazzini eine Hausdurchsuchung stattgefunden. Als die Ermittler den Palazzo und vor allem Riccardos Zimmer näher unter die Lupe nahmen, haben sie in einer Zuckerdose Koks gefunden. Das hat sie aber offenbar gar nicht besonders interessiert. In Auroras Medikamentenschränkchen sind sie nämlich so richtig fündig geworden. Dieser Idiot hatte dort gestohlene Parfümingredienzien versteckt. Die Verpackungen haben die Aufschrift anderer Parfümerien getragen. Warum er dieses Zeug nicht ins Landhaus gebracht hat, verstehe ich nicht. Aurora hat daraufhin einen ihrer bühnenreifen hysterischen Anfälle bekommen. Als sie beim Begräbnis meines Vaters vom Tod ihres geliebten Söhnchens erfuhr, hat laut Carla eine Flasche Gin genügt, um ihre Nerven zu beruhigen. Aber jetzt hat sich Aurora freiwillig in ein Spital einliefern lassen."

„Hat Francesco dir das erzählt?"

„Ja natürlich. Wer sonst? Ich nehme an, er hat gehofft, ich würde mich um unsere überkandidelte Tante kümmern. Er hat ja offenbar nicht das beste Verhältnis zu ihr. Übrigens hat er behauptet, Aurora würde mich mögen."

„Komm, hör auf. Diese blöde Ziege interessiert sich nur für sich selbst."

Aufgeregt fuhr Orlando fort: „Ja, mag sein. Jedenfalls ist mein Bruder abgehauen, nachdem die Polizei das Zeug gefunden hatte. Oder besser gesagt, sie haben ihn gehen lassen. Er war offenbar total überrascht, als ihn die Bullen mit den geklauten Iris- und Moschus-Essenzen konfrontiert haben. Francesco ist im Grunde ein bisschen weltfremd. Du weißt, dass ich ihn anfangs nicht besonders leiden konnte. Mittlerweile sind wir ein Herz und eine Seele ..."

„Und was passiert jetzt mit Aurora?", unterbrach ich ihn.

„Um die soll sich Carla kümmern. Schließlich ist sie ihre Mutter."

„Die beiden verstehen sich doch erst recht nicht."

„Was weiß ich. Lass mich jetzt weitererzählen. In Florenz geht das Gerücht um, dass vor Kurzem bei einer berühmten Parfümeurin und in einer Farmacia eingebrochen worden ist. Der Verdacht liegt nahe, dass Riccardo an diesem Coup beteiligt war. Weißt du, wie viel so ein Kilo Irisbutter, das ist das Extrakt aus der Iriswurzel, in Paris oder Grasse kostet?“

„Ich habe keinen blassen Schimmer.“

„An die hunderttausend Euro!“

Ich starrte ihn mit offenem Mund an.

„Ja, da staunst du, was? Natürlich hat mein Cousin kein Kilo Irisbutter erbeutet, sondern nur ein paar Deka. Francesco glaubt, dass die Idee für so einen Coup sicher nicht von ihm stammte. Er war ein richtiger Idiot. Hübsch, aber strohdumm. Nein, da steckt wer anderer dahinter. Vielleicht die Mafia?“

„Willst du damit sagen, dass auch irgendein Mafioso Riccardo mit einem Fleischerhaken umgebracht hat?“

„Tja ... vielleicht“, sagte Orlando zögernd.

„Aber warum ausgerechnet in Livios Metzgerei? Das war doch viel zu riskant! Nein, Orlando. Berufskiller gehen ganz anders vor. Der Mord an Riccardo war eine stümperhafte Angelegenheit und nicht die Arbeit eines Profikillers. Ich glaube nach wie vor, dass einer dieser rumänischen Schlepper deinen Cousin auf dem Gewissen hat.“

„Weißt du, dass ich sogar Livio kurz in Verdacht hatte? Er konnte Riccardo nicht ausstehen. Hielt ihn für ein verwöhntes Muttersöhnchen. Vielleicht sind sie wegen irgendeiner Sache in Streit geraten. Livio ist sehr jähzornig. Ihm kommt schnell mal die Hand aus.“

Missbilligend schüttelte ich den Kopf.

„Zugegeben, er ist ein gebildeter und intelligenter Mensch, aber er ist mir doch suspekt. Vielleicht war er ja auch an diesem Coup beteiligt und Riccardo wollte ihn betrügen?“

„Blödsinn“, sagte ich schärfer als beabsichtigt.

„Riccardo wurde in Livios Kühlhaus ermordet, und Livio hat für die Tatzeit kein Alibi, soviel ich weiß. Er hat behauptet, sich oben in seiner Wohnung geduscht und umgezogen zu haben. Das kann man glauben oder nicht. Jedenfalls gibt es keine Zeugen dafür.“

Auch dieses schwer zu entkräftende Argument überzeugte mich nicht.

„Apropos Livio", sagte er. „Wir können ihn demnächst gemeinsam näher unter die Lupe nehmen. Carla hat mich vorhin angerufen und mir gesagt, dass er uns alle für morgen Abend ins Teatro della Pergola einlädt. Nehme an, du wirst dir Verdis ‚Rigoletto' nicht entgehen lassen wollen."

Ich spürte, wie eine sanfte Röte meine Wangen überzog. Hatte ich nicht vor Kurzem Livio gegenüber erwähnt, dass mir „Rigoletto" jedes Mal das Herz bricht?

Ich bestellte noch einen Espresso und bat Orlando um Feuer. Ich hatte keine Streichhölzer mehr.

„Das meinst du nicht im Ernst! Ich weigere mich, deine Sucht zu unterstützen!"

„Heuchler. Wenn du einen Joint rauchen dürftest, würdest du mir sehr wohl dein Feuerzeug borgen."

„Hast du was mit?", fragte er gierig.

„Nein. Natürlich nicht. Ich meine ja nur."

Widerwillig gab er mir Feuer, ließ mich aber nicht in Ruhe rauchen, sondern drängte zum Aufbruch. Er wollte unbedingt noch mit mir shoppen gehen.

Als wir über die Ponte Vecchio auf die linke Seite des Flusses hinüberwechselten, dachte ich an die tote Maria. Hier waren wir uns vor Kurzem begegnet. Orlando schien zu spüren, dass es mir nicht gut ging. Er nahm meine Hand. Ich bemerkte, wie uns die Leute anstarrten. Zwar trug Orlando Männerkleidung, aber er war stark geschminkt. Außerdem war er zehn Jahre jünger als ich. Bei dem Gedanken, dass uns jemand für ein Liebespaar halten könnte, musste ich beinahe lachen. Meine Stimmung besserte sich.

Auf der linken Flussseite waren verhältnismäßig wenige Touristen unterwegs. Hier hatten sich vor allem Künstler und Handwerker niedergelassen, Restauratoren, Rahmenmacher, Silberschmiede, Metallkünstler und Schuhmacher.

„Florenz ist berühmt für sein exklusives Kunsthandwerk“, bemerkte Orlando, als wir den Laden eines Buchbinders betraten.

„Als Kunsthandwerk kann man diese wundervollen Arbeiten nicht bezeichnen“, erwiderte ich beim Anblick der großartigen Einbände aus Leder und Seide und des geschmackvoll dekorierten Papiers. „Das sind richtige Künstler.“

Kaum hatten wir den Laden des Buchbinders verlassen, schlug Orlando vor, ein Taxi zu nehmen und zu den Einkaufsstraßen auf der anderen Seite zu fahren. „Meine Füße tun mir schon wieder weh“, jammerte er.

Ich hatte keine Lust, in einem Auto durch die Stadt zu rasen. Meiner Meinung nach gehörte die Innenstadt von Florenz überhaupt für den Autoverkehr gesperrt. „Ach komm, mir gefällt es auf dieser Seite viel besser“, sagte ich daher.

Missmutig spazierte er neben mir durch die Gassen, in denen sich prachtvolle Palazzi verbargen. An vielen Häusern gab es kleine Nischen mit Fresken oder Keramikkunstwerken oder wunderschöne Renaissance-Portale. Und nachdem Orlando bei einem Metallkünstler eine extravagante eiserne Stehlampe für sein Weingut in der Toskana bestellt hatte, besserte sich auch seine Laune.

Plötzlich hörten wir klassische Gitarrenmusik. Kein Lokal in der Nähe, kein offenes Fenster weit und breit. Nur die Tür zu einem Geschäftslokal in einem alten Palazzo stand offen. Auf einem antiken Hocker saß ein schwarzhaariger, großer schlanker Mann und spielte Bach. In dem uralten Gewölbe standen Regale voller Bücher und CDs und schöne Glasvitrinen mit extravaganten Schmuckstücken.

Ich traute mich fast nicht, diesen privat anmutenden Raum zu betreten. Doch Orlando stapfte einfach hinein und sagte: „Salve!“

Der Gitarrenspieler legte sein Instrument beiseite und begrüßte uns mit Handschlag.

Sobald ich den dunklen Raum betreten hatte, fühlte ich mich in eine nahezu magische Welt versetzt. Das ganze Ambiente und vor allem der Künstler erinnerten mich an den Film „Der Herr der Ringe".

Der Meister beantwortete bereitwillig unsere Fragen. Sein Schlösser-Zyklus mit den zwölf Ringen der Sünde versinnbildliche nicht nur seine kindlichen Ängste, sondern auch die Spiritualität der Materie, die sich zum Himmel hinaufschwinge, erklärte er uns. Ich wunderte mich nicht, als er erwähnte, dass er oft Aufträge aus der Kirchenwelt bekam. Er schien ein zutiefst spiritueller Mensch zu sein.

Während sich Orlando für einen Rubinring begeisterte, der einem Ring der Katharina de' Medici nachgeahmt war, bewunderte ich einen Mondkompass mit einer Quecksilberwaage und die alchemistischen Ringe der Liebe. Die Leidenschaft dieses Mannes für die Alchemie spiegelte sich in vielen seiner außergewöhnlichen Kreationen wider.

„Hier riecht's nach Iris", rief Orlando.

„Was meinst du?"

„Dieser Ring hier! Frag ihn, was dieser Geruch zu bedeuten hat. Ich kann nicht so gut Italienisch wie du."

Der Künstler erklärte uns, dass er in den Hohlraum des Ringes eine Iris-Essenz gegeben hatte, die ihren Duft durch weitere Öffnungen des Ringes auf die Hand des Besitzers verströmte.

„Man kann ihn auch mit Rosenduft oder anderen Düften versehen. Ich bevorzuge den Geruch der Iris, der Blume, die auf allen Hügeln von Florenz wächst", sagte er.

Schon wieder Iris, dachte ich, sprach diesen Gedanken jedoch nicht laut aus.

„Rosenduft wäre mir lieber gewesen", murmelte Orlando und steckte sich das kunstvoll gearbeitete Geschmeide an den Ringfinger. „Wahrscheinlich haben die Medicis Gift darin aufbewahrt", flüsterte er mir ins Ohr.

Ich brach in undamenhaftes Gekicher aus.

Der duftende Ring kostete ein kleines Vermögen. Enttäuscht legte ihn Orlando zurück auf den mit schwarzem Samt überzogenen Podest. „Ich warte lieber, bis ich mein Erbe wirklich bekommen habe“, sagte er.

Ich warf einen letzten Blick auf die Ringe mit den winzigen silbernen und goldenen Burgen und Schlössern, den Tierfratzen und Antlitzen des Teufels und den schreienden Menschen. Wie berauscht verließ ich dann diesen magischen Ort.

Orlando ernüchterte mich mit seinem Vorschlag, ein Taxi zurück zum Palazzo Pazzini zu nehmen. Ich winkte ab. Ich wollte nicht in dieses düstere Gemäuer zurückkehren, sondern weiter durch die Stadt schlendern.

„Ich habe heute noch eine Verabredung“, sagte Orlando kleinlaut. „Ich hoffe, du bist mir nicht böse, Kafka, wenn ich dich allein lasse, aber ich habe einen tollen Mann kennengelernt. Francesco hat ihn mir gestern vorgestellt. Daniele hat mich zum Abendessen eingeladen und ich muss los, wenn ich ausnahmsweise einmal halbwegs pünktlich sein möchte. Muss mich noch in Schale werfen. Daniele steht auf Sisi.“ Er sah mich triumphierend an.

Das durfte einfach nicht wahr sein: Da starb sein Vater, sein Cousin und eine junge Romni wurden grausam ermordet, und Orlando hatte nichts anderes im Schädel, als sich einen neuen Lover zu angeln. Ich war sprachlos.

Er winkte sich ein Taxi heran, küsste mich links und rechts auf die Wangen und weg war er.

## 11.

Erst als ich in der rosigen Luft des Sonnenuntergangs allein den Arno überquerte, dieses Mal über die Ponte alle Grazie, ließ das beklemmende Gefühl in meiner Brust nach. Die mittlerweile schon vertraute Silhouette der Stadt, all die Dächer, Zinnen und Türme waren angestrahlt von der untergehenden Sonne. Obwohl ich die ganze Zeit an Sofia dachte und hoffte, ihr zufällig zu begegnen, konnte ich mich an dem Sonnenuntergang erfreuen.

Plötzlich erklang „I Maschi“ in meiner Handtasche. Ich hatte mir diesen alten Song von Gianna Nannini vor unserer Florenzreise als Klingelton auf mein Handy gespielt.

Carla. Ihre Stimme klang heiser. Sie flüsterte beinahe: „Stell dir vor, die Polizei hat bei uns zuhause alles auf den Kopf gestellt. Auch eure Sachen haben sie durchwühlt. Mich haben sie mitgenommen und verhört. Jetzt bin ich wieder daheim. Hier herrscht das absolute Chaos. Könntest du bitte so rasch wie möglich kommen, ich muss dir was zeigen.“

Da ich über die Hausdurchsuchung bereits informiert war, fragte ich nicht weiter nach, sondern machte mich auf den Weg.

Die Dämmerung brach über Florenz herein. Tiefhängende Wolken zogen über die Stadt. Sie schienen die Turmspitze des Palazzo Vecchio zu streifen. Die Nacht würde finster und feucht werden.

Auf dem Spaziergang zum Palazzo Pazzini hielt ich immer wieder Ausschau nach Sofia. Ich begegnete weder ihr noch einem anderen bettelnden Kind.

Das riesige Eingangstor des Palazzo stand sperrangelweit offen. Ich zog es hinter mir zu. Es knarrte furchterregend und schloss mit einem dumpfen Knall, der einen Moment lang den Boden unter meinen Füßen erzittern ließ.

Drinnen war es stockfinster. Prompt bekam ich eine Gänsehaut. Kein beleuchteter Lichtschalter weit und breit. Endlich ertastete ich einen Knopf. Eine schwache Funsel am Fuß der großzügig geschwungenen Marmortreppe begann zu flackern. Der Schalter für den großen Luster musste woanders sein.

Ich bildete mir ein, dass sich an der kahlen Wand zu meiner Rechten jemand bewegte. Erschrocken beobachtete ich die zittrigen Umrisse auf der Mauer. Dann musste ich unwillkürlich lachen. Es war mein eigener Schatten.

Plötzlich vernahm ich seltsame Geräusche. Ein leises Wimmern. Ein kurzer Knall. Ein Nachhall. Absolute Stille.

„Ist da jemand?“

Das Licht wurde schwächer. Eine dunkle, reglose Silhouette erschien am Ende der Treppe. Dieses Mal konnte es sich nicht um meinen eigenen Schatten handeln. Ich stieß einen gellenden Schrei aus. Stolperte. Fiel mit dem Gesicht auf die Marmortreppe. Einen Augenblick lang war mir schwindlig.

Ich keuchte, versuchte tief durchzuatmen. Bekam trotzdem nicht genügend Luft. Eine Panikattacke? Zitternd ließ ich mich auf einer Stufe nieder. Bemühte mich, in Ruhe einzuatmen. Zählte bis drei und atmete wieder aus. Und noch einmal. Es nützte nichts. Mein Puls spielte verrückt, mein Herz klopfte bis zum Hals.

Ich zündete mir eine Beruhigungszigarette an. Nach ein paar Zügen rappelte ich mich wieder auf. Die Silhouette war verschwunden. Das Treppengeländer fühlte sich angenehm kühl an auf meiner schweißnassen Handfläche. Die Stufen unter meinen Füßen waren abgetreten. Ich gab acht, nicht wieder zu stolpern. Meine Schritte hallten auf den Marmorfliesen wider.

Im ersten Stock war die Baustelle, in der Francesco hauste. Die Galerie war bereits renoviert, doch die Türen zu den Zimmern waren mit Plastikplanen zugehängt. Ich öffnete die erstbeste Tür. Früher hatte sich hier offensichtlich das Büro der Parfümerie befunden. Ein monströses Faxgerät, alte Firmenschilder und verstaubte Aktenordner in hohen Regalen legten zumindest diese Vermutung nahe. Es war zu dunkel, um Genaueres erkennen zu können.

Ich glaubte, ein leises Rascheln zu hören und stieg rasch die Treppe weiter hinauf in den zweiten Stock.

„Hallo, Carla?“, rief ich zögernd. Die unheimliche Stille flößte mir erneut Furcht ein.

Als sich nichts rührte, rief ich noch lauter: „Verdammt noch mal, Carla, wo bist du?“

Keine Antwort.

Ich spürte einen Luftzug und hörte kurz darauf ein knarrendes Geräusch. Eine der Türen war einen Spalt offen gestanden und fiel nun ins Schloss. Vielleicht war irgendwo ein Fenster geöffnet und der Wind hatte die Tür zugeschlagen? Dann hörte ich ein leises Rascheln und Piepsen.

„Oh, Scheiße!“, schrie ich und hoffte, diese ekelhaften kleinen Tiere würden bei meinem Geschrei die Flucht ergreifen. Ich konnte Mäuse nicht ausstehen.

Da sich nach wie vor kein menschliches Wesen zeigte, betrat ich eines der Zimmer. Durch die hohen braunen Fensterläden, die nicht ganz geschlossen waren, drang das spärliche Licht einer Straßenlaterne. Es reichte aus, um den großen Raum näher in Augenschein nehmen zu können.

Ich war in der Bibliothek gelandet. Die Wände waren bis zur Decke mit Regalen zugestellt, in denen prachtvolle in Leder gebundene Bücher standen. Neben einem wuchtigen Schreibtisch entdeckte ich eine Stehlampe. Ich schaltete sie ein.

Bildete ich mir nur ein, dass sich die schweren bordeauxroten Brokatvorhänge an den hohen Fenstern bewegten? Als ich gleichzeitig leise schlurfende Schritte draußen auf dem Gang vernahm, zuckte ich zusammen. Ich hatte die Tür zur Bibliothek nicht hinter mir geschlossen.

Es war zu spät, um die Lampe auszuschalten. Ich blieb mitten im Raum stehen und sah mich nach einem geeigneten Wurfgeschoss um. Im Regal vor mir thronte Dantes „Divina Commedia“, schwer genug, um mir als Waffe dienen zu können.

Ehe ich dieses Prachtstück noch aus dem Regal nehmen konnte, sagte Carla: „Da bist du ja! War also doch keine Einbildung, dass ich jemanden rufen gehört habe.“

„Ihr habt eine tolle Bibliothek“, stammelte ich verlegen.

„Ja, das Einzige, was wir noch nicht zu Geld gemacht haben, sind die Bücher unserer Vorfahren. Die Bibliothek ist ziemlich intakt. Alle anderen Räume, außer den Gästezimmern, sind mehr oder weniger Lagerräume für unseren ganzen Plunder."

„Gibt es nicht im ersten Stock eine Art Büro?"

„Büro? Wovon sprichst du, meine Liebe? Der erste Stock ist eine reine Baustelle."

„Du wolltest mir etwas zeigen?", fragte ich.

„Ja. Komm mit."

Carla eilte voran in den dritten Stock und sperrte die Tür zum linken Trakt auf. Mit einer langen Stange öffnete sie eine Dachluke am Ende des Ganges. Eine Art Hühnerleiter kam heruntergepoltert. Sie deutete mir, ihr zu folgen. Widerwillig erklomm ich die morschen Stufen der Holzleiter. Dort oben wimmelt es sicher nur so von Mäusen, dachte ich.

„Riccardo hat schon als Kind immer seine gestohlenen Schätze hier oben versteckt. Dieses Mal sind es nur leider keine Münzen oder Dollar-Scheine, sondern wertvolle Parfümessenzen."

Ich starrte auf die unscheinbaren Ampullen und Fläschchen in der Kiste, die mir Carla vor die Nase hielt.

„Das sind Grundessenzen aus Iris, natürlichem Amber, Kardamom, Bibergeil, Bergamotte und Moschus, und was weiß ich noch alles ..."

„Orlando hat mir bereits erzählt, dass man bei euch gestohlene Parfümingredienzien gefunden hat", warf ich vorsichtig ein.

„Ein paar Ampullen in Mamas Apothekenschränkchen, ja. Aber das hier ist ein Vermögen wert", sagte Carla. „Wahrscheinlich gibt es hier oben noch mehr Schätze. Ich hatte keine Zeit, alles zu durchsuchen."

„Hast du eine Ahnung, woher diese Essenzen stammen könnten?", fragte ich.

„Bei einer der berühmtesten Parfümeurinnen von Florenz wird gerade umgebaut. Das ganze Grundstück ist eine Baustelle. Schlimmer noch als bei uns. Es ist derzeit sicher nicht besonders schwierig, bei ihr einzubrechen. Merkwürdig, dass ich nichts davon gehört habe. So einen spektakulären Einbruch würden sich doch die Medien nicht entgehen lassen", überlegte sie laut. „Und Livio hat mir unlängst erzählt, dass er von einem Einbruch in der Farmacia Santa Maria Novella gehört hat. Ich habe es für ein Gerücht gehalten, da ebenfalls nichts darüber in den Zeitungen stand."

Wir durchsuchten die restlichen Schachteln mit der Aufschrift Profumeria Pazzini, entdeckten aber keine weiteren Schätze mehr, sondern fanden nur leere alte Fläschchen.

„Vorläufig reden wir mit niemandem darüber. Versprichst du mir das?"

Ich nickte, aber als ich die Hühnerleiter hinunterstieg, fragte ich sie dennoch: „Warum willst du nicht gleich die Polizei verständigen?"

„Ich muss zuerst mit Livio und Francesco reden. Vielleicht weiß einer von den beiden mehr darüber, als mir lieb ist."

Mir war klar, dass Carla in ihren hübschen Cousin vernarrt war und ihren Onkel sehr gern hatte. Aber würde sie einen der beiden decken, wenn er in solch ein Verbrechen verwickelt war? Und warum hat sie mich dann überhaupt eingeweiht, fragte ich mich.

„Ich wollte, dass noch jemand von diesem Diebesgut weiß, jemand, der mit dieser üblen Geschichte sicher nichts zu tun hat", beantwortete Carla meine unausgesprochene Frage. „Ich glaube, ich kann dir vertrauen. Du wirst sicher den Mund halten, oder?"

Ich nickte, war mir jedoch nicht ganz sicher, ob ich nicht wenigstens mit Orlando darüber reden sollte.

„Jetzt brauchen wir erst einmal einen Drink", unterbrach sie meine Gedanken.

Ich folgte ihr in den großen Salon im zweiten Stock. Der riesige Raum sah fantastisch aus. Französische Möbel aus dem frühen 18. Jahrhundert, dazu passende Tapeten und Spiegel, entzückende Nippes und wertvolles Porzellan in den Vitrinen.

Carla machte alle Lichter an. Erst jetzt bemerkte ich, wie verrottet die Seidentapeten waren, an denen die Werke alter Meister vor sich hin gammelten.

„Lauter Originale?"

„Ja. 18., 19. Jahrhundert, nichts Besonderes. Den einzigen Perugino, den unsere Familie besaß, hat mein Vater bereits vor meiner Geburt verscherbelt. Und das war gut so. Die verheerende Überschwemmung 1966 hätte das Madonnenbild ohnehin zerstört. Es hing unten in der großen Halle."

Sie servierte mir einen Gin Tonic in einem großen Cognac-Glas. „Gin ist das einzige, was wir immer im Haus haben. Meine Mutter liebt Gin." Sie prostete mir zu. „Ich finde es schön, dass wir endlich mal allein sind. Ich weiß fast nichts von dir. Orlando hat nur gesagt, dass du eine Zigeunerin, verzeih, eine Romni bist und Geschichte studiert hast."

„Stimmt beides. Ich arbeite aber momentan als Kellnerin in einem Wiener Café."

„Du bist nicht verheiratet?"

„Nein. War ich auch nie. Es hat zwar einige Männer in meinem Leben gegeben, aber keiner hat was getaugt. Und du? Warst du mal verheiratet?"

„Ja, kurz. Nach zwei Jahren habe ich mich wieder scheiden lassen. Er hat auch nichts getaugt. – Salute!"

Sie trank ihr Glas aus und schenkte sich nach. Meines war noch halbvoll.

„Und dein Bruder? War er verheiratet?"

Sie lachte. Es war kein herzliches Lachen.

„Nein, natürlich nicht. Er war Mamas Liebling. Aber Francesco hat es, ebenso wie ich, in jungen Jahren mal mit der Ehe versucht. Seine hat noch kürzer gehalten als meine. Nach ein paar Monaten ist sie ihm davongelaufen. Wir Pazzinis haben kein Glück in der Liebe", sagte sie theatralisch. „Apropos Liebe ..." Sie stand auf, nahm Tarotkarten und Skatkarten aus einer Schublade und bat mich, ihr die Karten zu legen. „Orlando hat mir gesagt, dass du diese Kunst perfekt beherrschst."

„Orlando hat einen Vogel! Außerdem kann ich das nur mit meinen eigenen Karten." Eine lahme Ausrede, das war mir bewusst.

„Könntest du es nicht wenigstens versuchen? Bitte ..." Sie sah mich flehend an.

„Reine Scharlatanerie", sagte ich nachdrücklich.

„Bitte, Katharina! Ich bin total durcheinander. Ich muss wissen, wie es weitergeht."

Widerwillig nahm ich die Skatkarten in meine Rechte und mischte sie ordentlich durch.

„Die einfachsten Varianten, okay?"

Ich erklärte ihr kurz die Bedeutung der einzelnen Karten. Wenigstens die hatte ich nicht vergessen. „Es gibt vier Kategorien. Herz steht für Liebe, Karo für Finanzen, Kreuz für Energie und Pik für Wissen. Je höher die gezogene Karte, desto besser ergeht es dir in diesem Bereich. Der König ist die höchste, das Ass die niedrigste Karte. Zu Beginn musst du dich festlegen, welche Karte Trumpf ist."

„Die Liebe ist natürlich das Wichtigste."

„Okay. Herz ist Trumpf."

„Ja, genau", murmelte sie ungeduldig.

„Zuerst musst du eine Karte pro Kategorie ziehen. Im zweiten Durchgang kannst du versuchen, die gezogenen Karten zu übertrumpfen. Entweder mit einer höheren Karte ihrer Farbe oder eben mit einer Trumpfkarte. Trumpfkarten zählen doppelt."

Carla stärkte sich mit einem großen Schluck Gin, bevor sie bedächtig vier Karten zog: Herz-4, Karo-9, Kreuz-Dame und Pik-Bube. Erwartungsvoll sah sie mich an.

„Und jetzt zieh noch einmal vier."

Im zweiten Durchgang zog sie kein Herz, allerdings einen Pik-König.

„In Sachen Liebe scheint leider nicht viel Positives zu passieren. Dafür entwickeln sich deine Finanzen relativ gut. Und dein Energiehaushalt dürfte demnächst enorm sein. Außerdem wirst du bald über neues Wissen und viele neue Erfahrungen verfügen."

Sie wirkte sehr enttäuscht. Hatte sogar Wasser in den Augen.

Ich streichelte ihren Arm und sagte: „Das ist doch alles nur dummes Zeug! Pass auf, ich lass dich jetzt noch mal eine Liebeskarte ziehen, und du wirst sehen, es wird das genaue Gegenteil dabei rauskommen."

Ich hatte nicht vor zu schummeln, verließ mich einfach darauf, dass sie dieses Mal mehr Glück haben würde und mischte die Karten wieder ordentlich durch. Beeindruckte sie, indem ich, wie die Profis in den Casinos, einhändig mischte.

„Ich weiß, ich könnte im Zirkus auftreten", scherzte ich. Sie blieb ernst.

„Du darfst jetzt nur eine einzige Karte ziehen, und mit deren Hilfe werde ich dir deuten, wie es in Zukunft tatsächlich mit der Liebe aussehen wird."

Die arme Carla zog die Kreuz-4.

„Oje", sagte ich. „Sturheit und Egoismus drohen in der nächsten Zeit Gefühle und Bindungen zu zerstören." Gleichzeitig verfluchte ich mich für meine Ehrlichkeit. Ich wäre durchaus imstande gewesen, den Herzkönig für sie auf den Tisch zu zaubern.

Carla schenkte uns nach und bat mich, ihr jetzt auch noch die Tarotkarten zu legen. Ich gab vor, mich mit Tarot erst recht nicht auszukennen, doch sie glaubte mir nicht.

„Wenigstens das einfache Kreuz könntest du versuchen. Selbst meine Mutter kann das."

„Ich bin todmüde und schon ein bisschen beschwipst. Lass uns schlafen gehen."

„Nur die Beziehungskarte. Bitte, Katharina!", bettelte sie.

Natürlich ahnte ich, dass sie sich wegen ihres Cousins so aufführte. Mein Mitleid hielt sich daher in Grenzen. Ich nahm die Tarotkarten und mischte sie weniger eindrucksvoll mit beiden Händen.

„Die Regeln kennst du?"

„Die erste Karte gilt für die eigene Person", seufzte sie.

„Ja, sie sagt etwas über deine Wünsche oder Ängste in der Partnerschaft aus. Und die zweite Karte verrät uns, was in den Gedanken und Gefühlen deines Partners eine wichtige Rolle spielt."

Zögernd zog sie zwei Karten. Die Arme hatte heute kein Glück.

„Verschiedene Standpunkte müssen nicht zwangsläufig zu einem Streit, sondern können auch zu einer Weiterentwicklung der Beziehung führen", interpretierte ich ihre Karte diplomatisch.

Die Partnerkarte ließ weniger Interpretationsmöglichkeiten zu. Und da ich von ihrer Beziehung zu diesem arroganten Francesco sowieso nichts hielt, gab ich ihr die wahre Bedeutung der zweiten Karte wieder: „Man neigt manchmal dazu, sich etwas vorzumachen. Wenn die Luftschlösser zerplatzen, kommt es zur Ernüchterung, was viel Leid verursachen kann."

„Die Karten lügen nicht", rief sie. Sprang auf und fegte beide Kartenspiele mit einer heftigen Handbewegung vom Tisch. Ihre Augen funkelten vor Zorn.

„Beruhige dich bitte", sagte ich leise. Sie starrte mich weiter mit ihren vom Alkohol geröteten Augen böse an.

Da ich keine Lust hatte, mich noch länger mit meiner betrunkenen Gastgeberin zu unterhalten, ging ich zu Bett.

Ich verbrachte eine unruhige Nacht. Wartete auf Orlandos Heimkehr. Um halb drei Uhr früh rauchte ich eine letzte

Zigarette auf dem kleinen Balkon vor unserem gemeinsamen Badezimmer. Ich fühlte mich einsam. Immer, wenn es brenzlig wurde, ließ mich Orlando im Stich. War das nicht mit allen meinen Freunden so gewesen? Ich hatte keine gute Hand für Freundschaften. Auch Carla hatte mich enttäuscht. Hatte ich zu Beginn des Abends noch gedacht, eine neue Freundin in ihr zu finden oder vielleicht sogar eine verwandte Seele, so hatte ich mittlerweile begriffen, dass ich ihr völlig egal war, dass sie sich überhaupt nicht für mich interessierte, sondern nur ihren schönen Cousin im Kopf hatte.

Ich war nicht wie andere Menschen. Ich war anders. Eine Außenseiterin. Ich konnte jederzeit meine Koffer packen und weiterziehen. Ich hatte keine Verpflichtungen. Oder hatte ich mich, ohne es zu bemerken, auf eine Verpflichtung eingelassen? Fühlte ich mich etwa gar verantwortlich für die kleinen Mädchen? Nein, ich hätte sogar jetzt verschwinden können. Allein meine Neugier hielt mich zurück. Ich wollte wissen, wie es weiterging.

Außerdem bin ich eine Voyeurin. Ich liebe es, andere zu beobachten. Aber ich will mit ihnen nicht näher zu tun haben. Meistens werde ich anderer Menschen bereits nach ein paar Stunden überdrüssig. Ich bilde mir ein, über eine relativ gute Menschenkenntnis zu verfügen. Überall projizieren die Menschen ihre Ängste, ihre Frustrationen und ihre Wut auf einen Sündenbock. Und wir Zigeuner eignen uns aufgrund unserer anderen Lebensart eben besonders gut für diese Rolle. Die Anfälligkeit der Menschen für das Böse und Gemeine war überall gleich. Die familiäre Hölle, das kleine private Elend – ich hatte das alles so satt! Am liebsten würde ich einfach davonlaufen, dieses große Gefängnis mit seinen imposanten Säulen, den geschlossenen Türen und Fensterläden, den trüben Lampen, wertvollen Büchern und tödlichen Geheimnissen schleunigst verlassen. Mit materiellen Annehmlichkeiten war ich in meinem bisherigen Leben nicht gerade verwöhnt worden. Bürgerlicher Komfort bedeutete mir nichts. Zu viel Besitz belastet nur.

Bevor ich endgültig in Selbstmitleid zerfloss, zündete ich mir eine an und versuchte, an Livio zu denken. Womöglich täuschte ich mich auch in ihm? Mit meiner Menschenkenntnis war es vielleicht doch nicht so weit her. Fast geriet ich in Versuchung, mir die Karten zu holen und sie zu befragen, ob ich diesem Mann trauen konnte. Wie ein aufgescheuchtes Huhn lief ich in meinem Zimmer auf und ab.

Dante Alighieri wurde 1302 aus Florenz verbannt. In seiner Hölle ließ er prominente Florentiner aufs Grausamste malträtieren. Ich malte mir aus, wie die ganze Pazzini- und Franchetti-Sippe ebenfalls in der Hölle schmorte. Und zwar alle, einschließlich Orlando.

Meine Armbanduhr zeigte drei. Ich legte mich wieder hin, ließ das Licht auf meinem Nachtkästchen an und starrte auf das schöne Fresko auf der Zimmerdecke. Liebäugelte mit den süßen Engelchen, doch meine Gedanken landeten schließlich wieder bei den sündhaft teuren Iris-Essenzen. Hatte Riccardo tatsächlich die Parfümextrakte gestohlen? Hatte er deswegen sterben müssen? Und Maria? Hatte sie Riccardos Mörder erpresst? Oder hatten die beiden Morde womöglich gar nichts miteinander zu tun? Zu viele Fragen ohne Antworten.

Irgendwann schlief ich ein.

## 12.

*Ich stehe vor dem verschlossenen Eingangstor des Palazzo Pazzini. Ein großer, kräftiger Mann tritt aus dem Dunkel auf mich zu. Schütteres, graues Haar hängt ihm ins Gesicht. Er hat eine große Nase und einen sinnlichen Mund. Ich nehme ein gefährliches Glitzern in seinen dunklen Augen wahr, bevor ich ihm den Rücken zukehre und rasch das Tor aufschließe.*

*Plötzlich umarmt er mich von hinten und drängt mich in den Hausflur. Er zieht mich eng an sich, wühlt sein Gesicht in mein zerzaustes Haar und drückt seine Lippen auf meinen Nacken. Dann presst er mich an die Wand, zieht mir meine Hose aus, reißt meinen Slip mit einer Hand runter und greift mit der anderen grob nach meinen Brüsten.*

*Ich versuche, mich zu wehren, kann mich aber nicht bewegen. Sein runder Bauch presst sich in mein Kreuz. Und ich spüre seinen schlappen Schwanz auf meinem Hintern. Ich versuche, mich von ihm zu befreien. Seine Hand schließt sich um meinen Mund, erstickt mein Stöhnen. Ich schlage mit meinen Armen wild um mich und trete mit meinen Füßen gegen seine Beine.*

*Als er mich loslässt, bleibe ich wie gelähmt stehen. Sein erster Schlag trifft mich völlig unerwartet. Mein Kopf knallt gegen die Mauer. Blut tropft auf den hellgrauen Steinboden. Er schlägt weiter auf mich ein. Schlägt mich mit der Faust ins Gesicht. Ich beginne zu schreien.*

Als ich aufwachte, war mein Polster voller Blutflecken. Im ersten Moment wusste ich nicht, ob es nur ein böser Traum gewesen war oder ob mich Livio Francchetti in der Nacht tatsächlich blutig geschlagen hatte. Dann bemerkte ich, dass meine Nase blutete. Ich legte den Kopf in den Nacken und drückte den Polsterzipfel unter die Nase.

Sobald ich zu bluten aufgehört hatte, sprang ich auf und schaute in Orlandos Zimmer. Sein Bett war unbenützt. Ich rief ihn an. Er hob nicht ab. Ich hinterließ ihm eine Nachricht auf seiner Mailbox. Bat ihn, sich schleunigst zu melden.

Nach dem Frühstück schlenderte ich mit Carla durch die von unzähligen Touristen bevölkerte Luxus-Einkaufsstraße Via Tornabuoni und bemühte mich erneut, mehr über die Einbrüche und Betrügereien ihres Bruders in Erfahrung zu bringen.

Sie antwortete ausweichend und wechselte bald das Thema: „Ist es nicht toll, dass Livio Premierenkarten für ‚Rigoletto' aufgetrieben hat? Er ist wirklich ein Schatz. Ich weiß nur nicht, was ich anziehen soll. Mir passt keines meiner schicken Kleider mehr. Ich bin viel zu fett geworden. Lass uns mal schauen, die meisten Geschäfte haben bereits Abverkauf. Aber wahrscheinlich werde ich sowieso nichts finden. Unsere Designer arbeiten nach wie vor ausschließlich für Magersüchtige. Obwohl selbst unsere wichtigsten Mode-Magazine bereits mollige Models auf dem Titelblatt haben, ist die Zeit der Androgynen noch nicht vorbei. Und ich fürchte, ich brauche mittlerweile mindestens Größe 42."

Ich folgte ihr eher gelangweilt in die sündhaft teuren Designerläden. Hin und wieder gab ich einen kritischen Kommentar von mir, wenn sie in einem der luftigen Sommerkleidchen, die sie anprobierte, besonders unvorteilhaft aussah.

„Du hast eine perfekte Figur. Größe 38 müsste dir eigentlich passen", sagte sie, als sie mir einen farbenfrohen Fetzen reichte, den sie fast gesprengt hatte.

Ihre Versuche, mir Designerklamotten einzureden, die auch zum halben Preis für mich unerschwinglich waren, gingen mir auf die Nerven. „Abgesehen davon, dass ich mir so ein Kleid selbst im Abverkauf nicht leisten kann, trage ich sowieso am liebsten Jeans", sagte ich in einem Ton, der keine Widerrede zuließ, und beendete damit die Kleidungsfrage, bevor sie richtig begonnen hatte. Ich war ein absoluter Modemuffel. Selbst der angeblich typisch weibliche Schuhtick war bei mir nicht sehr stark ausgeprägt. Ich trug am liebsten Turnschuhe oder Flip-Flops, wenn es das Wetter erlaubte. Nur in Ausnahmefällen, wenn ich zum Beispiel frisch verliebt war, kleidete ich mich femininer und zog Schuhe an, in denen ich nicht laufen konnte. Ich fand, dass ich mit meiner lockigen roten Haarpracht, meinem großen Mund und meiner Körbchengröße C bereits mit genügend weiblichen Attributen ausgestattet war. Deshalb lief ich meist auch ungeschminkt herum. Meine vollen Lippen brauchte ich nicht zu betonen und meine schräg stehenden Augen mit den langen Wimpern bedurften ebenfalls keiner kosmetischen Unterstützung.

Plötzlich musste ich an Livio denken. Er schien gegen meine weiblichen Reize immun zu sein. Bestimmt stand er auf magersüchtige, mit Schmuck behängte Tussis in High Heels und Superminis. Ich beschloss, Carla über ihn auszufragen und mich dieses Mal nicht mit leeren Worthülsen abfertigen zu lassen.

„Was ist eigentlich mit deinem Onkel Livio los? Er war mal verheiratet, soviel ich weiß. Orlando hat mir erzählt, dass er seine Frau verprügelt hat."

„Weil sie ihn betrogen hat."

„Und seither schaut er keine Frau mehr an?", fragte ich spöttisch.

„Interessierst du dich etwa für ihn?"

„Ich interessiere mich für euch alle!"

„Livio ist ein komischer Kerl. Einerseits unheimlich herzlich und hilfsbereit, andererseits sehr verschlossen und unberechenbar. Seine Wutanfälle hat er zwar mittlerweile, dank einer Therapie, relativ gut im Griff, ich möchte ihn aber trotzdem nicht zum Feind haben. Man traut es diesem freundlichen Mann nicht zu, aber er kann von einem Moment auf den anderen völlig ausrasten. Brüllt dann so laut herum, dass die Wände zittern."

„Ich kann launenhafte Menschen nicht ausstehen", warf ich ein.

„Diese Launen sind ein doppeltes Familienerbe. Sowohl mein Vater als auch meine Mutter und eben auch mein Onkel, ja selbst mein Bruder – sie sind beziehungsweise waren alle launenhaft. Nur ich nicht. Leider sind nicht nur diese schrecklichen Launen ein Markenzeichen unserer Familie, die meisten Pazzinis und Francchettis sind eben auch sehr jähzornig."

„Würdest du Livio auch einen Mord zutrauen, oder einen Totschlag im Affekt?"

„Das meinst du wohl nicht im Ernst? Livio hat meinen Bruder nicht sehr gemocht, aber er hat ihn sicher nicht umgebracht. Du spinnst, Katharina!" Lachend zog sie mich in die Umkleidekabine und überredete mich, ein Kleid, das an ihren breiten Hüften gescheitert war, anzuprobieren. „Dir wird es sicher fantastisch stehen", versicherte sie mir.

Das kurze, enge türkisfarbene Kleidchen mit Spaghettiträgern passte mir nicht schlecht. Ein Blick auf das Preisschild, und schnell hatte ich es wieder ausgezogen.

„Möchtest du vielleicht die Parfümeurin besuchen, von der ich dir gestern erzählt habe?", fragte Carla mich, nachdem sie wieder einmal aus einem viel zu engen Oberteil geschlüpft war. „Ich würde gern wissen, ob an dem Gerücht vom Einbruch bei ihr was dran ist. Vielleicht gehören die Essenzen, die ich zuhause gefunden habe, ja tatsächlich ihr. Ich habe sie heute Früh angerufen. Sie hätte Zeit, uns zu empfangen."

Ich ließ mich nicht lange bitten. Freute mich, diese berühmte Frau persönlich kennenzulernen, wunderte mich aber, dass Carla so rasch einen Termin bei ihr bekommen hatte.

„Ich kenne sie seit meiner Kindheit. Sie war die erste große Liebe meines Vaters und hat ihm alles über Parfüm beigebracht, was er wusste. Als er meine schöne Mutter kennenlernte, hat er sie verlassen. Florenz ist nicht groß. Alle Parfümhersteller kennen einander gut", klärte sie mich auf.

Vor dem Palazzo aus dem 15. Jahrhundert standen ein hohes Baugerüst und einige Baumaschinen. Carla läutete und nannte ihren Namen. Die Haustür öffnete sich automatisch.

Außer Atem und völlig verschwitzt kamen wir im vierten Stock an. Ich verfluchte meine schlechte Kondition. Aber kaum hatten wir dieses Paradies der Gerüche betreten, hatte ich die körperliche Anstrengung vergessen. Inmitten all der fantastischen Essenzen aus aller Herren Länder – die Parfüms vereinten die Düfte der Toskana mit den Gewürzen und Essenzen des Orients – trafen wir die Meisterin dieser Wohlgerüche persönlich an.

Valentina Muggieri war eine imposante Erscheinung. Sie war fast so groß wie ich, aber um mindestens zwanzig Kilo schwerer. Eine sehr ansehnliche Frau. Das graue Haar kurzgeschnitten, das Gesicht dezent geschminkt. Die vielen Lachfältchen um Augen und Mund verrieten, dass sie das Leben von der heiteren Seite zu sehen pflegte.

Sie begrüßte Carla und mich herzlich und bot uns Kaffee an. Wir setzten uns an einen großen runden Tisch in einem Art Konferenzraum.

„Ich habe noch nie eine Parfümeurin kennengelernt. Kann man diesen Beruf erlernen?“, fragte ich Valentina.

„Ich bin eine Autodidaktin“, sagte sie bescheiden. „Eigentlich habe ich Chemie studiert, mich aber nicht ernsthaft dafür interessiert. Da ich das einzige Kind war, sollte ich den Betrieb meines Vaters, der ein berühmter Chemiker war, übernehmen. Erst nach dem Tod meiner Eltern habe ich begonnen, Düfte mit den klassischen Ingredienzien Musk, Sandelholz, Patschuli, Vetiver und wildem Lavendel zu kreieren.“

Nach dem Kaffee führte sie uns durch ihr Reich. Weder das Labor noch die Büros sahen danach aus, als wäre hier kürzlich eingebrochen worden.

Ich fragte Valentina, ob sie mir in einfachen Worten erklären könne, wie Parfüm hergestellt wird.

Sie konnte sich ein kleines Lächeln nicht verkneifen, als sie antwortete: „Das wichtigste Instrument bei der Parfümherstellung ist die Nase des Parfümeurs. Alles andere ist Präzisionsarbeit. Die jeweiligen Essenzen werden zuerst auf einer sehr genauen Waage abgewogen, in einen Becher gegeben und mit einem Löffel verrührt. Lassen Sie mich ein

Beispiel geben: Die teuerste Essenz der Welt gewinnt man aus der Iriswurzel. Gott sei Dank wächst auf den Hügeln um Florenz viel Iris. Ich kaufe die Ingredienzien allerdings, so wie die meisten Parfümeure, von französischen Compagnies aus der Region um Grasse. Die Iris wird wie gesagt, in Italien kultiviert, vor allem im Chianti. Hier werden auch die Wurzeln gezogen, von Hand geschält und getrocknet. Erst sechs Jahre nach Beginn der Pflanzung werden die Wurzeln dann nach Frankreich geschickt, wo sie nach ihrer Zerkleinerung unter Dampf destilliert werden. Nach dem Destillationsprozess erhält man die berühmte Butter. Aus hundert Kilo Wurzeln gewinnt man weniger als hundert Gramm Essenz. Das erklärt, warum sie so teuer ist. Glücklicherweise hat die Irisessenz eine starke und dauerhafte Duftnote. Es reichen geringe Mengen aus, um exzellente Resultate zu erzielen. Andere typisch italienische Duftessenzen sind zum Beispiel Veilchenextrakte, Bergamotte, Lavendel und Evergreen. Für einen Duft benötigt man mindestens sechzig Ingredienzien, manchmal sogar bis zu hundert. Manche dieser Extrakte aus Orangenblüten oder der Bulgarischen Rose kosten zwischen fünftausend und siebentausend Euro pro Kilo – je nach Qualität und Nachfrage."

Mein Staunen entlockte ihr wieder ein Lächeln.

„Die Leute verlangen heutzutage nach einer individuellen Note. Bevor ich meinen Kundinnen ein Parfüm anbiete, versuche ich in einem langen Gespräch möglichst viel über ihre Gefühlswelt und ihre Vergangenheit in Erfahrung zu bringen. Der Geruchssinn ist einer der archaischsten Sinne, geprägt durch frühkindliche Erfahrungen. Man weiß seit der Kindheit, was man gerne riecht und was nicht. Bei negativen Kindheitserinnerungen werden die Kunden die entsprechenden Gerüche ablehnen, bei angenehmen Erinnerungen werde ich natürlich genau diese verwenden und aus ihnen einen persönlichen Duft kreieren."

Sie zeigte uns einige Ingredienzien, machte mich mit den blassen Tränen des Weihrauchs, den gelben Bergamotten, mit Sandelholz, Zimt und Mimosen vertraut und ließ mich an den Parfüms riechen. Obwohl ich rauchte, hatte ich eine feine Nase.

Plötzlich unterbrach Carla unser Gespräch und fragte ganz direkt: „Valentina, stimmt es eigentlich, dass unlängst bei dir eingebrochen worden ist?“

Valentina sah Carla irritiert an. „Ja, dieser Einbruch hat uns einige Probleme bereitet. Die Diebe haben nicht nur Parfüms und Irisbutter gestohlen, sondern auch andere wertvolle Ingredienzien, zum Beispiel Veilchen- und Orangenblütenextrakte. Wir hatten kurzfristig einen kleinen Engpass. Aber woher weißt du davon?“

„Das kann ich dir nicht sagen“, stammelte Carla.

„Die Polizei wollte die Geschichte nicht an die große Glocke hängen, hat keine Informationen an die Presse weitergegeben. Sie rechneten sich mehr Chancen aus, den oder die Täter zu finden, wenn der Einbruch geheim gehalten würde. Aber anscheinend hat doch jemand von der Questura geplaudert?“

Carla schwieg.

„Der Schaden war nicht unbeträchtlich. Zum Glück wird die Versicherung zahlen“, sagte Valentina.

Carla drängte bald zum Aufbruch. Wir verabschiedeten uns etwas überstürzt von der sympathischen Parfümeurin. Ich hätte gern länger mit ihr geplaudert, aber Carla musste noch zu einer Kostümprobe. Die Premiere des ersten Theaterstücks eines jungen Florentiner Autors in einem Kellertheater war für die nächste Woche angesetzt. Sie hatte eine Nebenrolle, spielte die Mutter.

„Für uns Vierzigjährige gibt es kaum mehr gute Rollen“, beklagte sie sich. „In ein paar Jahren wird es wieder besser. Schrullige Alte sind nach wie vor gefragt. Aber zwischen vierzig und fünfzig sind die meisten Schauspielerinnen arbeitslos.“

Ich wusste, wovon sie sprach. Auch ich hatte große Probleme, einen Job als Historikerin zu finden. Ab vierzig schien man als Frau einfach nicht mehr vermittelbar zu sein.

Ich fuhr mit der Straßenbahn zum Bahnhof und ging zu Fuß zur Farmacia di Santa Maria Novella, in der, laut Livio, unlängst ebenfalls eingebrochen worden war.

Die vielleicht älteste Apotheke der Welt befand sich in einem ehemaligen Dominikanerkloster. Sobald ich diesen heiligen Tempel der Düfte betreten hatte, fühlte ich mich in eine andere Welt versetzt – eine Welt aus Tausendundeiner Nacht. Auf der Stelle erlag ich dem Zauber des Potpourris, einer überwältigenden Mischung aus Blumen und Kräutern, deren unverwechselbares Aroma sich während der langen Lagerung in Tongefäßen entfaltet hatte. Genüsslich sog ich den betörenden Duft der Seifen, Lotionen und Cremes aus den angrenzenden Räumen ein. Unter dem anheimelnden Licht der Art-déco-Leuchten der Profumeria vergaß ich sogar für kurze Zeit auf den Grund meines Besuches und musterte neugierig die Einrichtung. In den Sälen dieses Palazzo aus dem 13. Jahrhundert wurden wahre Schätze gehortet: Fresken, Möbel, antike Apothekerinstrumente und eine enorme Auswahl an Präparaten der Schönheitspflege und Heilkunst.

Einer älteren Dame schien mein Interesse aufzufallen. Höflich fragte sie mich, was sie für mich tun könne.

Rasch ließ ich mir eine Geschichte einfallen. Behauptete, ich sei Journalistin und würde einen Artikel über ihre geschichtsträchtige Farmacia schreiben wollen.

Ein Lächeln verjüngte ihre strengen Züge, als sie mir bereitwillig die Geschichte dieses ehrwürdigen Hauses zu erzählen begann: „Viele unserer Präparate machten Geschichte. Catarina de' Medici zum Beispiel, die Königin von Frankreich, unterstützte dieses Kloster sehr. Sie brachte die florentinische Kultur an den französischen Hof. Manche unserer Essenzen und berühmten Parfüms werden heute noch nach den gleichen Formeln hergestellt, die um 1500 für sie entwickelt worden waren. So etwa das berühmte ‚Eau de Cologne', das lange Zeit als erstes Parfüm in Europa galt. Dies scheint allerdings dieselbe Essenz gewesen zu sein, die Catarina de' Medici nach Paris gebracht hatte und die deshalb ‚Eau de la Reine' genannt wurde. Anfang des 18. Jahrhunderts soll ein Italiener, der 1725 nach Köln zog, begonnen haben, es zu produzieren, wobei er den Namen des Duftes zu Ehren seiner Gaststadt änderte. Sehr gefragt sind außerdem die parfümierten Pulver, die aus dem gemahlenen Wurzelstock der Iris hergestellt werden, einer Blume, die als Symbol der Stadt Florenz in der Lilie des Wappens dargestellt ist."

Die Iris ist in Florenz allgegenwärtig, dachte ich.

Gerade als ich mich nach den Gerüchten über den Einbruch erkundigen wollte, gesellte sich ein gutaussehender Mann zu uns. Er zeigte mir den größten Schatz der Farmacia, das älteste Parfüm der Welt: „In Zypern wurde eine große Parfümfabrik aus dem Jahre 2000 vor Christus entdeckt. Unter anderem fand man dort auch ein 4000 Jahre altes ätherisches Öl. Unserem Parfümeur ist es gelungen, die Zusammensetzung dieses Parfüms zu rekonstruieren. Wir haben von diesem ältesten Parfüm der Welt 4000 Stück produziert, die wir allerdings nicht verkaufen, sondern verschenken. Darf ich Ihnen unser ‚Mavrorachi' verehren? Das Parfüm der Göttin der Liebe passt nur zu wirklichen Schönheiten ..." Er sah mir tief in die Augen.

„Sie bewahren hier ja wirkliche Kostbarkeiten auf. Ist bei Ihnen eigentlich noch nie eingebrochen worden?", fragte ich ihn scheinbar naiv.

Er musterte mich von Kopf bis Fuß. Ich fühlte mich wie die Einbrecherin höchstpersönlich. „Entschuldigen Sie bitte, die Frage ist mir einfach so herausgerutscht ...", stammelte ich.

„Es gab tatsächlich vor zwei Wochen einen Einbruchsversuch“, sagte er. „Die Diebe sind aber nur bis in die Verkaufsräume vorgedrungen. Unsere Alarmanlage hat ausnahmsweise funktioniert. Sie haben die Flucht ergriffen. Der Schaden, den sie angerichtet haben, war nicht sehr groß. Aber woher wissen Sie davon, wenn ich fragen darf?“

„Ich habe davon gehört. Ein Gerücht sozusagen.“

Das Klingeln meines Telefons unterbrach unser Gespräch. Orlando. Er wollte mir dringend etwas erzählen und bat mich um ein Treffen. Ich hätte zwar gern noch länger mit dem Parfümeur geplaudert und mir auch die ehemaligen Laboratorien der Medici angesehen, aber Orlando beharrte darauf, dass er mich sofort sprechen müsste. Also verabschiedete ich mich, bedankte mich für das wertvolle Parfüm und versprach den beiden, ihnen meinen Artikel zu faxen.

## 13.

Orlando und ich trafen uns im botanischen Garten.

„Du hättest mir gestern Nacht ruhig Bescheid sagen können, dass du nicht nach Hause kommst“, sagte ich statt einer Begrüßung.

„Pst!“ Er legte den Finger auf die Lippen. „Hör dir dieses Vogelorchester an. Wir befinden uns hier im ältesten botanischen Garten der Welt. Cosimo I. ließ ihn für die Erforschung von Heilkräutern anlegen. Das angeschlossene Museo Botanico ist das größte seiner Art in Italien. Es besitzt eine tolle Holzmustersammlung mit 4000 Hölzern und ein tropisches Herbarium“, sagte er wichtigtuerisch. „Das hat mir Daniele erzählt.“

„Reisen bildet tatsächlich. Bald können wir gemeinsam in der Millionenshow auftreten“ sagte ich lachend.

Orlando, der an sich völlig humorlos war, stimmte ausnahmsweise in mein Gelächter mit ein.

„Warum wolltest du mich unbedingt sprechen?"

Nicht minder gut gelaunt erzählte er mir von der tollen Nacht mit seinem florentinischen Barkeeper. „Daniele war total zärtlich, so was habe ich noch nie erlebt. Wir haben es stundenlang miteinander getrieben und dazwischen leidenschaftlich geschmust ..."

„Ein richtiger Latin Lover eben", unterbrach ich ihn. Ich hatte keine Lust auf weitere Details. Zwar bin ich voyeuristisch veranlagt, aber über Sex zu reden ist mir peinlich. Außerdem ärgerte ich mich. Wenn ich gewusst hätte, dass Orlando mich nur treffen wollte, um mir seine Sexgeschichten zu erzählen, hätte ich meine Nachforschungen in der Farmacia nicht so abrupt beendet.

Er schien meinen Unmut zu bemerken. „Wollen wir uns nicht Francescos Ausstellung in diesem Luxushotel ansehen?", fragte er mich. „Falls du dich dort in diesem Aufzug reintraust."

„Sei nicht so spießig", sagte ich und hängte mich bei ihm ein.

„Diese Ausstellung hat übrigens Salvatore Brentone meinem Bruder verschafft. Erinnerst du dich an ihn? Wir haben ihn in diesem schicken Café getroffen."

„Der dubiose Geschäftsmann, ich weiß. Dein Bruder scheint tolle Beziehungen zu haben."

Das Fünf-Sterne-Hotel befand sich in einem Renaissance-Palast, mitten in einem privaten Park mit jahrhundertealten Bäumen.

Der Hoteleingang wirkte unauffällig. Durch eine kleine Lobby gelangten wir in einen traumhaften Innenhof, in dessen Mitte eine große Skulptur stand. Leider war der Innenhof mit Glas überdacht worden – vielleicht in Anlehnung an den Vorhof Michelozzos mit den sorgsam ausgearbeiteten Kapitellen in der Kirche Santissima Annunziata, die ich gestern besucht hatte? Hier hatte das Glasdach aber wohl eher die Funktion, zahlungskräftige Touristen auf dem Weg zur Rezeption nicht nass werden zu lassen.

Die stylische Hotelbar war in Braun- und Grüntönen gehalten, der Diningroom in Rosa und Weiß. Ein riesiger begehbarer Weinschrank beinhaltete Flaschen aus aller Herren Länder. Auch hier standen überall mehr oder weniger antik anmutende Skulpturen herum. Glaslüster aus Murano sorgten für eine gemütliche Atmosphäre.

Kein Mensch schenkte uns Beachtung. Mit Genugtuung stellte ich fest, dass viele der Hotelgäste, vor allem die aus Übersee, nachlässiger gekleidet waren als ich. Übergewichtige Amerikaner in kurzen Hosen, krebsrote Engländerinnen, die ihre alten Körper notdürftig mit bunten Pareos bedeckt hatten – Orlandos Bedenken wegen meiner abgetragenen Jeans waren völlig unnötig gewesen.

Francescos großformatige Bilder hingen sowohl in der Lobby als auch in der Bar und im Dining-Room. Ich war mir nicht sicher, ob mir diese realistischen Abbildungen von sehr jungen, zaundürren Mädchen gefielen, die sich nymphengleich halbnackt in grünen Wiesen und dichten Wäldern tummelten. Sie erinnerten mich zu sehr an die Fotos von David Hamilton, die ich eher abstoßend fand.

Wir machten eine schnelle Runde und widmeten den einzelnen Bildern nicht viel Zeit. Die Vorstellung im Teatro della Pergola begann um zwanzig Uhr. Wenn wir uns beide vorher noch duschen und umziehen wollten, mussten wir uns beeilen.

Orlando hatte sein bodenlanges, hautenges schwarzes Kleid an, als ich ihn im Bad dabei überraschte, wie er seine Langhaarperücke liebevoll bürstete.

„So gehe ich nicht mit dir ins Theater!“, sagte ich in scharfem Ton.

„Wieso nicht? Gefalle ich dir etwa nicht?“

„Verschwinde und lass mich jetzt duschen“, würgte ich jede Diskussion ab. Sein Protest ging im heftigen Strahl der Dusche unter.

Als ich in mein bestes Kleid schlüpfte, kam er, ohne anzuklopfen, in mein Zimmer stolziert. Er hatte sich umgezogen. In seinem schwarzen Anzug sah er einfach hinreißend aus und das sagte ich ihm auch. Er strahlte mich an. Vielleicht sollte ich ihn in Zukunft mehr loben, wenn er sich wie ein Mann kleidete?

Eine drückende Schwüle lastete über der Stadt. Der Himmel war bedeckt. Heute Nacht würde es bestimmt wieder ein Gewitter geben.

Carla und Livio erwarteten uns bereits vor dem Eingang des Theaters. Ich lächelte Carla an und begrüßte Livio mit einem Kuss auf den Mund. Bildete ich mir nur ein, dass er sanft errötete?

Plötzlich spürte ich Blicke in meinem Rücken. Blitzschnell drehte ich mich um. Auf der gegenüberliegenden Straßenseite stand Radu. Er trug wieder seine spiegelnde Sonnenbrille.

Ich wollte Orlando auf ihn aufmerksam machen, doch der hörte Livio aufmerksam zu, der uns die Geschichte des Hauses erzählte: „Im 19. Jahrhundert haben hier die Schauspieler und Regisseure in einer Art Kommune gelebt. Sie waren Selbstversorger, haben im Garten Gemüse angebaut, Hühner gehalten, hatten einen eigenen Brunnen. Die Schminknischen haben sich im Freien befunden, an einer kleinen Straße, die später in das Gebäude integriert und überdacht wurde. Ihre Wohnräume in den oberen Stockwerken des Hauses kann man heute noch besichtigen.“

Als ich mich, bevor wir hineingingen, ein zweites Mal umdrehte, war Radu verschwunden.

Das Teatro della Pergola war ein Juwel aus Blattgold, rotem Samt und Kristalllüstern. Der prunkvolle, achtzehn Meter hohe Vorstellungsraum war beeindruckend.

„Der Saal fasst etwa tausend Besucher. Der Fußboden des Zuschauerraums kann bis auf das Bühnenniveau angehoben werden, um das Theater in einen durchgehenden Ballsaal zu verwandeln“, erklärte Livio uns.

Aufgeregte Menschen reden ununterbrochen, das wusste ich aus Erfahrung. „Die Medici haben nicht nur die berühmte Accademia gegründet und gefördert, sondern auch Theatergruppen unterstützt“, fuhr er fort. „Dieses Theater ist nicht nur eines der ältesten Opernhäuser Italiens, es war einst das größte Theater der Toskana. Hier haben bis zum Ende des 19. Jahrhunderts die wichtigsten Musik- und Tanzfestivitäten stattgefunden. Seit dem 20. Jahrhundert dient es als Konzerthaus und Musiktheater. Der berühmte florentinische Sänger Daniele Del Monaco hat hier Triumphe gefeiert und viele bekannte Contratenöre – Kastraten, wie ihr sie nennt – sind hier bejubelt worden.“

Ich hörte ihm nur mit halbem Ohr zu. Betete die ganze Zeit, dass er nicht anfangen würde mitzusingen.

Kaum hatte die Musik eingesetzt, öffneten sich die Schleusen des Himmels über Florenz. Blitze und Donner krachten auf das Dach des alten Theaters nieder.

„Verdammte Scheiße“, fluchte Carla leise, „ich habe das Verdeck meines Wagens offen gelassen.“ Auf Zehenspitzen verließ sie den Zuschauerraum.

Ich fühlte mich nicht wohl, hatte keine richtige Muße für diese moderne Inszenierung von Verdis melodramatischster Oper.

„Ich muss dringend auf die Toilette“, flüsterte ich Orlando ins Ohr und stand auf. Livio drehte sich bestürzt zu mir um. Er befürchtete wohl, dass ich nach Hause gehen wollte.

„Sie muss nur aufs Klo“, sagte Orlando laut und deutlich, sodass es fast jeder im Saal hören konnte.

„Idiot", fauchte ich.

Nachdem ich auf der Suche nach der Toilette durch eine Menge Gänge geirrt war, entdeckte ich einen Stiegenaufgang zu den Nebenräumen des Theaters, von denen Livio gesprochen hatte. „Della mia bella incognita borghese" war auch hier gut hörbar.

Neugierig ging ich hinauf in den ersten Stock. Die Räume, in denen früher die Schauspieler gehaust hatten, waren klein und düster, die Fresken an den Wänden verblichen. Alte, ausrangierte Theatersessel standen herum. Ich machte Licht am Gang und stieg langsam die steile Treppe hinauf in den zweiten Stock.

Am Treppenabsatz lehnte ein alter, halbblinder Spiegel in einem vergoldeten Rahmen an der Wand. Auf einmal hörte ich eine Tür zufallen. Kam das Geräusch der zugefallenen Tür von unten oder von oben? Ich glaubte, Rascheln und einen leisen Schrei zu hören. Hielt den Atem an und lauschte. Blickte in den Spiegel. Sah darin die Angst in meinen grünen Augen. Zuckende Blitze, gefolgt von lautem Donnergrollen, übertönten jedes andere Geräusch. Plötzlich bildete ich mir ein, Schritte zu hören. Sofort knipste ich das Licht aus. Im Dunkeln eilte ich in den dritten Stock und flüchtete in eines der kleinen Zimmer, die sich dort befanden.

Ein Blitz erhellte das maskierte Antlitz eines großen Mannes, der fast die ganze Türöffnung ausfüllte. Er sah aus wie eine Karnevalsfigur. Langsam und ohne einen Ton von sich zu geben, kam er auf mich zu. Ich wich zurück in einen zweiten, noch kleineren Raum. Der Raum hatte keine zweite Tür. Ich saß in der Falle.

Als sich der Maskierte auf mich stürzte, nahm ich einen eigenartigen Geruch wahr. Er roch merkwürdig, viel zu feminin für einen Mann. Seine Faust traf mich an der Schläfe. Verfehlte knapp mein linkes Auge. Ich taumelte.

Rigolettos Arie „Pari siamo!" erklang leise, als sich seine Hände um meinen Hals schlossen.

Ich stieß ihm mein rechtes Knie in den Unterleib. Sofort ließ er mich los und versuchte, sein Glied mit beiden Händen zu schützen. Ich versetzte ihm einen heftigen Stoß und lief an ihm vorbei die Stiegen hinunter. Er folgte mir. War knapp hinter mir. Hatte mich im ersten Stock fast eingeholt.

Auf einmal tauchte ein livrierter Mann auf. „Was haben Sie hier zu suchen?“, herrschte er mich an.

Mein maskierter Verfolger verschwand in einem der Nebenräume.

Ich war völlig außer Atem. Bemühte mich aber, dem Mann in Livree zu erklären, dass ich bedroht worden war. Während ich mit ihm diskutierte, huschte plötzlich der Maskierte an uns vorbei.

„Laufen Sie ihm nach!“, schrie ich.

Der Platzanweiser rührte sich nicht von der Stelle. Er hatte mich an beiden Armen gepackt und schaute mich finster an. Verzweifelt sah ich mich um. Mein Blick fiel auf die ausrangierten Theatersessel. Kauerte nicht eine Gestalt in einem der Sessel?

„Machen Sie sofort Licht!“, herrschte ich den Livrierten an und versuchte mich loszureißen. Bekam eine Hand frei und betätigte selbst den Lichtschalter. Ein lauter Schrei durchbrach die Stille. Hatte ich so laut geschrien oder der Platzanweiser?

In einem mit violettem Samt gepolsterten Zuschauersessel saß die kleine Sofia. Ihr Kopf war auf ihre Brust gesunken. Sie sah aus, als würde sie schlafen.

Ich stürzte zu ihr. Strich über ihre blassen Wangen und hob sanft ihren Kopf. Sie schien nicht verletzt zu sein. Ihre Hände waren warm. Aber sie rührte sich nicht. War sie bewusstlos?

Ich entdeckte einen dünnen blassrosa Streifen, der sich über ihre Kehle zog, und stöhnte laut auf.

Der Livrierte packte mich von hinten und riss mich von dem Mädchen weg. „Nicht anfassen!“, brüllte er.

„Vielleicht lebt sie noch", schrie ich.

Der Mann redete auf mich ein. Ich verstand kein Wort. Die Musik übertönte das Rauschen des Blutes in meinen Ohren. Ich sank in den Sessel neben Sofia und begann hemmungslos zu weinen.

Was danach passierte, bekam ich nicht mehr ganz mit. Dichter Nebel machte sich in meinem Kopf breit. Das Zimmer begann sich zu drehen. Meine Hände krampften sich um die Sessellehnen. Mir wurde schwarz vor den Augen. Ich verlor das Bewusstsein.

## 14.

Als ich die Augen öffnete, lag ich auf drei Theatersesseln. Eine fremde Hand streichelte zärtlich meine Wange. Ein seltsamer Geruch stieg in meine Nase. Ich versuchte, um Hilfe zu rufen, brachte aber keinen Ton heraus. Ein Gesicht beugte sich über mich. Livios Gesicht. Ich hatte ihn im ersten Moment nicht erkannt.

„So...fia?", stammelte ich verzweifelt.

Orlando hockte zu meinen Füßen. Er hatte Tränen in den Augen. „Mein Gott, wenn du nicht mehr aufgewacht wärst ...", schluchzte er.

Livio bemühte sich, uns beide zu beruhigen. „Sie haben das kleine Mädchen in ein Krankenhaus gebracht", sagte er leise. Ich bemerkte, dass auch seine Stimme zitterte.

„Sie lebt?"

Sein Nicken stoppte meinen Tränenfluss.

„Wie lange war ich weg?", fragte ich.

Sie zuckten beide mit den Schultern.

Kurz danach wurde ich von Männern in dunklen Anzügen zu einem Wagen gebracht und auf den Rücksitz verfrachtet. Ich starrte dumpf vor mich hin, beantwortete die

Fragen der Polizeibeamten, ob ich mich besser fühle oder einen Arzt benötige, nicht.

In der Questura wurde ich von einem elegant gekleideten Commissario befragt. Er war ein gutaussehender, sonnengebräunter Mann in den Vierzigern. Hatte kurz geschnittenes, graumeliertes Haar, ein schmales Gesicht mit ebenmäßigen Zügen und kalte Augen, die fast so hellblau waren wie Francescos. Er erinnerte mich an einen Filmschauspieler, dessen Name mir nicht einfallen wollte.

Der Commissario musterte mich ebenfalls eingehend von oben bis unten.

Mein neues schwarzes Kleid war zerknittert und staubig, und meine rote Lockenpracht war total zerzaust. Mein Aussehen war momentan aber mein geringstes Problem. Ich hatte Kopfschmerzen. Das Stechen und Pochen wurde von Minute zu Minute schlimmer.

Die erste Frage des Commissario überhörte ich schlicht und einfach, da ich fasziniert auf seine Schuhspitzen starrte. Der Mann trug dunkelrote Cowboystiefel zu seinem grauen Designeranzug.

„Können Sie mich verstehen oder möchten Sie einen Dolmetscher? Man hat mir gesagt, dass Sie sehr gut Italienisch sprechen.“ Er sah mich misstrauisch an.

Stotternd versuchte ich, ihm den mysteriösen Mann, der mich angegriffen hatte, zu beschreiben: „Er ..., der Mann war groß und kräftig und trug eine seidene Livree, am Gürtel eine Art Geldbeutel und ... hatte so komische Schna... Schnabelschuhe an. Sein Gesicht habe ich nicht gesehen, er hatte eine schwarze Maske auf.“

„Es dürfte sich um den Brighella gehandelt haben, den Diener aus der Commedia dell’arte. Brighella war ein geschickter Intrigant, der immer auf seinen Vorteil bedacht war. Aber diese Figur existiert längst nicht mehr in unseren Theatern“, bemerkte der Commissario.

Plötzlich fiel mir ein, an wen er mich erinnerte: Franco Nero in der Rolle des Django.

Ich saß diesem Django mindestens eine halbe Stunde gegenüber, als die Tür aufgerissen wurde und Livio mit hochrotem Gesicht herein stürmte.

„Warum wird sie hier festgehalten“, fuhr er den Kriminalbeamten an. „Sie ist doch nur eine Zeugin.“

„Hinaus mit Ihnen. Sofort!“, sagte der Commissario in scharfem Ton.

Ich bekam nicht ganz mit, was Livio erwiderte. Er sprach sehr schnell. Sein Ton war ebenfalls schroff. Der gute Mann war offensichtlich etwas cholerisch veranlagt. Die Adern traten auf seiner Stirn hervor und seine melancholischen Augen funkelten gefährlich.

Django blieb seelenruhig sitzen und musterte den aufgeregten Livio mit hochgezogenen Brauen. Der Wutanfall dieses großen starken Mannes schien ihn eher zu amüsieren als einzuschüchtern.

Der überhebliche Gesichtsausdruck seines Gegenübers brachte Livio noch mehr in Rage. Er stützte sich mit seinen Fäusten auf dem Schreibtisch ab und schob seinen massigen Oberkörper über den Tisch. Ich registrierte, dass seine Fingerknöchel weiß anliefen, als er die linke Faust hob und damit drohend vor dem Gesicht des Commissarios herumfuchtelte.

„Wenn Sie sich nicht sofort beruhigen, lasse ich Sie entfernen“, sagte Django betont ruhig.

Es dauerte ein paar Sekunden, bis Livio sich abgekühlt hatte. Nach seinem Wutanfall sah er ziemlich grau aus. Sein volles Gesicht schien in sich zusammenzufallen. Seine Stirn war voller Runzeln und seine Augen glänzten fiebrig.

Der Commissario wandte sich wieder an mich. Ermahnte mich, in der Stadt zu bleiben, und kündigte an, mich noch einmal vorzuladen. Dann durfte ich die Questura verlassen.

Da nun auch noch Livio einvernommen wurde, wartete ich mit Orlando auf dem Gang auf ihn. Ich hoffte, Django würde ihn nicht sofort wegen tätlichen Angriffs verhaften.

Orlando, der von Livios bühnenreifem Auftritt nichts mitbekommen hatte, versuchte, mich zu trösten: „Die kleine Sofia hat gute Chancen durchzukommen. Der Typ hat versucht, sie zu erdrosseln, aber sie ist nur leicht verletzt."

„Auf ihrer Kehle war nur ein blasser rosa Striemen zu sehen", sagte ich. „Ich begreife das alles nicht. Was hatte Sofia überhaupt im Theater zu suchen? Ist sie mir gefolgt? Warum hat sie mich nicht vor dem Theater abgepasst?"

Als Livio nach einer Viertelstunde wieder zu uns stieß, erwähnte ich seinen Wutanfall von vorhin mit keinem Wort, sondern fragte ihn gleich: „Weißt du, in welches Spital sie die Kleine gebracht haben?"

„Nein. Aber ich nehme an in das Ospedale Santa Maria Nuova, gleich gegenüber vom Theater. Ich werde das morgen Früh für dich herausfinden. Ich muss sowieso dort hin, meine Schwester besuchen. Obwohl sie wahrscheinlich gar nichts mitbekommen wird. Nehme an, man hat die Arme mit Tranquilizern vollgepumpt."

Auroras Nervenzusammenbruch war das Letzte, wofür ich mich momentan interessierte.

Schweigend gingen wir zu seinem Wagen. Ich hätte Sofia gerne sofort besucht, doch Orlando und Livio gaben sich alle Mühe, mir diese verrückte Idee auszureden, und da ich nach wie vor benommen war, gab ich nach.

Beim Palazzo Pazzini ließ uns Livio wortlos aussteigen und warf mir einen unsicheren Blick zu. Ich verabschiedete mich sehr reserviert von ihm.

In meinem Kopf drehte sich alles. Ich konnte nicht mehr klar denken. Livio hatte sich so seltsam verhalten. Langsam kam mir sogar der Verdacht, er selbst könnte der geheimnisvolle Maskierte gewesen sein. Hatte dieser doch die gleiche

Statur gehabt wie er, war genauso groß und kräftig gebaut gewesen und hatte genauso seltsam gerochen. Aber hätte er überhaupt genügend Zeit gehabt, sich das Brighella-Kostüm zu beschaffen? Und warum war er dann im Commissariato so ausgeflippt?

Ich fragte Orlando, wann Livio und er mich im Theater vermisst hätten.

„Livio ist bald nach dir raus. Er hat befürchtet, du würdest die Toilette nicht finden. Ich habe mich gewundert, als ihr beide nach dem ersten Akt noch immer nicht zurück gewesen seid, und bin euch suchen gegangen. Warum fragst du?"

„Nur so."

Ich sehnte mich nach Schlaf. Nach einem langen, tiefen und traumlosen Schlaf. Erschöpft schleppte ich mich hinauf in den dritten Stock.

Carla war nicht zuhause. Seit sie das Theater verlassen hatte, war sie spurlos verschwunden. Auch Francesco war unauffindbar.

„Hast du Francesco verständigt?", fragte ich Orlando.

„Ich habe die ganze Zeit vergeblich versucht, ihn zu erreichen", antwortete er kläglich.

„Hast du eine Ahnung, wo er sich herumtreiben könnte?"

„Er wollte aufs Land fahren. Seine Sachen aus der Villa holen, die ja jetzt nicht mehr ihm gehört. Obwohl ich ihm gesagt habe, dass es nicht eilt. Von mir aus kann er den Rest des Sommers dort draußen bleiben."

„Okay. Lass uns morgen weiterreden. Ich bin todmüde."

Ausnahmsweise waren wir uns einig, dass wir gleich schlafen gehen sollten. Ich verschwand in meinem Zimmer. Doch ich kam nicht zur Ruhe. Immer noch quälte mich der Verdacht, Livio könnte der Attentäter gewesen sein. Aber warum hätte er Sofia und mich strangulieren sollen? Nein, das ergab keinen Sinn. Ich beschloss, diesen verrückten Verdacht wieder zu verwerfen.

Alles kam mir plötzlich unheimlich und verdächtig vor, der kleine Balkon über den Dächern der Stadt, die Fledermäuse, die sich zwischen den Zinnen der Palazzi herumtrieben ... Und vor allem fürchtete ich mich vor diesem gefährlichen Monster, das da draußen herumlief.

Jemand klopfte an meine Tür. Ich erschrak.

„Orlando“, rief ich erleichtert, als mein Freund in seinem langen Nachthemd in der Tür stand.

„Könnten wir nicht ausnahmsweise heute Nacht die beiden Verbindungstüren im Bad einen Spalt offen lassen?“

„Ich habe gedacht, dich stört mein Schnarchen?“, sagte ich spöttisch, obwohl ich mich genauso fürchtete wie er.

Orlando war der einzige Mensch, der sich bisher über meine Schnarcherei beklagt hatte. Wahrscheinlich schnarchte ich überhaupt nicht, und er redete mir das nur ein, um mir einen weiteren Grund zu geben, mit dem Rauchen aufzuhören. Denn er behauptete, dass alle Raucher schnarchen würden.

Als er sich wieder hinlegte, stand ich auf, schloss die Balkontür ab und stellte einen Stuhl unter die Klinke. Mein Handy legte ich neben den Kopfpolster. Jetzt erst erlaubte ich mir, meinen Tränen freien Lauf zu lassen. Ich weinte vor lauter Erschöpfung und Fassungslosigkeit. Ich konnte es einfach nicht glauben, dass nach dem Mord an Maria auch die kleine süße Sofia fast getötet worden wäre.

Als Orlando und ich am nächsten Morgen den Palazzo verließen, war noch keiner von den Pazzinis nach Hause gekommen.

Wir holten uns in der kleinen Bar im Nachbarhaus zwei Cappucci und stürzten uns auf die Zeitungen. Von dem Überfall auf Sofia und mich stand nichts drinnen. Die Berichterstattung über den Mord an Maria war auf Seite sechs gerutscht und umfasste nur mehr ein paar Zeilen. Anscheinend tappte die Polizei im Dunkeln.

Orlandos Leidenschaft für Verbrechen schien jedoch nun erwacht zu sein. Er stellte recht vernünftige Überlegungen an: „Denkst du nicht auch, dass die rumänischen Mafiosi sowohl Riccardo als auch Maria ermordet und den gestrigen Mordanschlag auf Sofia verübt haben?“

„Höchstwahrscheinlich.“ Bei Tageslicht kam mir mein nächtlicher Verdacht gegen Livio ziemlich absurd vor.

„Du bist ihnen in die Quere gekommen. Dich wollten sie sicher nur außer Gefecht setzen ...“

„Und warum hat mich der Typ dann zu erwürgen versucht? Nein, ich glaube, wir machen es uns zu einfach“, sagte ich mit vollem Mund. Das Croissant schmeckte hervorragend, wenn man es in den Cappuccino eintunkte.

„Es könnte natürlich auch sein, dass diese drei Verbrechen gar nichts miteinander zu tun haben. Vielleicht wurde Riccardo von jemand anderem umgebracht als Maria? Oder die beiden Morde wurden von ein und demselben Täter verübt und ein anderer hat versucht, die kleine Sofia und dich zu erdrosseln?“

„Ziemlich unwahrscheinlich. An so viel Zufall glaube ich nicht.“

„Was sollen wir bloß tun?“

„Sobald Livio mich anruft und mir sagt, in welchem Krankenhaus Sofia liegt, gehen wir sie besuchen! Vielleicht weiß sie, wer sie überfallen hat. Ich weiß nur, dass es ein Mann war, selbst wenn er etwas feminin gerochen hat, aber er war groß und kräftig.“

In dem Moment klingelte mein Handy. Livio. Groß und kräftig und sehr feminin riechend, da er wegen seiner Arthrose diese eigenartig duftende Handcreme benützte. Ich schalt mich selbst eine Idiotin, aber ich hatte Mühe, am Telefon höflich zu bleiben.

Livios Stimme klang heiser. Er war kurz angebunden. Teilte mir mit, dass sich Sofia im selben Spital befand wie seine Schwester und bat mich, dorthin zu kommen. Orlando und ich brachen sofort auf.

Das Ospedale Santa Maria Nuova war das älteste Krankenhaus von Florenz. Folco Portinari, der Vater von Dantes heiß verehrter Beatrice, hatte es 1288 erbauen lassen. Es hatte einst wahre Kunstschätze beherbergt, wobei die meisten mittlerweile in den Museen zu besichtigen waren. Im Kreuzgang hing noch eine Lünette von Giovanni della Robbia und Wände und Decke der Frauenabteilung schmückten Fresken von Bernardo Buontalenti, der auch die große Veranda und den Portikus entworfen hatte.

Livio erwartete uns vor einem Krankenzimmer im ersten Stock, vor dem ein Polizist Wache hielt.

„Am besten, du gehst allein zu ihr rein“, sagte Livio. „Ich habe dem Beamten gesagt, du wärst ihre Tante.“

Orlando wollte protestieren, sagte dann jedoch gönnerhaft: „Ja, rede du zuerst mal mit ihr.“

Sofia lag allein in einem Dreibettzimmer. Als ich das kleine schmale Gesicht sah, das unter der weißen Decke hervorschaute, traten mir Tränen in die Augen. Ich drückte ihr zwei Küsse auf die Wangen und flüsterte: „Mein armes Schätzchen.“

Die Kleine war viel tapferer als ich. Grinste mich an und sagte: „Nicht weinen! Schau mal.“ Sie fischte unter der Bettdecke ein Leinensäckchen hervor und zeigte es mir stolz. „Mein Talisman hat mir das Leben gerettet. Meine Oma war eine Zauberin. Kurz bevor sie gestorben ist, hat sie ihn mir geschenkt.“

Auch ich hatte von meiner Großmutter solch einen Talisman, eingenäht in ein Leinensäckchen, geschenkt bekommen. Hatte ihn aber längst weggeschmissen.

Ich sagte nichts, lächelte Sofia nur liebevoll an. Sie starrte auf einen Punkt hinter mir. Ich drehte mich um. Die Tür öffnete sich in Zeitlupe. Orlando betrat auf Zehenspitzen das Krankenzimmer. Sofia begrüßte ihn mit einem Hustenanfall.

„Die arme Maria“, krächzte sie. „Sie muss so lange ein Mulo bleiben, bis ich ihren Tod räche. Erst dann wird sie Ruhe finden.“

„Was sind Mulos?“, fragte Orlando.

„Totengeister“, sagte ich leise auf Deutsch. „Die Hindus glauben an Seelenwanderung, und diese ist in stark vereinfachter Form bis heute im Glauben der Roma verankert. An Mulos glauben alle Zigeunergruppen, unabhängig davon, ob sie Christen, Moslems oder Hindus sind.“

„Wow! Ihr glaubt echt an Geister?“

„Du nicht?“, fragte ihn Sofia erstaunt.

„Mulos essen und trinken nicht, gehen im Krebsgang, zeigen meist ihre Gesichter und vor allem ihre Münder nicht und tragen Alltags- oder Beerdigungskleider“, klärte ich Orlando weiter auf. „Soviel ich weiß, bleibt eine Ermordete bis zu dem Zeitpunkt ein Mulo, zu dem ihr natürlicher Tod vorherbestimmt war.“

„Bist du schon mal einem Mulo begegnet?“, fragte er interessiert.

„In meinen Träumen, ja. Der Geist eines Toten kann zu jeder Tages- und Nachtzeit erscheinen, am häufigsten jedoch zu Mittag und um Mitternacht.“

„Der Mulo von Maria hat mich gestern Nacht besucht. Er will, dass ich ihren Tod räche, und das werde ich auch tun. Ihr Mörder muss sterben“, sagte Sofia.

„Marias Geist ist sicher ein guter Mulo“, beteuerte ich. „Bestimmt wird er uns helfen, verlorene Sachen wiederzufinden oder gar Geld aufzutreiben. Gute Mulos können sogar bewirken, dass Ehemänner ihre Frauen nicht mehr schlagen und zu trinken aufhören“, sagte ich grinsend zu Orlando.

„Aber Maria ist ein böser Mu...“, Sofia begann wieder zu husten.

„Haben dir die Schwestern keinen Hustensaft gegeben?“, fragte ich sie.

„Den hat Maria geklaut. Sie lässt alles verschwinden, was hier herumliegt, und wenn ich ihren Tod nicht bald räche, wird sie vielleicht sogar Kinder kriegen, die dann Vampire werden.“

„Aber nein, mein Schatz, das ist reiner Aberglaube“, versuchte ich, die Kleine zu beruhigen.

Sie fuchtelte mit den Armen in der Luft herum. „Der Mann, der Maria erstochen hat, wird bald selbst tot sein“, schrie sie. „Ich habe ihn mit allen Flüchen belegt, die mir meine Oma beigebracht hat. Vielleicht ist er sogar schon tot. Wenn nicht, dann musst du mir sein Sperma besorgen, damit ich es in den Arno werfen kann und dieser Verbrecher wenigstens impotent wird.“

Ich sagte nichts, zog nur die Brauen hoch.

„Du glaubst nicht an Zauberei?“, fragte sie. „Bringst du mir trotzdem ein paar Sachen? Ich brauche Mehl aus Fingerknöchelchen und von toten Fröschen, zerkleinerte Hühnerknochen ...“

„Hör auf mit diesem Quatsch, Sofia! Überlass es der Polizei, den Täter zu überführen. Oder weißt du vielleicht, wer dich angegriffen hat?“

„Nein. Er war ja verkleidet“, sagte sie, schaute mir aber nicht in die Augen. Ich vermutete, dass sie log und drang weiter in sie.

Sie beschrieb mir den Angreifer noch einmal: „Er war groß und dick und hat komisch gerochen. Nach Seife oder so was Ähnlichem. Mehr kann ich dir wirklich nicht über ihn sagen.“

Da sie während ihrer Worte erneut zu husten begonnen hatte und ihre großen dunklen Augen immer kleiner und kleiner wurden, ließ ich sie in Ruhe. Versprach, sie morgen wieder zu besuchen, und nahm sie zum Abschied ganz fest in die Arme.

„Nimm dich in Acht vor Menschen, die Tiere töten“, flüsterte sie mir ins Ohr.

Als wir auf den Gang hinaustraten, bestürmte uns Livio mit Fragen.

„Sie weiß nichts“, sagte ich, obwohl ich nicht davon überzeugt war. Sofia war keine gute Lügnerin. Sie hatte ständig auf die weiße Bettdecke gestarrt, während sie mit mir gesprochen hatte.

Sofias letzte Worte gingen mir durch den Kopf. Livio war zwar von Beruf Metzger, machte aber auf mich nicht den Eindruck eines Mannes, der Freude daran hatte, unschuldige Tiere zu schlachten oder Geflügel den Hals umzudrehen. Ich traute ihm allerdings zu, jemanden im Affekt umzubringen. Nach Sofias Warnung verhielt ich mich ihm gegenüber weiterhin reserviert.

Es war Mittag. Die Sonne knallte mit voller Kraft auf uns herab, als wir das Krankenhaus verließen.

„Stell dir vor, Livio hat mir vorhin erzählt, dass Carla gestern Abend mit Francesco zu meinem Weingut hinausgefahren ist“, sagte Orlando. „Sie hat ihn zufällig vor dem Theater getroffen, als sie das Verdeck ihres Cabrios zumachen wollte. Und er hat sie gebeten, ihn zu fahren, da sein Wagen in der Werkstatt war.“

„Interessant“, murmelte ich. „Warum hat sie uns nicht angerufen?“

„Sie hatte unsere Telefonnummern nicht dabei. Aber sie hat Livio eine SMS geschrieben. Er hätte uns ausrichten sollen, dass sie aufs Land gefahren sind. Bei all der Aufregung im Theater hat er es vergessen.“

Livio nickte beflissen. Anscheinend hatte er verstanden, was Orlando auf Deutsch zu mir gesagt hatte. Ich zuckte mit den Schultern. Carlas und Francescos Angelegenheiten waren mir im Moment egal.

„Möchtet ihr nicht die Casa di Dante besuchen?“, schlug Livio vor. „Vielleicht wird euch unser großer Dichter auf andere Gedanken bringen.“

Ein Lächeln erhellte Orlandos verdrossene Miene.

„Nein. Ich habe heute keine Lust auf Kunst und Kultur“, sagte ich energisch.

„Bitte, Katharina“, bettelte Orlando. „Ich möchte so gern sehen, wie die Leute damals gelebt haben.“

„Du kannst momentan ohnehin nichts für die kleine Sofia tun. Komm doch mit. Ich bin mir sicher, es wird dich ablenken“, unterstützte Livio ihn.

„Lasst mich in Frieden“, murmelte ich.

Beide ignorierten meine Worte. Livio schlug vor, uns mit seinem Wagen in die Via Dante Alighieri zu bringen, obwohl sie mitten in der Altstadt lag und er dort sicher keinen Parkplatz finden würde.

Orlando überließ mir bereitwillig den bequemen Beifahrersitz in Livios Cabrio. Livio fuhr einen ähnlichen Wagen wie Carla. Nur war seiner schwarz und ein älteres Baujahr.

## 15.

„Die mittelalterlichen Gebäude in dieser engen Gasse haben früher alle der Familie Dantes gehört. Das schönste von ihnen hat die Stadt zum Geburtshaus des Dichters erklärt“, sagte Livio, als er seinen Wagen in der Via del Corso im Parkverbot abgestellt hatte und wir die paar Schritte zur Via Dante Alighieri hinübergingen. Der Turm, der das Museum beherbergte, sah noch abweisender aus als die meisten Palazzi, die ich bisher in Florenz gesehen hatte.

„Drinnen gibt es, außer ein paar Reproduktionen von Gemälden und einigen Handschriften, nicht viel zu sehen.

Aber man bekommt vielleicht einen ganz guten Eindruck von den damaligen Wohnverhältnissen.“

Missmutig folgte ich den beiden Männern. Doch die alten Handschriften interessierten mich dann doch und meine Laune besserte sich.

Anschließend führte uns Livio in die Chiesa di Santa Margherita de' Cerchi, die heute Chiesa di Dante genannt wurde, und zeigte uns das Grab von Beatrice Portinari, der Dante in seiner Göttlichen Komödie ein Denkmal gesetzt hatte.

„Dante schrieb in der göttlichen Komödie vor allem über die großen Gefühle: Wut, Hass und Erregung. Erotik, Verlangen und Leidenschaft waren wichtige Themen für ihn“, sagte Livio und schaute zu Boden.

„Wenn ich mich richtig erinnere, hat er als Erster das Fegefeuer beschrieben. Also den Leuten auch Hoffnung gegeben. Denn nach dem Fegefeuer folgt ja angeblich der Eintritt ins Paradies“, sagte ich.

„‚So gehn wir denn hinab ins finstre Reich‘, begann der Dichter und war blass geworden“, zitierte Livio eine Passage aus dem vierten Gesang des Inferno.

„Der vierte Gesang macht einem richtig Angst“, sagte ich. „Die anderen Gesänge der Hölle habe ich nie als so furchterregend empfunden.“

„Dort war, soviel das Ohr vernehmen konnte, kein lautes Weinen, aber Seufzerklagen, von denen rings die ewge Luft erbebte“, fuhr Livio fort. Er schien mir rein äußerlich das Gegenteil des hageren Dante mit seinem raubvogelartigen Gesicht und der grimmigen Miene zu sein, aber er rezitierte diese Verse ebenso großartig und einfühlsam wie Francesco an jenem Abend in dem teuren Lokal.

„Dante hat das klassische Wissen mit der gewöhnlichen Sprache ausgesöhnt“, sagte Livio. „Dadurch hat er einen zweisprachigen Humanismus gefördert – lateinisch und toskanisch. Ja, Dante ist nach wie vor aktuell. Diese grandiose Einfachheit der Sprache beeindruckt die Sprachforscher bis heute."

Als wir die Kirche verließen, unterbrach Orlando unser anregendes Gespräch: „Waren diese prächtigen Gewänder, die die Leute damals anhatten, alle aus Seide?"

„Wie kommst du denn jetzt darauf?", fragte ich ihn.

„Wegen der Bilder, die wir gerade gesehen haben."

„Diese Seidenkleider, die du auf den Gemälden bewundert hast, sind wertvolle Reproduktionen von Kleidern, die in jener Zeit von den noblen Damen und Herren getragen wurden", erklärte Livio. „Bei einer wichtigen Geburt wurde ein Stoff mit einem bestimmten Design und einer präzisen Farbe ausgewählt, der dann den Namen des Babys trug. Dieser Stoff war bis zu ihrem Tod exklusives Eigentum dieser Person und konnte erst danach frei auf anderen Webstühlen produziert werden."

Orlando entfuhr ein unpassendes: „Echt geil!"

„Wir haben Seidenmanufakturen, die bis heute Ausstattungen von höchster Qualität für alte Paläste und moderne Luxusvillen in aller Welt produzieren. Seide ist eine der ältesten Textilfasern der Welt. Sie sieht nicht nur sehr elegant aus, sondern hat auch den Vorteil, dass die Fäden praktisch reißfest sind."

Plötzlich fiel mir der blassrosa Strich um Sofias Hals ein. „Könnte der Mörder nicht versucht haben, Sofia mit so einem seidenen Faden zu erdrosseln?", platzte es aus mir heraus.

„Theoretisch wäre das sicher möglich. Wobei, wenn er einen Seidenfaden verwendet hätte, würde er nicht vorgehabt haben, sie zu erdrosseln, sondern hätte er ihr die Kehle durchschneiden wollen. Ein Seidenfaden der ersten Spinnung würde ausreichen. Er ist sehr scharf und reißt nicht. Nur Glas und Porzellan kann man nicht damit zerschneiden", sagte Livio.

„Glaubst du im Ernst, dass unsere kleine Freundin beinahe mit so einem Seidenfaden umgebracht worden wäre?“, fragte Orlando leise.

„Denk an den blassrosa Strich.“

Livio hatte unser Getuschel mitbekommen.

„Natürlich müssen wir abwarten, was die polizeilichen Untersuchungen ergeben werden“, meinte er. „Aber der Mörder hat ein altes seidenes Kostüm getragen. Es könnte also durchaus sein, dass er einen losen Faden als Mordwaffe verwendet hat. Was darauf hindeutet, dass er sich mit Seide auskennt.“

„Und das heißt, dass er ein Florentiner ist“, warf Orlando ein.

„Blödsinn“, sagte ich. „Das weiß doch fast jeder.“

„Ich habe es nicht gewusst“

Mir war dieses kindische Geplänkel vor Livio peinlich. Zum Glück schien auch er nicht gewillt zu sein, dieses Thema weiterzuverfolgen, sondern fragte uns, ob wir mit ihm Essen gehen wollten. Orlando nickte hocherfreut. Da mir der Magen knurrte, hatte ich nichts dagegen.

Wir fuhren hinüber auf die andere Flussseite zu einem Restaurant, das einem Freund von Livio gehörte. Sein eigenes Lokal war nach wie vor geschlossen.

„Diese Trattoria ist vor allem wegen ihrer Florentiner Steaks und ihrem Wein berühmt. Ich hoffe, ihr seid hungrig und in Weinlaune“, sagte Livio.

Gleich beim Eingang begrüßte uns eine Vitrine mit herrlichen Bistecca. Als ich die riesigen Schinken und Würste sah, die von der Decke herunterbaumelten, lief mir das Wasser im Mund zusammen. Leider kamen beim Anblick der Fleischerhaken sofort Assoziationen an den toten Riccardo in Livios Kühlhaus hoch.

Ich riss mich zusammen und hörte Livio zu, der wieder einmal monologisierte: „Der ursprüngliche Name dieses

Lokals war ‚Fiaschetteria' – von Fiasco, der mit Bast umwickelte dickbauchige Chianti-Flasche. Die Fiasco-Flasche wurde früher gern in die Weinberge mitgenommen. Am Morgen wurde sie in kaltes Wasser eingeweicht. Der Bast hat sich mit Wasser vollgesogen und den Wein durch den ständigen Wind in den Weinbergen den ganzen Tag lang kühl gehalten."

„Ich liebe Chianti", warf Orlando ein.

„In Ordnung, dann trinken wir jetzt einen guten roten Tropfen", sagte Livio lächelnd und griff nach der Weinkarte.

Wir saßen auf kleinen Hockern an einem rustikalen Holztisch gegenüber der Theke. Ich bat Livio, für mich ein Bistecca alla Fiorentina zu bestellen, und ging auf die Toilette, die sich neben einem imposanten Weinkeller befand. Amüsiert betrachtete ich die uralten pornographischen Fotos vor der Damentoilette. Ich fragte mich, ob neben der Herrentoilette pornographische Fotos von gut gebauten Männern hingen, wagte es aber nicht nachzusehen, da gerade ein junger Mann an mir vorbeieilte.

„Alle Gerichte werden nach authentischen Rezepten zubereitet", sagte Livio, als uns der sympathische Wirt die typisch toskanischen Vorspeisen servierte: Crostini mit Tomaten, Leber, Salami, Fenchel und Prosciutto.

„Nach dem Ende des 2. Weltkrieges haben die Arbeiter, die ‚Renaioli', den Sand aus dem Arno zum Wiederaufbau der Stadt verwendet. Die damaligen Besitzer des Lokals haben die Arbeiter hier verköstigt. Auch die ‚Cartonai', die Leute, die Altpapier gesammelt und verkauft, also eine frühe Art von Recycling betrieben haben, sowie die ‚Cenciaioli', die Eisen- und Stahlsammler, und die ‚Mangia ferro', die Stahlfresser, die das Eisen eingeschmolzen haben, haben in diesem Lokal verkehrt. San Frediano war früher einer der ärmsten Stadtteile von Florenz. Obwohl dieses Viertel auch heute kaum von Touristen heimgesucht wird, ist es eine sehr lebendige Gegend. Unter den Leuten herrscht immer noch eine gewisse Solidarität. Früher gab es hier auch viele Räuberbanden, die zum Beispiel Hühner am Land gestohlen haben, um die hungrige Stadtbevölkerung zu versorgen."

„Lauter Robin Hoods", scherzte ich und flirtete mit dem netten Wirt, der Orlando Pappa al Pomodoro, eine Tomaten-Brotsuppe servierte.

„Mit dieser Suppe ist jedes toskanische Kind aufgewachsen", sagte Livio schmunzelnd.

Orlando ließ mich kosten.

„Im Italienischen wird der Begriff ‚Pappa' übrigens für jedes Essen verwendet", sagte der Wirt.

„Köstlich!", seufzte ich und nahm einen zweiten Löffel von der Suppe.

Auch mein Bistecca alla Fiorentina schmeckte umwerfend gut, war innen zart und weich und rosig und warm.

„Inzwischen haben sich viele Künstler hier angesiedelt und die leerstehenden Geschäftslokale in Ateliers verwandelt. Die Mieten sind immer noch relativ erschwinglich", sagte Livio. „San Frediano wird mittlerweile deshalb auch als ‚Montmartre von Florenz' bezeichnet." Er bestellte eine zweite Flasche Wein.

Plötzlich schlug meine Stimmung um. Es deprimierte mich, dass wir hier schlemmten und plauderten, während Maria im Kühlraum der Gerichtsmedizin lag und Sofia den Tag mutterseelenallein im Krankenhaus verbrachte.

Livio schien Gedanken lesen zu können. „Die italienische Polizei ist besser als ihr Ruf", sagte er mit ernster Miene. „Wir sollten uns nicht einmischen. Ich fürchte, eure Mädchen sind zwischen die Fronten der italienischen und der rumänischen Mafia geraten. Riccardo hat einen riesigen Fehler begangen, als er sich mit solch üblen Typen eingelassen hat. Aber er ist ja nie der Schlaueste gewesen. Aurora hat ihn von klein auf verzärtelt. Und sein Vater hat sich sowieso nie um ihn gekümmert. Erziehung war in seinen Augen Frauensache. Egoismus gepaart mit durch das viele Koksen gesteigerter Aggressivität ist eine explosive Mischung. Dazu kam noch sein Größenwahn und sein mangelnder Realitätssinn. Mich wundert es, ehrlich gesagt, nicht mehr, dass ihn diese rumänischen Killer umgebracht haben."

„Die Polizei sieht anscheinend keinen Zusammenhang zwischen der Ermordung Riccardos und dem Mord an der jungen Romni", sagte ich.

„Woher willst du das wissen? Allein die primitive Mordwaffe deutet auf diese Rumänen hin", meinte Orlando.

„Du bist und bleibst ein Rassist", schimpfte ich.

„Jedenfalls war es sicher kein Mord aus Leidenschaft, sondern eine sorgfältig geplante Tat", sagte Orlando bestimmt.

„Natürlich war es kein Lustmord, aber ..."

„Wenn ich euch so zuhöre, wird mir gleich übel", warf Livio ein. „Ich wundere mich, dass ihr so gelassen über diese Morde reden könnt."

„Von wegen gelassen! Diese rumänischen Kinder haben auf dem Gut deiner Schwester Sklavenarbeit verrichtet, und jetzt ist eine von ihnen tot. Aber weder Francesco noch Carla noch Aurora wollen irgendetwas damit zu tun haben. Sie waschen ihre Hände in Unschuld. Mich kotzt eure Familie an", herrschte ich Orlando und Livio an.

„Du kennst die Pazzinis nicht. Aurora zum Beispiel ist heute nur mehr ein Schatten ihrer selbst. Es tut weh, dass ich als ihr Bruder das sagen muss. Sie war Primaballerina im Teatro della Pergola. Als sie mit Carla schwanger wurde, war es dann leider vorbei mit Ruhm und Applaus. Anstatt in die Choreographie zu wechseln, wie es ja die meisten berühmten Tänzerinnen machen, hat sie die arme Carla von Anfang an für das Ende ihrer Karriere verantwortlich gemacht. Auch ihre Ehe war nur im ersten Jahr glücklich. Danach gab es nur mehr Zank und Streit. Ihr Mann war ein verdammter Egoist und ein Snob. Er hat sich weder um sie noch um die Kinder gekümmert. Riccardo war übrigens ein Unfall. Dennoch schien es Aurora nach seiner Geburt besser zu gehen. Dieser Zustand hat jedoch nicht lange angehalten. Als Riccardo in die Schule gekommen ist, hat sie zu trinken begonnen. Und ein paar Jahre später hat sie dann auch die Tabletten für sich entdeckt. Zwei Entzüge hat sie bereits hinter sich. Zwei Rückfälle ebenfalls. Ihr habt sie ja erlebt, ich brauche euch nichts weiter zu erzählen. Manchmal schläfert der Gin sie ein, manchmal macht er sie aggressiv."

„Mit mir war sie nett, aber zu Katharina war sie richtig giftig", sagte Orlando.

„Sie betrachtet jede schöne Frau, die jünger ist als sie, als Rivalin", meinte Livio.

Ich überlegte, ob ich mich für das Kompliment bedanken sollte, um ihn verlegen zu machen. Doch mir war nicht nach solchen Scherzen zumute.

„Deshalb hasst sie auch ihre Tochter", sagte ich.

„Schon möglich, dass sie Carla ebenfalls als Konkurrentin sieht. Auf jeden Fall war sie mit schuld, dass Carlas Mann abgehauen ist."

„Carla war verheiratet?" Orlando schien überrascht. Ich hatte ihm von meinem Gespräch mit ihr nichts erzählt.

„Ja, aber nicht sehr lange", sagte Livio. „Ihr Mann war ebenfalls Schauspieler. Ein ganz netter und sensibler Junge. Er hat es unter einem Dach mit der verkorksten Pazzini-Sippe nicht lange ausgehalten. Als er Carla vor die Entscheidung gestellt hat, mit ihm in eine kleine Wohnung zu ziehen oder eben allein bei ihrer Familie zu bleiben, hat sie sich für die liebe Familie entschieden. Das war der größte Fehler ihres Lebens."

„Und Riccardo, war der auch mal verheiratet?", fragte Orlando.

„Aber nein, was denkst du? Aurora hätte ihr Söhnchen niemals aus den Klauen gelassen. Aber Francesco hat es, als er knapp über zwanzig war, ebenfalls mit der Ehe versucht.

Es ist nicht lange gutgegangen. Ich glaube, er ist schlicht und einfach unfähig zu lieben."

So wie ich, hätte ich fast gesagt. Auch mir hatte nach der Ermordung meiner Eltern ein Therapeut ins Gesicht gesagt, dass ich beziehungsunfähig sei. Daraufhin hatte ich die Therapie sofort abgebrochen. Hatte aber seither noch keine langjährige Beziehung zusammengebracht.

„Dein Verhältnis zu den Pazzinis scheint nicht gerade das beste zu sein", sagte ich.

„Wie hast du das erraten?", versuchte Livio zu scherzen. „Ich mag Carla sehr gern. In fast jeder Familie gibt es nicht nur ein schwarzes Schaf, sondern auch ein Opfer. Und das Opfer der Familie Pazzini ist eindeutig sie."

Die zweite Weinflasche war fast leer. Orlando drängte zum Aufbruch. Ich nahm an, dass er noch ein nächtliches Tete-à-Tete hatte.

Livio ließ seinen Wagen stehen und begleitete uns zu Fuß zum Palazzo Pazzini.

„Mir tun die Füße weh", fing Orlando wieder einmal zu jammern an. Seine High Heels waren nicht für einen Spaziergang durch die dunklen Gassen geeignet. Das Kopfsteinpflaster versprach, wenn schon keinen Beinbruch, so zumindest einen abgebrochenen Stöckel.

Unbarmherzig, wie ich manchmal sein konnte, riet ich ihm, seine zarten Sandalettchen auszuziehen und barfuß zu gehen. Ausnahmsweise befolgte er meinen Rat. Beschwerte sich aber sogleich: „Ich werde mich bestimmt verkühlen. Das Pflaster ist nass."

Während wir drinnen gesessen waren, war ein kurzes Gewitter über der Stadt niedergegangen. Die Luft war nun frisch, gereinigt durch den Regenguss. Auf der anderen Seite des Flusses, zwischen den hohen alten Palazzi und turmähnlichen Häusern, die mich an mittelalterliche Burgen erinnerten und gleichzeitig den Charakter moderner Hochhäuser hatten, fühlte ich mich gleich weniger wohl. Schemenhafte Figuren schälten sich aus den Schatten der Kolonnaden und kamen auf uns zu. Ich hängte mich bei Livio und Orlando ein und schritt schneller aus.

Als wir um die nächste Ecke bogen und ich ein modernes, elegantes Hotel erblickte, bat ich die beiden, in der Hotelbar einen Absacker zu nehmen. Wir setzten uns an die Theke und bestellten alle drei Whisky on the Rocks.

Die Bar war mit schweren dunkelbraunen Möbeln eingerichtet. Die tollen Bilder an den Wänden hätten normalerweise mein Interesse erregt, doch nach diesem anstrengenden Tag starrte ich einfach ins Leere. Livio legte den Arm um meine Schultern, beugte sich vor und fragte Orlando, der an meiner anderen Seite saß, was er mit dem Weingut plane.

Orlando zuckte mit den Achseln.

„Eventuell würde ich dir deine Hälfte abkaufen. Ich hätte große Lust, meinen eigenen Wein zu produzieren."

„Ich weiß nicht, ob ich verkaufen möchte. Aurora hat gemeint, dass die Pacht ziemlich viel einbringt."

„Mit meiner Schwester käme ich schon zurecht."

„Francesco ist ebenfalls an Orlandos Anteil interessiert", warf ich ein.

„Was will der denn mit den Weingärten? Sie malen?"

Orlando kicherte.

Livio gab nicht so rasch auf. „Ich würde sie auch pachten, wenn du nicht verkaufen willst. Natürlich würde ich dir einen fairen Preis zahlen."

Ich war schon leicht beschwipst und sagte lachend: „Schlag sofort ein, Orlando! Von deinem Brüderchen wirst du ohnehin keinen Cent zu Gesicht bekommen."

„Wir sprechen demnächst nochmal darüber, okay?", bremste Livio meine Euphorie.

Als er uns später nach Hause begleiten wollte, lehnte ich entschieden ab. „Danke, wir finden den Weg allein", sagte ich und verabschiedete mich vor der Bar mit einer flüchtigen Umarmung von ihm. Ich wollte unbedingt noch allein mit Orlando sprechen.

„Was hältst du von der Familiengeschichte, die Livio uns heute aufgetischt hat?“, fragte ich ihn, sobald der außer Sichtweite war.

„Ziemlich beschissen! Dabei dachte ich immer, ich hätte eine miese Kindheit gehabt.“

„Hast du Riccardo näher gekannt?“

„Ich habe ihn bei meinem letzten Besuch kennengelernt. Habe aber nur ein paar Worte mit ihm gewechselt. Er sah irre gut aus. So ein richtiger Smartie.“

„Die arme Carla“, murmelte ich.

„Vielleicht hat ja sie ihren Bruder aus dem Weg geschafft?“

„Mit einem Fleischerhaken?“

„Warum nicht. Sie ist eine sehr kräftige Frau, während Riccardo etwa meine Statur hatte und nicht besonders groß war. Oder sie hat einen Killer auf ihn angesetzt. Sie ist total verhärmt und frustriert.“

„Selbst wenn sie das ist, bedeutet das noch lange nicht, dass sie eines Mordes fähig ist“, verteidigte ich seine Cousine.

„Ich kann es mir auch nicht vorstellen. Aber so ganz geheuer ist sie mir nicht mehr. Warum ist sie gestern einfach abgehauen? Die Geschichte, dass sie Francesco zufällig vor dem Theater getroffen und aufs Land gebracht hat, klingt eher unwahrscheinlich, oder?“

Auch mir war diese Erklärung für ihr plötzliches Verschwinden unglaubwürdig erschienen. Andererseits war Florenz keine große Stadt. Sie konnte ihm tatsächlich zufällig begegnet sein.

„Wir werden den Fall heute Nacht nicht klären“, sagte ich. „Hören wir auf, uns in Vermutungen und Verdächtigungen zu versteigen.“

Kaum waren wir zuhause, warf ich mich aufs Bett. „Wir brauchen Schlaf. Es ist fast drei Uhr morgens.“

Orlando traf keine Anstalten, mich schlafen zu lassen. Er setzte sich zu mir und bat mich, ihm noch mehr über diese Mulos zu erzählen. Die Totengeister schienen ihn fasziniert zu haben.

„Eine kleine Nachtgeschichte zum Gruseln?", fragte ich ihn grinsend.

Er blieb ernst.

„Nun gut. Kommt ein Mulo auf Besuch, so fordert er sein Recht. Man muss dann gestohlene Sachen den überlebenden Nachkommen des Geschädigten zurückgeben, um von diesen Geisterbesuchen befreit zu werden. Boshafte Mulos lassen auch Gegenstände verschwinden, oder sie stehlen ihren Opfern das Essen."

„Das hat Sofia schon gesagt."

„Aber es gibt eben auch gute Mulos. Eng verbunden mit diesem Muloglauben ist die Ahnenverehrung ..." Ich schaute auf und sah, dass Orlando die Augen zugefallen waren. Ich schickte ihn ins Bett.

Kaum war ich allein, begann ich mich zu fürchten. Nicht vor den Mulos, sondern vor dem Tod. Aber trotz meiner Ängste nickte ich ein.

Plötzlich erklang Gianna Nanninis Stimme auf meinem Handy. Schlaftrunken hob ich ab.

Der Anrufer hatte eine heisere, fast krächzende Stimme und sprach betont langsam Italienisch. Er teilte mir mit, dass er mit mir unter vier Augen über die beiden Morde reden wolle. Ich war mir sicher, dass er seine Stimme verstellte oder sich ein Tuch vor den Mund hielt.

„Ich werde Sie morgen anrufen und Ihnen den Treffpunkt bekannt geben", flüsterte er ins Telefon. Bevor ich antworten konnte, legte er auf.

Die Zeiger meiner Armbanduhr leuchteten im Dunkeln. Vier Uhr morgens. Die Stunde des Todes.

Ich überlegte, Orlando zu wecken. Ließ es bleiben und legte mich wieder hin. Die heisere Stimme war mir irgendwie bekannt vorgekommen. Ich dachte an Livio, an Francesco und sogar an Carla. War mir nicht mehr sicher, ob es sich überhaupt um eine Männerstimme gehandelt hatte. Könnte es nicht genauso gut die Stimme eine Frau gewesen sein?

*Sofia liegt in einem großen Stahlrohrbett. Das Bett ist umgeben von dutzenden Kerzen auf hohen silbernen Kandelabern. Die Flammen erleuchten das kleine Gesicht. Ihre großen dunklen Augen sind starr auf die Zimmerdecke gerichtet. Ihr olivefarbener Teint schimmert golden im Kerzenlicht, und ihr schmaler Oberkörper bewegt sich sanft unter dem weißen Laken. Die schüchternen Strahlen der aufgehenden Sonne dringen durch die halbgeschlossenen Jalousien. Spielen mit Sofias tiefschwarzem Haar, verleihen ihm einen rötlichen Glanz.*

*Plötzlich öffnet sich die Tür. Eine dünne Frau in einem weißen Arztkittel betritt auf Zehenspitzen das Zimmer. Ihr Gesicht ist zur Hälfte von einem weißen Seidenschal verdeckt, den sie um ihren Kopf geschlungen hat. Unter dem Schal schauen ein paar helle Haarsträhnen hervor. Die unbedeckte Stirn ist auffallend bleich. Die Frau stellt sich ans Fußende des Krankenbettes und blickt Sofia unverwandt an.*

*Die Kleine wird unruhig, strampelt mit den Beinen, deckt sich ab und bekommt einen Hustenanfall.*

*Die Frau in Weiß schleicht um das Bett herum, beugt sich zu Sofia hinunter und spricht leise auf sie ein. Auf einmal schnellt ihr linker Arm vor. Mit einem kräftigen Ruck reißt sie den Beutel, der um Sofias Hals hängt, ab und steckt ihn in die Tasche ihres weißen Mantels. Dann bekreuzigt sie sich dreimal und verlässt genauso leise, wie sie gekommen ist, das Krankenzimmer.*

*Kaum ist sie verschwunden, beruhigt sich das Kind wieder. Doch nun beginnen die Flammen der Kerzen, die rund um das Bett stehen, heftig zu zittern. Sofias Gesichtsfarbe wird blasser und blasser mit jeder Flamme, die erlischt. Ihre glatte Haut beginnt zu schrumpeln, bis ihr ganzes Gesicht mit Falten überzogen ist. Ihre Lider senken sich über die Augen. Ein schwaches Stöhnen entweicht ihren farblosen Lippen. Ihr Kiefer klappt herunter und ihr Mund öffnet sich. Ein zahnloser Mund. Die letzte Flamme erlischt. Sofia ist tot.*

## Teil 3

### 16.

Ich schrie. Ein paar Sekunden später stand Orlando neben meinem Bett.

„Du hast nur schlecht geträumt", sagte er. „Es ist keiner da außer uns. Soll ich bei dir schlafen?"

Wir hätten in dem französischen Bett locker zu zweit Platz gehabt. Doch ich lehnte sein Angebot dankend ab.

„Ich brauche eine Zigarette", sagte ich.

Ausnahmsweise schimpfte er nicht mit mir. Begleitete mich sogar hinaus auf den kleinen Balkon.

„Ich hatte einen Albtraum. Ein Mulo, der eine gewisse Ähnlichkeit mit deiner Tante besaß, hat unsere kleine Sofia umgebracht."

„Waaas?", schrie Orlando.

„Pst. Nicht so laut. Du weckst alle auf."

„Wen? Die Mulos?"

Ich klopfte ihm auf die Finger. „Im Ernst, ich habe geträumt, dass eine extrem dünne Frau in Weiß in Sofias Krankenhauszimmer gekommen ist und ihr den Talisman weggenommen hat. Kurz danach ist sie genauso rasch wie die vielen Kerzen rund um ihr Bett erloschen ..." Mich schauderte bei dem Gedanken an das letzte Bild von Sofia. „Die bleiche, weiße Frau hat mich an Aurora erinnert."

„Die Göttin der Morgenröte", sagte Orlando.

„Ja, genau daran musste ich auch denken. Du weißt, dass ich nicht an Kartenlegen, Hellsehen oder all den anderen übersinnlichen Kram glaube, aber dieser Traum war richtig unheimlich. Noch jetzt habe ich ein mulmiges Gefühl."

„Vergiss ihn einfach."

„Mein Traum könnte bald Wirklichkeit werden, wenn wir nicht endlich etwas unternehmen. Am liebsten würde ich mir die Kleine schnappen und sie nach Österreich mitnehmen. Aber das ist natürlich unmöglich. Sie hat ja nicht einmal Papiere."

„Deshalb wollte sie nach dem Mord an ihrer Schwester nicht zur Polizei gehen."

„Du sagst es. Papierlose gelten überall als Illegale. In Italien macht man übrigens zwischen Roma und Rumänen kaum einen Unterschied, man diskriminiert beide. Andererseits sind viele der Roma, die hier leben, ja auch rumänische Staatsbürger und damit EU-Bürger, so wie wir. Trotzdem sind bereits viele von ihnen abgeschoben worden", fuhr ich fort. „Was glaubst du, werden sie mit unseren Freundinnen machen?"

„Abschieben." Orlando schaute mich treuherzig an.

„Die Roma waren seit jeher Ausgestoßene und Verfolgte. Nicht nur in der Nazizeit. Bis Mitte des 19. Jahrhunderts hat man sie in den rumänischen Fürstentümern als Sklaven gehalten. Während des 2. Weltkriegs wurden sie dann nach Transnistrien deportiert, wo Zehntausende ermordet worden, verhungert oder erfroren sind. Die Kommunisten haben sie als eine Subkultur betrachtet, die man zur Assimilation zwingen muss. Meine Leute sind in den Dörfern und Städten damals zwangsangesiedelt worden. Heute leben sie in Rumänien am Rand der Gesellschaft, werden dort aber angeblich weniger diskriminiert als in Ungarn oder in der Slowakei. Sie handeln mit Alteisen, Altwaren, gebrauchter Kleidung, sind Musiker und sogar Unternehmer. Es existiert, soviel ich gehört habe, bereits eine wachsende Mittelschicht. Allerdings scheitern die Integrationsbemühungen auch oft. Kinder, die zum Schulbesuch gezwungen werden, fühlen sich eben erst recht diskriminiert. Und die Roma selbst sind sehr auf Separation bedacht, was natürlich aufgrund ihrer Geschichte verständlich ist."

Orlando hatte mir brav zugehört. Allerdings war mir nicht entgangen, dass er bei meinem Vortrag fast eingeschlafen war. Mehr denn je fühlte ich mich einsam.

Als ich vier Stunden später die Espressomaschine auf den Herd stellte, erklang „I Maschi“ auf meinem Handy. Ich hob sofort ab.

Es war der Anrufer von letzter Nacht. Die heisere Stimme war unverkennbar. Der geheimnisvolle Unbekannte schlug mir ein Treffen in der Dominikanerkirche Santa Maria Novella in der Nähe des Bahnhofs vor. Schon letztens, als ich die gleichnamige Farmacia aufgesucht hatte, wollte ich dieser ehemaligen gotischen Kirche mit dem einzigartigen Renaissance-Portal und dem berühmten Trinitätsfresko von Masaccio einen Besuch abstatten.

Ich war einverstanden, ihn in einer Stunde in der Cappella Strozzi links vom Hauptaltar zu treffen.

„Kommen Sie allein“, hauchte er zum Schluss ins Telefon.

„Wer war das?“, fragte Orlando, der plötzlich neben mir stand.

Mir blieb nichts anderes übrig, als ihm von dem mysteriösen Anrufer zu erzählen. Natürlich wollte mich „mein Held“ nicht allein zu diesem Rendezvous gehen lassen.

„Was soll mir denn inmitten dieser Touristenscharen schon passieren?“

„Denk an Maria!“

Ausnahmsweise musste ich ihm Recht geben.

„In Ordnung, komm mit. Aber lass dich ja nicht in meiner Nähe blicken und zieh dich möglichst unauffällig an“, schärfte ich ihm ein.

„Ich verspreche dir, ich werde völlig unsichtbar sein“, beteuerte er.

Weil ich bis zu dem Treffen jede Menge Zeit hatte, schaute ich kurz im Palazzo Medici Riccardi vorbei. Von außen sah der Palazzo der berühmtesten Familie von Florenz aus wie jeder andere. Ich wusste, dass die Innenausstattung – bis auf die Kapelle und wenige andere Kunstwerke – verlorengegangen war und besuchte daher nur die Cappella dei Magi mit den Fresken von Benozzo Gozzoli, die als eine der besterhaltenen Innenraumdekorationen des 15. Jahrhunderts galt.

Auf dem Weg zu meinem merkwürdigen Rendezvous war Orlando nirgends zu sehen. Ich sah mich immer wieder nach ihm um, aber er schien Wort zu halten. Ich kam zu früh zu meiner Verabredung. Eigenartigerweise fürchtete ich mich nicht vor dem Treffen mit dem Unbekannten. Ich fühlte mich an diesem heiligen Ort sicher.

In aller Ruhe bewunderte ich Masaccios Arbeit. Diese beeindruckenden Fresken des jungen Genies in der Brancacci-Kapelle leiteten in der Bildenden Kunst die Renaissance ein. Doch bald schon kehrten meine Gedanken zu Mord und Totschlag zurück. Angeblich war Masaccio im zarten Alter von sechsundzwanzig Jahren vergiftet worden.

Ein wenig amüsiert betrachtete ich nachher das Holzkruzifix von Brunelleschi. Dieser geniale Künstler und Architekt hatte es in Konkurrenz zu seinem Freund Donatello geschaffen. Denn Donatello hatte ein Kruzifix für Santa Croce angefertigt, auf dem Jesus, Brunelleschis Meinung nach, zu bäuerlich aussah. Da ich Donatellos Jesus noch nicht gesehen hatte, konnte ich nicht beurteilen, ob der große Brunelleschi Recht gehabt hatte.

Die schöne gotische Kirche war, wie ich vorausgesehen hatte, voller Touristen. Als ich mich der Cappella Strozzi näherte, war ich jedoch fast allein. Nur ein schlanker Mönch in einer schwarzen Dominikanerkutte löschte gerade die Kerzenstummel auf einem Leuchter vor dem Hauptaltar.

Die prachtvolle Seitenkapelle der Familie Strozzi war von Nardo di Cione um 1357 mit dem Jüngsten Gericht, dem Paradies und der Hölle ausgemalt worden. Diese ungewöhnliche Darstellung – Hölle und Paradies waren vom Jüngsten Gericht getrennt – ging auf eine Idee Dantes zurück, der zwanzig Jahre vorher deswegen ausgerechnet von den Dominikanern bekämpft worden war.

Ich kniete mich auf eine Kirchenbank und betete, obwohl ich nicht religiös war, für meine verstorbenen Eltern. Wenn es nichts nützte, so würde es auch nicht schaden ... Es war ganz still. Der Weihrauch der Morgenmesse hing noch in der Luft. Das einzige Licht kam von heruntergebrannten Kerzen in der Cappella. Die kleinen Flammen waren im Begriff, nach und nach zu erlöschen. Die Gesichter des Erlösers und der Heiligen über dem Altar entschwanden mehr und mehr mit jeder Kerzenflamme, die ausging.

Plötzlich vernahm ich ein leises Geräusch hinter mir.

Eine heisere, krächzende Stimme flüsterte: „Drehen Sie sich ja nicht um!“

Ich zuckte zusammen, blieb wie erstarrt auf den Knien und starrte auf das phantastische Fresko, das gerade im Dunkeln verschwunden war.

„Hören Sie auf, sich in Dinge einzumischen, die Sie nichts angehen, sonst ergeht es Ihnen womöglich genauso wie diesem Zigeunermädchen. Die Leute, mit denen Sie es hier zu tun haben, sind gefährlich. Ein Menschenleben ist dort, wo sie herkommen, nicht viel wert. Verlassen Sie Florenz so rasch wie möglich“, zischte der Unbekannte hinter mir.

Auf einmal begann ich mich doch zu fürchten. Ich zitterte am ganzen Körper, wagte es nicht, mich zu bewegen. Erst als ich andere Stimmen hinter mir hörte, drehte ich mich um.

Die Reisegruppe war in Auflösung begriffen. Die Leute strömten in alle Richtungen. Hinter mir standen zwei ältere Damen, die leise miteinander tuschelten. Ein Mönch, vielleicht derselbe, der vorhin die Kerzen am Hauptaltar ausgelöscht hatte, bahnte sich seinen Weg durch die Reisegruppe Richtung Ausgang. Hatte er mich gewarnt? Wieso kannte er mich? Woher hatte er meine Handynummer?

Ich lief ihm nicht nach, sondern verließ langsam die Kirche. Setzte mich auf eine Bank in dem schönen Garten und dachte über das bizarre Rendezvous nach. Der Mann hatte sehr langsam und deutlich gesprochen. Ich war mir nicht sicher, ob er einen Akzent gehabt hatte. Jedenfalls hatte er kein so schönes Italienisch wie Francesco oder Carla gesprochen.

Kaum hatte ich mir eine Zigarette angezündet, erschien Orlando.

„Eines Tages wirst du an Lungenkrebs sterben, Kafka. Und das ist kein schöner Tod ..."

„Wo warst du?", unterbrach ich ihn, bevor er mir meinen Tod in den grauslichsten Bildern schildern würde.

„Habe mich hinter einer Säule versteckt. Hatte aber den totalen Überblick. Der geheimnisvolle Fremde ist nicht gekommen, stimmt's?"

„Du bist mir ja ein toller Bodyguard! Natürlich war er da. Er hat mir geraten, mich nicht länger einzumischen und Florenz schleunigst zu verlassen."

„Ich fürchte, du hast Halluzinationen, meine Liebe. Ich habe niemanden in deiner Nähe gesehen."

„Auch nicht die beiden älteren Damen?"

„Die habe ich sehr wohl gesehen, aber du sagtest, es wäre eine Männerstimme gewesen."

„Hast du den Mönch bemerkt, der die Kerzen ausgelöscht hat?"

„Ja. Was hat der damit zu tun?"

„Ich glaube, dass er mir die Warnung zugeflüstert hat. Stand er nicht knapp hinter mir?"

„Darauf habe ich, ehrlich gesagt, nicht geachtet. Ein Mönch? Nein, das ist absurd."

Ich löschte meine Zigarette aus und sagte: „Egal. Lass uns jetzt Sofia besuchen. Vielleicht ist ihr noch etwas eingefallen. Außerdem sollten wir vielleicht bei deiner Tante vorbeischauen."

„Die schläft den ganzen Tag, hat Livio gesagt."
„Trotzdem."
„Von mir aus", sagte er grantig.
Auch ich war schlechter Laune. Ärgerte mich, weil ich diese heisere Stimme niemand bestimmtem zuordnen hatte können. Vielleicht war es sogar dieser Radu gewesen, der sich als Mönch verkleidet hatte. Er hatte damals, als ich ihn angesprochen hatte, fast akzentfrei Italienisch geredet.

An einem Stand in der Nähe des Spitals kauften Orlando und ich sündhaft teure Weintrauben und Bananen für Sofia und für Aurora einen Strauß gelbe Rosen.
„Übrigens ist mir vorhin bei der Kirche Salvatore über den Weg gelaufen. Er wollte zum Bahnhof", sagte Orlando.
„Salvatore Brentone?"
„Ja. Er schien sehr in Eile zu sein."
„Er könnte es gewesen sein", sagte ich nachdenklich. „Die Stimme, die mich gewarnt hat, war eindeutig nicht Livios Bariton und hatte auch keinerlei Ähnlichkeit mit Francescos Stimme. Dennoch habe ich mir eingebildet, diese Stimme schon einmal gehört zu haben. Am ehesten passte sie zu Carla. Sie hat eine rauchige, heisere Stimme, klingt manchmal fast wie ein Mann, vor allem am Telefon. Aber womöglich war es dieser Salvatore. Er könnte sich unter die Reisegruppe gemischt haben und mich, während der Reiseführer seinen Leuten den Altar beschrieben hat, bedroht haben. Glaubst du nicht, dass er überhaupt hinter der ganzen Geschichte stecken könnte? Er ist mir gleich bei unserer ersten Begegnung verdächtig vorgekommen."
„Beruhige dich, Katharina. Deine Verdächtigungen werden immer absurder. Merkst du nicht, dass du dich total verrannt hast? Mittlerweile verdächtigst du schon jeden. Wenn es Salvatore war, müsste ja mein Bruder ebenfalls in diesen Fall verwickelt sein."

„Nicht unbedingt. Aber vielleicht hat Salvatore deinen Bruder benützt. Bestimmt kannte er auch Riccardo. Womöglich hat er sogar deinen Cousin auf dem Gewissen?“

„Du steigerst dich jetzt in etwas hinein, Kafka. Das bringt nichts.“

„Ich begreife auch nicht, warum mich der Typ in die Kirche bestellt hat. Er hätte mich doch genauso gut telefonisch warnen können. Da stimmt was nicht, Orlando. Ich habe so ein komisches Gefühl.“

„Jetzt hör endlich auf. Du bist echt paranoid!“

Auf dem Gang im ersten Stock des Krankenhauses war weit und breit kein Polizist zu sehen. Aber wir waren im richtigen Stockwerk. Sofias Zimmer hatte die Nummer 13.

Ich klopfte. Drinnen rührte sich nichts. Ich spürte, wie die Angst in meiner Kehle hochstieg. War mein schrecklicher Traum wahr geworden? Mit zitternder Hand öffnete ich die Tür. Sofias Bett war leer.

Wir rannten hinunter in die Anmeldung. Es bedurfte all meiner Überredungskunst, die ältere Frau am Schalter dazu zu bringen, mir Auskunft zu erteilen.

„Ich bin ihre Tante“, log ich schamlos. „Hat sie jemand abgeholt? Vielleicht die Polizei? Die Kleine ist in einen Mordfall verwickelt. Ich muss wissen, wo sie hingebracht worden ist.“

Schließlich erbarmte sich die Frau am Empfang meiner und sagte mir, dass Sofia in der Nacht davongelaufen sei.

„Das kann nicht sein. Sie wurde rund um die Uhr bewacht. Ich habe den Polizeibeamten gestern mit eigenen Augen gesehen.“

„Sie ist auch nicht durch die Tür abgehauen, sondern hat sich mit dem Leintuch aus dem Fenster abgeseilt. Ihre angebliche Nichte hat es faustdick hinter den Ohren“, sagte die Frau trocken.

„Oh mein Gott! Wir müssen sofort zur Polizei“, sagte ich zu Orlando.

„Warte. Lass uns Livio anrufen. Wir beide können dort nicht viel ausrichten. Erinnere dich an letztes Mal."

„Okay, ruf ihn sofort an und sag ihm, dass wir vor der Questura auf ihn warten."

Während er mit Livio telefonierte, ging ich noch einmal in Sofias Zimmer. Es war bereits sauber gemacht worden. Ich warf einen Blick aus dem Fenster. Auf dem Gehsteig standen grüne Mülltonnen. Für ein drahtiges kleines Mädchen wie Sofia war es bestimmt kein großes Kunststück gewesen, sich die paar Meter bis zu den Tonnen abzuseilen.

Plötzlich kam mir ein ganz anderer Gedanke. Vielleicht war Sofias Ausbruch nur vorgetäuscht? Womöglich hatte man mich nach Santa Maria Novella gelockt, um sie in aller Ruhe entführen zu können? Ich beschloss, diesen Gedanken einstweilen für mich zu behalten. Orlando hatte mir deutlich genug zu verstehen gegeben, dass er von meinen Einfällen nicht viel hielt.

„Livio hat gesagt, er würde sich um alles kümmern. Wir brauchen nicht mitzukommen. Er ruft uns später an." Orlando wirkte richtig erleichtert.

Ich musste zugeben, dass auch ich froh war, diesem arroganten Commissario in den Cowboystiefeln nicht mehr begegnen zu müssen.

„Dann lass uns doch Aurora besuchen, wenn wir schon mal hier sind. Ich will die Blumen loswerden", meinte ich.

Aurora schlief nicht, sondern saß in ihrem pfirsichfarbenen Morgenrock auf dem Bett und blätterte in einer Modezeitschrift, als wir ihr Zimmer betraten.

Sie begrüßte uns mit Leidensmiene und begann sich sofort zu beklagen, dass sich niemand aus ihrer Familie um sie kümmern würde. „Weder Carla noch Francesco haben sich bisher bei mir blicken lassen. Ja, wenn mein kleiner Riccardo noch am Leben wäre ..." Sie begann zu schluchzen. „Riccardo wäre Tag und Nacht an meinem Bett gesessen", fuhr sie weinend fort.

„Wer's glaubt, wird selig", sagte Orlando leise auf Deutsch zu mir.

„Sprich Italienisch", herrschte sie ihn an.

Ich fragte, ob sie mitbekommen habe, dass im Teatro della Pergola ein Mordanschlag auf ein kleines Mädchen verübt worden war.

„Hören Sie sofort auf ..., meine Nerven halten das nicht länger aus. Nichts als Mord, Mord, Mord", kreischte sie.

„Auch ich bin attackiert worden", fuhr ich unbeirrt fort.

„Sei still!", schrie sie und warf die Modezeitschrift nach mir.

Orlando schmiss das Obst und den Blumenstrauß aufs Bett, packte mich am Arm und wir verließen fluchtartig das Krankenzimmer.

„Carla ist mit dieser Mutter echt gestraft. Kein Wunder, dass sie aufs Land gefahren ist", sagte ich.

„Findest du nicht, dass sie und Francesco sich inzwischen hätten melden können? Livio wird ihr doch sicherlich von dem Mordversuch im Theater erzählt haben."

„Wer weiß. Aber es stimmt, ihr Verhalten ist sehr merkwürdig." Andererseits konnte ich mir gut vorstellen, dass Carla es genoss, Francesco endlich einmal ganz allein für sich zu haben und auf alles andere vergessen hatte. Doch ich brachte die sexuelle Beziehung der beiden nach wie vor nicht zur Sprache. Irgendetwas hielt mich davor zurück, Orlando reinen Wein einzuschenken. Er war nicht prüde, im Gegenteil, aber ich befürchtete dennoch, dass er schockiert sein würde, wenn er die Wahrheit erfährt.

## 17.

Nach diesem unerfreulichen Krankenhausbesuch ließen wir uns ziellos durch die Straßen der Stadt treiben. Nicht einmal das wunderbare Licht besserte meine Laune. Ich machte mir Sorgen um Sofia. Wo hielt sie sich bloß versteckt? Sie hatte behauptet, den Täter nicht erkannt zu haben. Ich war mir fast sicher, dass sie gelogen hatte, und bereute es, ihr nicht mehr zugesetzt zu haben. Obwohl ich ihr Gefasel über Verfluchungen und Zaubertränke nicht ernst genommen hatte, traute ich diesem mutigen kleinen Mädchen durchaus zu, auf eigene Faust zu versuchen, den Mord an ihrer Schwester zu rächen. Nicht auszudenken, was mit ihr passieren würde, wenn sie dem Täter in die Hände fiel! Eigentlich war sie nirgendwo sicher, solange der Mörder ihrer Schwester nicht gefasst worden war.

Orlando war mir keine große Hilfe. Verdrossen schlich er hinter mir her und hing seinen eigenen Gedanken nach.

„Ich habe mir unsere Florenz-Reise ein bisschen anders vorgestellt“, begann er plötzlich zu meckern. „Mord und Totschlag, unfreundliche Verwandte, dazu diese unerträgliche Hitze und diese ewige Hatscherei ...“

Insgeheim gab ich ihm Recht. Auch ich war erschöpft. Außerdem hatte ich Hunger. Als ich an der nächsten Straßenecke eine Tripperia entdeckte, schlug ich vor, dieses berühmte florentinische Fastfood zu kosten.

Die Kuttelverkäufer erkannte man an ihrem Wagen mit den zwei dampfenden Kesseln. Meist wurden diese fahrenden Händler von Menschentrauben umlagert, die mit großem Genuss in ein Sandwich mit Lampredotto oder Trippa mit Butter und Parmesan oder Trippa in Tomatensauce mit Artischocken, Kartoffeln oder weißen Bohnen bissen.

„Tripper?“, fragte Orlando. „Ist das was Vegetarisches?“

„Kutteln“, sagte ich knapp und musste mich sehr beherrschen, nicht lauthals loszulachen. Ich wusste, was nun kommen würde.

„Bist du wahnsinnig! Du bist echt pervers!”, schrie er.

Lachend entschied ich mich für das Piatto del Giorno, Lampredotto con Carciofi.

„Ich werde dir nicht dabei zusehen, wie du Rinderscheiße frisst“, empörte sich Orlando. „Ich gehe bummeln und hole dich in einer halben Stunde hier ab.“

Ich bereute meine Entscheidung nicht. Dieser typisch florentinische Imbiss schmeckte viel besser und war außerdem billiger als jedes Fastfood-Gericht in einer dieser amerikanischen Ketten.

Ein kleiner umgebauter Dreiradler fungierte als Theke. Auf der Beifahrerseite war eine Art Kühlschrank eingebaut, aus dem sich die Kunden selbst mit Wein und alkoholfreien Getränken bedienen konnten. Den Pappbecher bekam man vom Chef. Man schenkte sich ein, so viel man wollte.

Auf der Fahrerseite stand der Trippaio und holte aus seinen Kesseln die Mägen des jungen Ochsen heraus. Er bot mir an, auch den Trippa zu kosten. Ich sagte nicht nein. Die milchigweißen Kutteln des zweiten Magens waren angenehm zart und aromatisch. Der vierte Magen, der Lampredotto, den ich zuerst bestellt hatte, war dunkler und fester gewesen. Ich scherzte mit dem Trippaio. Fühlte mich dank dem Lampredotto und meinem Gläschen Weißwein wieder mit Florenz versöhnt.

Hinter den Scheibenwischern der Windschutzscheibe steckte eine Tageszeitung. Die Italiener interessieren sich eben selbst beim Lunch für Politik oder zumindest für Sport, dachte ich.

Gianna Nannini begann zu singen. Ich hob ab. Dachte, es wäre Orlando. Als ich Livios Stimme vernahm, trank ich rasch einen Schluck Wein.

Er stotterte herum, erzählte mir, dass er bei der Polizei nicht viel ausrichten hatte können. „Das Verschwinden eines kleinen Zigeunermädchens scheint sie nicht besonders zu interessieren.“ Dann fragte er mich ganz leise, ob wir uns treffen könnten.

„Unbedingt. Ich muss ohnehin dringend mit dir reden.“ Obwohl ich befürchtete, dass auch er mich für paranoid halten würde, wollte ich Livio von meinem Verdacht, dass Sofia entführt worden war, erzählen.

„Bist du allein?"

„Im Moment ja."

„Und wo bist du gerade?"

„Irgendwo in der Innenstadt bei einem Trippaio."

„Wie hat es dir geschmeckt?" In seiner Stimme klang leichte Belustigung mit.

„Das wird in den nächsten Tagen mein Standard-Mittagessen."

„Ausgezeichnet! Ich rufe noch rasch meinen Anwalt an. Er hat ganz gute Verbindungen zur Questura. Bestimmt kann er dort mehr ausrichten als ich. Können wir uns dann treffen? Sagen wir in einer Stunde auf der Piazza Santa Croce vor dem Dante-Denkmal?"

Als Orlando nach einer Viertelstunde noch immer nicht aufgetaucht war und auch sein Handy nicht abhob, hinterließ ich ihm wieder einmal eine Nachricht auf seiner Mailbox.

Während ich beim Dante-Denkmal vor der Basilika Santa Croce auf Livio wartete, sah ich mich um. Dieser Platz, auf dem jedes Jahr im Juni das brutale mittelalterliche Fußballturnier stattfand, hatte, wie fast jeder Ort in Florenz, seine speziellen Geheimnisse. Zum Beispiel waren die Abstände zwischen den Fenstern eines Palazzo so angeordnet, dass die Piazza von einem bestimmten Blickwinkel aus größer wirkte.

Ich rauchte eine Zigarette nach der anderen. Mir war fast schlecht, als ich ihn endlich am anderen Ende der Piazza entdeckte. Ich ging ihm ein paar Schritte entgegen. Er streckte mir verlegen die Hand hin. Es war das erste Mal, dass wir uns allein trafen.

„Was hast du bei der Polizei erfahren?", fragte ich ihn sogleich und erwartete, dass er mir ausführlich von seinem Gespräch mit dem Commissario berichten würde.

Doch er sagte: „Lass uns in der Kirche reden, da hört uns niemand zu."

Ich folgte ihm in die ehemalige Ordenskirche der Franziskaner. Wir setzten uns in eine der leeren Bankreihen.

Mein erster Eindruck von dem riesengroßen Innenraum, dem offenen bemalten Dachstuhl, den herrlichen Glasfenstern und den mit großartigen Fresken bedeckten Wänden in den Kapellen war überwältigend. Sprachlos vor Staunen wusste ich nicht, wo ich zuerst hinsehen sollte.

„Die Polizei hat sich bedeckt gehalten", sagte Livio leise. „Ich glaube, sie befürchten, ein Mord mitten auf der Piazza della Signoria könnte sich negativ auf den Fremdenverkehr auswirken. Und die Florentiner Society hält nun mal zusammen, wenn es ums Geld geht. Deshalb ist auch von dem Überfall auf euch erst gar nichts in den Zeitungen gestanden."

„Was meint dein Anwalt?"

„Er denkt ähnlich wie ich. Aber er wird sich bemühen, dass die Polizei wenigstens eine Suchmeldung nach den beiden verschwundenen Mädchen rausgibt. Er meinte jedoch, wir müssten Geduld haben."

„Die werden nichts unternehmen", sagte ich frustriert.

„Sei nicht so pessimistisch."

„Ich fürchte, dass Sofia nicht abgehauen, sondern entführt worden ist."

„Jetzt übertreibst du aber. Ihr Zimmer wurde bewacht. Da kam keiner ungesehen hinein."

„Hoffentlich hast du Recht."

„Komm jetzt, lass uns ein bisschen herumgehen. Santa Croce ist das Pantheon von Florenz. Hier liegen alle unsere geistigen Größen begraben." Er zeigte mir sowohl das Grabmal Michelangelos als auch Galileo Galileis Grabstätte, das Denkmal für Macchiavelli und den Kenotaph für Dante.

„Unser größter Dichter ist, nachdem man ihn aus Florenz verbannt hatte, nach Ravenna gegangen, dort gestorben und auch begraben worden. Die Florentiner haben immer wieder versucht, seine Gebeine zurückzubekommen, was im Laufe der Jahrhunderte zu heftigen Streitereien zwischen Florenz und Ravenna geführt hat“, meinte er.

Zuletzt führte er mich noch in die Bardi-Kapelle. Beinahe ehrfürchtig betrachtete ich die wundervollen Fresken von Giotto. Danach verließen wir die Kirche durch einen Seitenausgang und besuchten die angrenzenden gewölbten Kreuzgänge, in denen sich kaum Touristen aufhielten.

Die meditative Stimmung war wohltuend. Ich griff nach Livios Hand und wir schlenderten durch die stillen Gänge. Als wir die von Brunelleschi für die Familie Pazzi erbaute Kapelle betraten, stieß ich einen entzückten Schrei aus.

Livio quittierte meine Begeisterung mit einem stolzen Lächeln. „Ja, in ihrer schlichten Schönheit ist diese Grabkapelle ein wahres Schmuckstück der Renaissance. Sie ist einfach vollkommen!“

Mir gefielen auch die Terrakotta-Rosetten von Luca della Robbia und ich wäre gern länger an diesem schönen Ort verweilt. Doch Livio hatte offenbar genug von der Besichtigung. Er wollte unbedingt noch seine neuen Schuhe, die er von Hand anfertigen hatte lassen, abholen.

„Du kommst mit, oder? Der Schuhmacher ist einer meiner besten Freunde. Ich möchte, dass du ihn kennenlernst.“

Obwohl ich mich freute, dass er mir seinen besten Freund vorstellen wollte, versuchte ich noch einmal, Orlando zu erreichen. Vergeblich.

Wir gingen zu Livios Wagen, den er im Parkverbot abgestellt hatte. Über den Strafzettel schien er sich nicht besonders aufzuregen. Er steckte ihn einfach in seine Hosentasche. „Die Parkgebühren in Florenz sind extrem hoch“, meinte er grinsend.

Kaum saß ich in Livios Wagen, bekam ich eine SMS. Orlando, na endlich! Er schrieb: „Daniele getroffen. Melde mich später.“ Hauptsache, einer von uns beiden genießt seinen Urlaub inklusive Urlaubsflirt, dachte ich gereizt.

Auf der Fahrt erzählte Livio mir die Lebensgeschichte seines Freundes: „Ich kenne Stefano seit seinen Anfängen als kleiner Schuhmacher in Greve. Er ist ein echter Autodidakt. Hat dort vor 25 Jahren eine kleine Schusterwerkstatt eröffnet und all seine Freunde und Bekannten gebeten, ihm ihre alten Schuhe zum Reparieren zu bringen. Das erste Paar jedes Kunden hat er kostenlos repariert. Schließlich musste er ja erst üben. Learning by doing in Reinform. Er selbst nennt die Philosophie seiner Anfangsjahre ‚Lernen durch Fehler'. Dann ist er nach Florenz übersiedelt und hat dort von einem älteren Schuhmacher die Kunst, Maßschuhe anzufertigen, gelernt. Kaum hatte er seine eigene Werkstatt und sein heutiges Geschäft eröffnet, hat er begonnen, sein Wissen an junge Leute weiterzugeben. Inzwischen lernen Japaner, Amerikaner und natürlich auch Italiener dieses schöne Handwerk von ihm. Der amerikanische Schauspieler Daniel Day-Lewis hat sogar einige Monate bei ihm gearbeitet."

Ich fand Livios Freund sehr sympathisch. Dass er einem kleinen Flirt mit mir nicht abgeneigt schien, machte das Treffen noch viel amüsanter für mich.

„Man sollte die Dinge nicht übereilen", sagte er und sah mir tief in die Augen. „Ich mache pro Jahr nur hundertachtzig Paar Schuhe."

Als ich den Preis für diese Kunstwerke aus Leder erfuhr, fiel ich fast in Ohnmacht. Das billigste Paar kostete fast 2.000 Euro. Livios Schuhe aus uraltem Leder, das nach einem Schiffsuntergang 1786 an der Küste Englands geborgen werden konnte, waren fast so wertvoll wie kleine Diamanten.

Ich fragte mich, warum er nur Herrenschuhe herstellte. Aber als er uns anschließend auf ein Glas Wein in einer benachbarten Osteria einlud, vergaß ich darauf, ihm diese Frage zu stellen. Ich genoss es, von zwei Männern gleichzeitig hofiert zu werden.

Als Livio jedoch den Chor der hebräischen Sklaven aus Verdis „Nabucco" anstimmte und Stefano mitzusingen begann, verdrehte ich die Augen zur Decke. Diese beiden Chorknaben waren mir peinlich. Die anderen Gäste in dem kleinen Lokal schienen sich dagegen köstlich zu amüsieren. Es blieb mir schließlich nichts anderes übrig, als ebenfalls gute Miene zu machen. Irgendwann begann ich sogar mitzusummen.

Nachdem sie zum sechsten Mal „Va', pensiero, sull'ali dorate Va', ti posa sui clivi, sui colli, ove olezzano tepide e molli, l'aure dolci del suolo natal!" geschmettert hatten, gaben sie auf. Zum Glück konnten sie sich an den restlichen Text nicht mehr erinnern.

Livio fragte mich, ob ich abends mit ihm essen gehen würde. Wir hätten einiges unter vier Augen miteinander zu besprechen, sagte er entschuldigend zu seinem Freund. Da dröhnte „I Maschi" lautstark aus meiner Handtasche. Verlegen holte ich mein Handy heraus und hob ab.

Orlando. Er klang aufgeregt, stammelte, dass er den Mord an Riccardo praktisch aufgeklärt hätte und mich unbedingt sofort sehen müsse.

Ich hatte keine Lust, nach seiner Pfeife zu tanzen, wollte lieber mit Livio essen gehen. Doch Orlando wurde melodramatisch: „Es geht um Leben und Tod!", schrie er ins Telefon. „Du bist in großer Gefahr! Wo bist du überhaupt gerade?"

„Ich bin mit Livio unterwegs."

„Linke oder rechte Seite des Arno?"

„Links. Warum?"

„Kein Wort zu ihm über das, was ich dir gerade gesagt habe. Ich bin in deiner Nähe. Wir treffen uns in einer Viertelstunde in der kleinen Bar bei der Chiesa di Santa Felicita. Okay?" Ehe ich antworten konnte, hatte er aufgelegt.

Orlando reagierte schon immer sehr intensiv. Freude, Wut, Angst, Trauer, wie auch immer Orlandos Reaktion aussah, sie war meistens übertrieben. Mir graute vor unserem Gespräch. Aber ich brach dennoch auf und entschuldigte mich bei den beiden Männern, sagte, dass Orlando dringend nach mir verlange.

„Ihr Freund", erklärte Livio unnötigerweise Stefano. Mein kleiner Flirt mit seinem besten Freund schien ihm nicht entgangen zu sein.

„Ich hole ich dich nachher zuhause ab. Ist dir zwanzig Uhr recht?", sagte er zu mir.

Ich sah auf meine Armbanduhr. Es war bereits halb sieben. Obwohl es mir unangenehm war, sagte ich: „Bist du mir sehr böse, wenn wir unser Abendessen auf morgen verschieben? Orlando ist völlig aufgelöst. Ich fürchte, es wird eine Weile dauern, bis er sich wieder einkriegt."

Livio wirkte enttäuscht. „Solltest du wider Erwarten doch noch ausgehen wollen, ruf mich jederzeit an", startete er einen letzten Versuch.

Ich verabschiedete mich von Stefano, küsste Livio flüchtig und ließ ihn mit seinem Freund bei einer halbvollen Flasche Wein sitzen.

So nahe war der von Orlando vorgeschlagene Treffpunkt auch wieder nicht. Zur Abwechslung taten jetzt mir einmal die Füße weh.

## 18.

Orlando wartete bereits an der Theke auf mich. Das winzige Lokal war gerammelt voll. Laute Musik schallte aus den Lautsprechern links und rechts von der Bar.

„Wir können ganz offen reden. Hier spricht niemand Deutsch", sagte er statt einer Begrüßung.

Als ich mich neben ihn an die Theke quetschte, legte er den Arm um meine Taille und redete wie ein Wasserfall auf mich ein. Ich verstand nur „Daniele, Daniele, Daniele ..."

Wenn er mich von Livio fortgelockt hatte, um mir von seinem aufregenden Liebesleben zu berichten, dann würde ich ihn umbringen. Bleib ruhig, Kafka, sagte ich zu mir selbst und schrie ihn gleichzeitig an: „Ich verstehe dich kaum. Sollen wir uns nicht hinaussetzen? Es wird gerade ein Platz frei." Ein Pärchen erhob sich in dem winzigen Gastgarten von den Weinfässern, die als Sitzgelegenheiten dienten.

„Du willst ja nur rauchen", maulte er.

Ich schnappte mir meinen Aperol Sprizz und zündete mir bereits beim Hinausgehen demonstrativ eine an.

„Okay, und jetzt bitte ganz langsam und deutlich. Ich fürchte, dass der permanente Schlafmangel meine Aufnahmefähigkeit beeinträchtigt hat", sagte ich, als er sich neben mich auf das zweite Fässchen setzte.

„Stell dir vor, Daniele kannte Riccardo. Er war öfters bei ihm in der Bar. Daniele hat gemeint, dass Riccardo in letzter Zeit immer gut bei Kasse war und mit dem Geld nur so herumgeschmissen hätte. Angeblich hat Riccardo damit angegeben, dass er eine ganz große Sache am Laufen hätte und ..."

„Das wissen wir ja alles schon", unterbrach ich ihn.

„Du meinst die Einbrüche bei den Parfümherstellern? Nein. Das habe ich auch zu Daniele gesagt, aber ..."

„Was? Du hast einem Wildfremden davon erzählt? Bist du wahnsinnig?"

„Daniele ist kein Wildfremder", empörte er sich. „Er ist mein Freund. Wir lieben uns."

„Du bist nicht ganz dicht. Du hast zweimal mit diesem Menschen gefickt und sprichst von Liebe?"

„Zweimal? Mindestens sechsmal!"

„Halt doch den Mund!" Ich löschte meine Zigarette aus und zündete mir gleich noch eine an. „Und das meine ich ernst. Du sagst jetzt keinen Ton, ich muss nachdenken!"

Orlando schwieg tatsächlich. Der Tag entfloh. Das abendliche Dunkel sank über die Stadt am Arno. Ich betrachtete die anderen, meist jungen und fröhlichen Gäste und musste unwillkürlich an all die grauen, trübsinnigen und gequälten

Gesichter denken, die mir täglich auf den Straßen Wiens begegneten. Wenn ich so weitermachte, würde auch ich bald vergessen, wie man lacht, und mit hängenden Mundwinkeln herumlaufen.

„Wie gut kannte Daniele deinen Cousin wirklich?", fragte ich Orlando in versöhnlichem Ton.

„Ziemlich gut. Aber hör mir zu: Daniele hat gemeint, dass Riccardo in eine noch viel schlimmere Geschichte verwickelt war. Anscheinend hat er die kleinen Zigeunerinnen an reiche Typen verschachert. Die arme Maria hat also die Wahrheit gesagt. Nur, dass sie Riccardo in Schutz genommen hat. Daniele vermutet, dass sich die Mafia nicht länger von so einem kleinen Amateur-Ganoven und den rumänischen Schleppern ins Handwerk hat pfuschen lassen wollen. Die Prostitution ist seit jeher fest in der Hand der italienischen Mafia. Daniele glaubt jedenfalls, dass Riccardo von einem Profi-Killer beseitigt worden ist."

„Waren wir uns nicht schon mal darüber einig, dass ein professioneller Killer sicher nicht so ein amateurhaftes Gemetzel angerichtet haben würde?"

„Vielleicht hat er ihn ja nicht umbringen, sondern ihm nur einen Denkzettel verpassen wollen, und dann ist die Geschichte halt eskaliert ..."

„Blödsinn! Was hatte dein Daniele sonst noch für Geistesblitze?"

„Er glaubt, dass Francesco von Riccardos verbrecherischen Machenschaften wusste. Er hat zufällig vor Kurzem ein Streitgespräch zwischen den beiden mitgekriegt."

„Worüber haben sie sich gestritten?"

„Sei nicht so ungeduldig, Kafka. Ich wollte es dir ja gerade erzählen. Francesco hat Riccardo ermahnt, vorsichtiger zu sein, und ihm eingeschärft, in Zukunft seine Finger von diesen dreckigen Gören – entschuldige, aber so hat Francesco die kleinen Zigeunerinnen genannt – zu lassen."

„Wenn das stimmt, dann wusste also Francesco zumindest, dass Riccardo Minderjährige illegal beschäftigte."

„Es sieht so aus."

„Was sollen wir tun? Ihn zur Rede stellen?"

„Nein. Meine Geschichte ist noch nicht zu Ende. Daniele hat mir auch erzählt, dass es einen Mann im Hintergrund gibt, den Riccardo manchmal scherzhaft als den ‚Big Boss' bezeichnet hat. Der Typ wollte sich wahrscheinlich nicht selbst die Hände schmutzig machen. Ich habe sofort an Livio gedacht. Schließlich ist er Riccardos Onkel ..."

„Fängst du schon wieder an? Ich denke, wir hätten ein für alle Male geklärt, dass Livio mit diesen Verbrechen nichts zu hat."

„Aber er war nicht nur als einziger im Haus, als Riccardo ermordet wurde, sondern er war auch im Theater, als ihr überfallen worden seid. Du hast selbst gesagt, der Kerl wäre groß und kräftig gewesen und hätte auffallend gerochen. Livio schmiert sich doch dauernd seine Hände mit dieser komisch riechenden Salbe ein."

„Wegen seiner Arthrose!"

„Egal, aber dieses Zeug stinkt erbärmlich. So ein Altweibergeruch. Du behauptest ja immer, eine gute Nase zu haben. War es nicht genau diese Salbe, die du gerochen hast, als dich der Typ angegriffen hat?"

Obwohl mich seine Worte verunsicherten, denn auch ich hatte Livio ja schon einmal in Verdacht gehabt, sagte ich: „Ich habe einen der Rumänen, diesen Radu, vor dem Theater gesehen."

„Aber wie soll der an das Brighella-Kostüm gekommen sein? Schalte endlich dein Hirn ein!"

„Und wie soll Livio das geschafft haben? Selbst wenn er kurz nach mir den Saal verlassen hat, hätte er nicht genügend Zeit gehabt. Glaubst du, ich habe mir das nicht schon gründlich überlegt? Dein Verdacht ist einfach absurd."

„Hat dein geliebter Livio auch ein Alibi für den Nachmittag, als Maria auf der Piazza della Signoria niedergestochen wurde? Soviel ich weiß, hat er keines! Er ist der einzige, der für beide Morde kein Alibi besitzt. Gibt dir das nicht wenigstens zu denken?"

Ich hielt mir demonstrativ die Ohren zu. Orlando packte meine Hände und zwang mich, ihm weiter zuzuhören.

„Livio ist ein Schläger. Ich habe dir doch erzählt, dass er seine Frau halb totgeschlagen hat, als er sie im Bett mit Francesco erwischt hat. Ein Mann, der Frauen schlägt, ist noch zu ganz anderen Verbrechen fähig."

„Ich habe heute den ganzen Nachmittag mit Livio verbracht, weil du mich ja einfach sitzengelassen hast. Er ist kein Mörder. So viel Menschenkenntnis besitze selbst ich."

„Es wäre nicht das erste Mal, dass du dich irrst."

Ich wusste, worauf er anspielte. Damals, als vier junge Frauen in Wien ermordet worden waren, hatte ich den Falschen verdächtigt.

Orlando holte noch zwei Gläser Weißwein für uns. Ich hatte heute mehr als genug getrunken. Nippte nur an meinem Glas und drängte zum Aufbruch. Aber Orlando war nun in seinem Element: „Du glaubst also, dass die Rumänen sowohl Riccardo als auch Maria auf dem Gewissen haben?"

Ich nickte.

„Und dieser Radu soll auch dich und Sofia im Theater attackiert haben? Wie ist er da hineingekommen? Hat er sich eine Opernkarte gekauft? Das glaubst du wohl nicht im Ernst. Ach Katharina, du bist völlig auf dem Holzweg."

So würden wir nicht weiterkommen. Wir hatten uns beide verrannt. Er hatte sich auf die italienische und ich mich auf die rumänische Mafia fixiert.

Orlando schien ein ähnlicher Gedanke gekommen zu sein. „Sollen wir unsere Festplatten löschen?", fragte er zögernd.

„Du meinst, wir sollten ganz von vorne anfangen? Alles, was wir bisher über die Morde zusammengetragen haben, einfach vergessen?“

Er nickte begeistert.

In diesem Moment traf mich ein Gedanke wie ein Blitz. Ich war die ganze Zeit blind gewesen.

Rasch trank ich aus, zahlte und sagte, dass ich müde sei und heimgehen wolle. Orlando protestierte. Er wollte unbedingt, dass ich seinen Wunderknaben Daniele kennenlernte. Ich hatte weder Lust auf diese neue Bekanntschaft, noch wollte ich den Rest des Abends mit Livio verbringen. Ich hatte etwas anderes vor. Mein Kopf war schwer vom vielen Alkohol, meine Bewegungen waren verlangsamt, aber ich bildete mir ein, heute Nacht diese Mordfälle aufklären zu können. Stürmisch umarmte ich Orlando, was ich sonst nie tat, wünschte ihm einen schönen Abend und wankte nach Hause.

In dem alten Gemäuer herrschte Totenstille. Kein Mensch war zuhause. Ich begab mich sofort auf mein Zimmer. Auf den ersten Blick sah es nicht danach aus, als hätte jemand meine Sachen durchwühlt. Doch ich bin ein relativ ordentlicher Mensch und bemerkte bald, dass mein Terminkalender nicht mehr dort lag, wo ich ihn hingelegt hatte, und der Stapel mit meinen T-Shirts war ebenfalls verrückt worden.

Ich fühlte mich richtig erleichtert. Ich konnte wohl den Gedanken, dass Sofia entführt worden war, verwerfen. Offensichtlich hatte man mich in die Kirche gelockt, um ungestört meine Sachen durchsuchen zu können. Aber wer war hier eingedrungen und wonach hatte er gesucht? Es fehlte nichts. Und ich besaß auch nichts, was für einen Mörder oder einen Mädchenhändler interessant hätte sein könnte.

Nachdem ich mich ein bisschen frisch gemacht hatte, begab ich mich hinüber zur Wohnung von Orlandos Vater.

Die Tür war abgeschlossen, was mich überraschte, da wir nicht einmal unsere Zimmer verschließen konnten und auch alle anderen Türen im Haus unversperrt waren. Ich machte mich auf die Suche nach den Schlüsseln. In einem kleinen Hängeschrank am Gang wurde ich fündig. Jemand hatte alle Schlüssel mit beschrifteten Anhängern ausgestattet.

Ich wusste nicht, wonach ich in der Wohnung des Verstorbenen suchen sollte, war mir überhaupt nicht sicher, dort irgendetwas zu finden, das mir helfen würde, den Mörder von Riccardo und Maria zu überführen. Aber vielleicht besaß ich den sechsten Sinn? Auf jeden Fall war ich betrunken genug, um das in Erwägung zu ziehen.

Das Schlafzimmer von Orlandos verstorbenem Vater entpuppte sich als wahres Schatzkästchen für Cineasten. Orlando hatte mir erzählt, dass der alte Herr seine letzten Wochen ausschließlich im Bett verbracht hatte. Ein Flachbildfernseher und ein DVD-Player standen genau gegenüber dem Bett. Links und rechts bekränzt durch alte schwere Bücherschränke mit Glastüren, in denen sich jedoch keine Bücher, sondern Unmengen von DVDs befanden.

Der Film-Geschmack des verstorbenen Rudolfo Pazzini schien nicht der schlechteste gewesen zu sein. Film Noir, Nuovo Realismo, das Gesamtwerk von Truffaut, Chabrol, Fellini, Visconti, ja sogar Pier Paolo Pasolini, und amerikanische Produktionen aus den 40er-Jahren, jede Menge Howard Hawks, alle meine geliebten Humphrey-Bogart-Filme – ich war hingerissen. Außerdem wusste ich nun, woher Orlandos Vorliebe fürs Kino stammte. Cineasmus schien vererbbar zu sein.

Im obersten Fach des Bücherschranks standen Screwball Comedies. Ich überlegte, mir einen Film mit Jerry Lewis und Dean Martin reinzuziehen oder lieber zum dreißigsten Mal meinen Lieblingsfilm „To Have and Have Not“ mit Lauren Bacall und Humphrey Bogart? Was hatte dieser Film eigentlich in dem Regal mit den Komödien verloren?

Plötzlich hörte ich ein seltsames Geräusch. Erschrocken zuckte ich zusammen. Schlich auf Zehenspitzen zur Tür und öffnete sie einen Spalt. Auf dem Gang war es dunkel und still.

Erleichtert schloss ich die Tür wieder. Mein Blick fiel auf einen kleinen Kühlschrank neben dem Bett. Die Kühlung hatte sich eingeschaltet. Meine Nerven waren nicht mehr die besten.

Ich besann mich auf den Grund, warum ich hier eingedrungen war. Meine Augen irrten ziellos im Schlafzimmer des Verstorbenen herum. Auf einem Rokoko-Tischchen standen angebrochene Schnapsflaschen. Ich schnappte mir eine Flasche Grey Goose und nahm einen kräftigen Schluck von dem sündhaft teuren Wodka. Dann ging ich zum Schreibtisch und öffnete die große Lade unter der Tischplatte. Nichts als Büroutensilien und ein paar leere Blöcke. Die anderen Schubladen waren verschlossen.

Neugier zählt nun einmal zu meinen vorherrschenden Eigenschaften. Ich sah mich nach einem geeigneten Einbruchswerkzeug um. Entdeckte einen altmodischen Flaschenöffner auf dem Tischchen und brach mit ihm die beiden obersten Laden auf. Mein Blick fiel auf ordentlich abgeheftete Rechnungen und Verträge.

Ich schaltete die Schreibtischlampe ein und begann, die Papiere zu studieren. Kreditverträge, abgelaufene Lebensversicherungen, Hypotheken-Briefe ... Ich gähnte und nahm noch einen großen Schluck aus der Flasche.

Frisch gestärkt brach ich mit dem Flaschenöffner auch die unteren Schubladen des Schreibtisches auf. Briefe, nichts als Briefe und ein paar Fotos. Viele der Briefe waren mit österreichischen Marken frankiert. Ich konnte es mir nicht verkneifen, einen der Briefe aus Österreich zu lesen. Er stammte, so wie die meisten Briefe, von Orlandos Mutter. Ihr Liebesgeschwafel langweilte mich bald. Ich stärkte mich erneut mit dem wunderbaren Wodka und suchte weiter, obwohl ich eigentlich nicht wusste, wonach ich suchte.

In einer Mappe mit Geschäftsbriefen wurde ich fündig. Ein mit Namen und Zahlen fast bis zur Hälfte vollgeschriebenes blaues Schulheft. Orlandos Vater dürfte sehr ordentlich gewesen sein. Peinlich genau hatte er alle Details notiert. Auf der linken Seite standen Datum und Vornamen von Frauen, auf der rechten Seite Namen von Männern und im Anschluss daran die Preise – Zahlen zwischen 500 und 1.500 Euro. Da es sich bei den Frauennamen eindeutig um Namen aus Südosteuropa handelte, zweifelte ich keine Sekunde: Rudolfo Pazzini war ganz offensichtlich in diesen abscheulichen Mädchenhandel verstrickt gewesen.

Ich setzte die Wodkaflasche an den Mund und trank sie in einem Zug leer. Eine Weile blieb ich regungslos auf dem bequemen Schreibtischsessel sitzen und starrte auf die altmodische verschnörkelte Handschrift in dem Schulheft. Der erste Eintrag stammte vom letzten Jahreswechsel. Gleich drei Frauennamen untereinander und daneben ein Männername. Offenbar hatte jemand das neue Jahr mit einer Sexparty eingeweiht.

In meinem Kopf drehte sich alles. Die Buchstaben und Zahlenkolonnen verschwammen vor meinen Augen. Mir war schlecht. Ich torkelte ins Bad des Verstorbenen und übergab mich.

Völlig benommen ging ich zurück auf mein Zimmer, verschlimmerte meine hartnäckige Übelkeit mit einer Zigarette und übergab mich erneut. Obwohl ich mir danach die Zähne putzte, behielt ich den galligen Geschmack im Mund. Ohne mich abzuschminken, legte ich mich ins Bett. Dank des Wodkas schlief ich bald ein.

## 19.

Mitten in der Nacht bildete ich mir ein, draußen am Gang Schritte zu hören. Ich war zu erschöpft, um aufzustehen und nachzusehen, wer um diese späte Stunde nach Hause kam. Nachdem ich eine halbe Stunde wachgelegen war, stand ich doch auf. Ich musste aufs Klo.

Kaum hatte ich meine Tür zum Badezimmer geöffnet, stürmte Orlando im Morgenrock und mit leicht ramponiertem Make-up von der anderen Seite her ins Bad. Er wirkte sehr aufgekratzt. „Ich hatte eine Wahnsinns-Nacht“, sagte er strahlend und begann sofort von Daniele zu schwärmen.

„Bitte nicht jetzt“, stöhnte ich. „Lass mich wenigstens am Klo in Ruhe. Wir reden in der Früh, okay?“

„Es ist schon Morgen“, sagte er grinsend. „Ich fürchte, du leidest unter seniler Bettflucht.“

Als er so neben mir stand – sonnengebräunt, großspurig und etwas angetrunken – und auf mich herabgrinste, hätte ich ihn am liebsten umgebracht.

Keine Sippenhaftung, ermahnte ich mich. Trotzdem fauchte ich ihn an: „Ich muss pinkeln!“

Provokant langsam verließ er das Bad. Bevor er die Tür zumachte, sagte er: „Wir müssen morgen oder besser gesagt heute unbedingt zum Mercato di Sant'Ambrogio gehen. Die Bar, in der Daniele arbeitet, ist dort in der Nähe.“

„Alles, was du willst, aber jetzt hau endlich ab.“

„Wir haben die ganze Nacht durchgemacht. Ich bin erst vor ein paar Minuten nach Hause gekommen“, sagte Orlando fröhlich, als ich aus dem Bad kam. Ich reagierte nicht.

„Ich habe Hunger. Wie spät ist es eigentlich? Was? Sechs Uhr? Lass uns gemeinsam frühstücken“, schlug er vor.

Da ich sowieso vollkommen wach war, nickte ich. „Mach schon mal Kaffee.“

„Gleich. Ich muss mich zuerst umziehen. Meine Klamotten stinken nach Rauch. Wir waren in einem total verrauchten Club. Das wäre was für dich gewesen.“

In der Küche im zweiten Stock brannte Licht. Die Zimmertüren waren geschlossen. Ich bildete mir ein, unter der Tür zu Carlas Zimmer einen schwachen Lichtschein zu sehen. Vielleicht war sie in der Nacht zurückgekehrt? Also hatte ich doch keine Gespenster gehört. Allerdings schwebte nun ein Gespenst in einem langen cremefarbenen Spitzennachthemd in die Küche und zwitscherte fröhlich: „Mach mir bitte eine Eierspeise, Darling. Ich brauche dringend Proteine!"

„Du kannst mich mal. Mach's dir selber." Ich fand Orlandos Fröhlichkeit unerträglich. „Ich habe mal gelesen, dass gute Laune am frühen Morgen ein Zeichen mangelnder Intelligenz ist", setzte ich hinzu. „Nur phantasielose, unsensible Menschen können einen neuen Tag vergnügt beginnen."

Meine Meckerei schien ihn nicht zu stören. Er kommentierte meine Bemerkung nicht, sondern machte mir einen Espresso und erlaubte mir sogar, eine Zigarette zu rauchen. „Daniele raucht leider auch. Deshalb waren wir ja in diesem Raucherclub."

Ich konnte den Namen Daniele nicht mehr hören. „Wenn du jetzt nicht sofort den Mund hältst, gehe ich wieder ins Bett", drohte ich.

Schweigend verzehrten wir die Spiegeleier, die Orlando zubereitet hatte. Das Brot war kaum runterzukriegen, pappig und ohne jeden Geschmack.

Ich rauchte zwei Zigaretten und ließ ihn dann in der Küche sitzen. „Schlaf dich ruhig aus. Die Märkte haben meistens bis dreizehn Uhr oder sogar länger offen. Es reicht, wenn wir gegen Mittag losziehen", sagte ich betont freundlich, bevor ich zurück auf mein Zimmer ging.

An Schlaf war jedoch nicht mehr zu denken. Meine Gedanken kreisten um das blaue Schulheft. Wusste Francesco, dass sein Vater junge Mädchen an alte perverse Männer verkauft hatte? Wusste auch Carla darüber Bescheid? Und war Livio womöglich ebenfalls in diese widerliche Geschichte involviert? Sein wettergegerbtes Gesicht und seine melancholischen Blicke verfolgten mich bei geschlossenen Augen. Plötzlich tauchte er als Brighella verkleidet auf. Seine arthritischen Hände schlossen sich um meinen Hals und der eigentümliche Geruch seiner Salbe stieg in meine Nase. Ich verbot mir diese Bilder. Aber an Sofia, Cecile und Maria wollte ich erst recht nicht denken.

Um acht Uhr stand ich auf und zog mich an. Als ich den Palazzo verließ, war es kurz nach halb neun. Über der Stadt lag bereits jetzt der schwere Duft eines stickig heißen Tages, eine Mischung aus Smog und Hitze.

Fast alle Geschäfte hatten noch geschlossen. Nachdenklich schlenderte ich durch die verlassenen Straßen der Stadt. Ich musste Orlando über die kriminellen Machenschaften seines Vaters informieren, das war mir klar, aber ich hatte Angst vor seiner Reaktion. Bestimmt würde er hysterisch werden und einen Riesenwirbel machen.

In der Nähe des Bahnhofs fand ich eine Bar. Ich bestellte einen Espresso, setzte mich an einen winzigen Tisch auf dem Gehsteig und beobachtete die Passanten. Doch es geschah kein Wunder. Weder Sofia noch Cecile spazierten an meinem Tischchen vorbei.

Orlando schlief wie ein Baby, als ich in den Palazzo zurückkehrte. Ich legte mich angezogen auf mein Bett und starrte auf die Decke. Eine halbe Stunde später weckte ich ihn.

Wie in Trance folgte ich dann Orlando am späten Vormittag zum Markt. Meine wortkarge Stimmung fiel ihm auf. Er fragte, was mit mir los sei. Ich antwortete ausweichend. Gab vor, schlecht geträumt zu haben. Daraufhin wollte er wissen, was ich geträumt hätte.

„Lassen wir es gut sein. Erzähl mir lieber von deinem Daniele“, sagte ich resigniert. Ich würde ohnehin nicht verhindern können, dass er mir bis ins letzte Detail seine neuesten Liebesabenteuer schilderte.

Orlando gelang es jedoch, mich zu überraschen. Er und sein Freund hatten letzte Nacht Detektiv gespielt.

„Wir haben es ohne Probleme geschafft, in die Requisitenkammer des Teatro della Pergola zu kommen“, prahlte er. „Selbst die Garderoben waren unversperrt. Stell dir das mal vor, jedermann kann dort rein- und rausspazieren, zumindest ein, zwei Stunden vor der Vorstellung. Ein absolutes Chaos! Wir haben sogar diese Schnabelschuhe entdeckt, die du beschrieben hast. Echt geil, die Dinger! Haben mindestens sieben Zentimeter hohe Absätze. Ob Kaiserin Sisi auch manchmal solche verrückten Schuhe ...“

„Und habt ihr auch das Brighella-Kostüm gefunden?“, unterbrach ich ihn ungeduldig.

„Natürlich! Es ist in einer der Schauspieler-Garderoben auf dem Boden gelegen. Übrigens hat es scheußlich nach Mottenkugeln gestunken. Komisch, dass die Polizei es nicht beschlagnahmt hat. Sicher haben sie dir nicht geglaubt. Ich hatte sowieso den Eindruck, dass dich dieser fesche Commissario nicht ganz für voll genommen hat.“

„Danke, mein Freund!“

„Nein ehrlich. Übrigens hatte die Jacke dicke Schulterpolster und war innen wattiert. Vielleicht ist dir der Typ deshalb so kräftig vorgekommen?“

Am liebsten wäre ich ihm um den Hals gefallen, entlasteten seine Worte doch Livio. Fast jeder Mann würde in so einem wattierten Kostüm und in Schuhen mit sieben Zentimeter hohen Absätzen groß und stark wirken. Außerdem wurde mir klar, dass mich der merkwürdige Geruch von Livios medizinischer Salbe an den Gestank von Mottenkugeln erinnerte. Nach meiner Ohnmacht hatte ich diese Gerüche schlicht und einfach miteinander verwechselt.

Ich glaube nicht an Telepathie, aber genau in diesem Moment bekam ich einen Anruf von Livio. Er lud mich zum Abendessen in sein Restaurant ein. Nach kurzem Zögern willigte ich ein, murmelte jedoch „Feigling“, nachdem ich aufgelegt hatte. In seinem Restaurant, umgeben von seinem Personal, wähnt er sich sicher vor meinen Annäherungsversuchen, dachte ich.

„War das Livio? Was hat er gewollt?“, fragte Orlando.

„Nichts.“

Das bunte Treiben, die kräftigen Stimmen der Händler, die ihre Waren anpriesen, die farbenprächtigen Obst- und Gemüsestände, die dicken, fetten Würste und riesigen Schinken und vor allem die vielen Fische, Krebse, Garnelen und Muscheln verdrängten nicht nur meine trüben Gedanken, sondern hatten auch eine appetitanregende Wirkung auf mich. Da ich in der Früh nur ein Spiegelei gegessen hatte, schlug ich vor, essen zu gehen.

Orlando und ich teilten uns eine Margarita in einer preiswerten Pizzeria in der Nähe des Marktes. Kaum hatte ich jedoch ein Stück von der Pizza gekostet, verging mir der Appetit. Am Nebentisch hatte eine Gruppe junger hübscher Italienerinnen Platz genommen. Sogleich musste ich an die Mädchen denken, die Rudolfo Pazzini verschachert hatte.

Ich ließ Orlando essen und erzählte ihm erst beim Espresso von dem Heft, das ich im Schreibtisch seines verstorbenen Vaters entdeckt hatte, und von meinem Verdacht, dass sein Vater mit Riccardo gemeinsame Sache gemacht hatte. Orlandos unglücklicher Blick bereitete mir fast körperliche Schmerzen.

„Könnten die Namen und Zahlen nicht doch etwas ganz anderes bedeuten?“, fragte er nach einer Weile mit belegter Stimme.

„Das glaubst du wohl selber nicht“, erwiderte ich. Trotz seiner Verzweiflung beschloss ich, ihn nicht zu schonen. „Stell dir vor, du bist zwölf oder dreizehn Jahre alt, so wie die Mädels da drüben, und kriegst einen Schwanz in den Mund gerammt, bis dir das Kotzen kommt.“

Orlando war bleich im Gesicht und starrte auf die rot-weiß-karierte Tischdecke. Ich packte ihn an den Schultern, rüttelte ihn und zischte ihn an: „Schau mich an, wenn ich mit dir rede.“

„Verzeih“, stammelte er. „Ich ertrage diesen Gedanken nicht.“ Seine schönen grünen Augen schimmerten feucht.

„Du bist mir echt eine große Hilfe!“

„Ich hasse Päderasten“, sagte er leise.

„Wer hasst die nicht? Dein Vater hat aber offensichtlich kleine Mädchen an solche Schweine verkauft.“

„Nein, das kann nicht wahr sein“, schluchzte er.

„Leider doch. Und dein Cousin Riccardo hat mit ihm zusammengearbeitet. Die Drecksarbeit erledigt.“

Orlando schüttelte heftig den Kopf. „Du hast dieses Heft wirklich im Schreibtisch meines Vaters gefunden?“, vergewisserte er sich noch einmal.

„Ja.“

„Könnte es nicht jemand anderer dort versteckt haben? Riccardo oder Livio zum Beispiel?“

Livio? Mir schoss die Röte ins Gesicht. Die Handschrift in dem Heft war altmodisch gewesen. Es hätte auch die von Livio sein können, er war schließlich auch über fünfzig.

Orlando war es gelungen, mich zu verunsichern. Kein Wunder, dass Livio meine Annäherungsversuche bisher zurückgewiesen hat, dachte ich. Mein Selbstbewusstsein war zwar nicht besonders stark ausgeprägt, aber ich hielt mich für eine durchaus ansehnliche Frau. Erntete genügend begehrliche Blicke von Männern. Vor allem hier in Italien, wo Männer für Frauen mit großem Busen viel übrig hatten. Dürre Mädchen waren in Italien jedenfalls weniger gefragt als in Österreich, das war mir bisher positiv aufgefallen. Ich mochte jetzt nicht darüber nachdenken, ob es daran lag, dass die Italiener als Muttersöhnchen galten ... Aber Livio war bisher meinen Reizen nicht erlegen, obwohl er mehr als zehn Jahre älter war als ich. Nein! Nicht Livio! Ich verbat mir diesen scheußlichen Verdacht und rief mir alle Situationen, in denen er durchaus Interesse an mir signalisiert hatte, wieder ins Gedächtnis.

Orlando bemerkte meine geistige Abwesenheit. „Woran denkst du gerade, Kafka?“

„An die armen Mädchen“, log ich.

„Ich kann es einfach nicht glauben, dass mein Vater so ein Arschloch war. Bestimmt war Riccardo an allem schuld. Ich muss unbedingt mit Francesco reden.“

„Ja, das würde ich auch gern. Aber dein Bruderherz ist spurlos verschwunden.“

„Ich treffe mich gleich wieder mit Daniele. Magst du nicht mitkommen?“

Ich befürchtete, Orlando würde dann erst recht seinen Freund in alle Familiengeheimnisse einweihen. Mein Verdacht, dass er vorhatte, weiterhin gemeinsam mit Daniele Detektiv zu spielen, bestätigte sich, als er sagte: „Daniele weiß besser über meine Familie und vor allem über meinen Cousin Riccardo Bescheid als ich.“

„Gut möglich“, bemerkte ich knapp. „Aber ich muss Sofia und Cecile finden, bevor es zu spät ist.“

Ich schärfte ihm ein, die Aufzeichnungen seines Vaters Daniele gegenüber ja nicht zu erwähnen.

„Vielleicht könnte er uns helfen, er hat ein gutes detektivisches Gespür.“

„Bist du von allen guten Geistern verlassen? Aber wie du meinst. Vielleicht ist es ja in deinem Sinne, wenn die Kriminalpolizei nicht nur wegen gefälschter Parfüms und Schwarzarbeit gegen die Familie Pazzini ermittelt, sondern auch wegen Kinderprostitution. Ich sehe schon die Schlagzeilen der morgigen Zeitungen: Berühmte Florentiner Familie in Kinderprostitution verwickelt!“

Orlando starrte mich mit offenem Mund an.

„Schau nicht so blöd“, fuhr ich ihn an. „Manchmal hast du wirklich dein Hirn in der Hose.“

Überraschenderweise war er nicht beleidigt. Anscheinend war ihm erst bei meinen harten Worten das ganze Ausmaß dieses Skandals bewusst geworden. Hastig beteuerte er, dass Daniele gegenüber kein Wort über seine Lippen kommen würde.

## 20.

Ich spazierte ruhelos durch die Stadt. Hoffte, Sofia würde mir zufällig über den Weg laufen, obwohl ich annahm, dass sie sich versteckt hielt. Die Kleine war nicht dumm, sie wusste genauso gut wie ich, dass der Mörder sie suchte. Als ich am Bargello vorbeikam, ging ich kurz hinein.

Die muskulösen Körper der Statuen ließen mich sogleich wieder an Livio denken. Zwar hatte ich ihn bisher nicht nackt gesehen, aber in meiner Phantasie besaß er genau solche sexy Leistenmuskeln wie die kräftigen allegorischen Gestalten aus Stein. Orlando wäre bestimmt eher von Donatellos zartem David begeistert gewesen. Ich hatte jedoch für schwachbrüstige Jünglinge nicht viel übrig.

Als ich wieder auf die Straße hinaustrat, drehte sich alles in meinem Kopf. Die Hitze machte mir schwer zu schaffen. 37 Grad und kein Lüftchen! Ich beschloss, die Suche nach den Mädchen aufzugeben. Es war hoffnungslos.

Frustriert machte ich mich auf den Weg nach Hause. Ich befürchtete, Kopfschmerzen zu bekommen, und wollte mich kurz hinlegen. Außerdem musste ich dringend meine Haare waschen, ich hatte am Abend ja noch eine wichtige Verabredung.

Livio ist kein Psychopath und kein Kinderschänder, sagte ich mir immer wieder. So blind konnte ich einfach nicht sein. Trotzdem würde ich ihm am Abend ein paar Fragen stellen.

Als ich das schwere Tor des Palazzo Pazzini aufstieß, kam mir Carla entgegen. Sie schien in elender Stimmung zu sein. Ihr Aussehen ließ darauf schließen, dass sie gerade erst aufgestanden war. Auf ihren Wangen waren Spuren ihrer Wimperntusche, ihr Haar war völlig zerzaust. Sie war nur dürftig bekleidet. Ihr kurzes Hemdchen verdeckte kaum ihre dicken Oberschenkel. Auch ihr schwabbeliger Bauch war nicht zu übersehen. Ich roch den Gin, den sie anscheinend neuerdings ebenso liebte wie ihre Mutter.

„Ich muss dir was erzählen, komm mit", sagte sie aufgeregt. Ich folgte ihr in den zweiten Stock. Dort traf mich dann fast der Schlag.

Ihr Zimmer war total verwüstet. Kleidungsstücke, BHs und schwarze Stringtangas schmückten die antiken Sessel. Auf dem schönen chinesischen Seidenteppich stapelten sich offene Koffer und Kisten, aus denen farbenfrohe Kleider quollen. Das Bett war ebenfalls zugedeckt mit Kleidungsstücken. Am Boden lagen Zeitungsstöße und Essensreste. Ein großes Tablett mit den Resten eines Frühstücks lag am Fuß des Bettes. Überquellende Aschenbecher und leere Gin- und Weinflaschen ergänzten das Interieur.

Carla warf ein paar Kleider vom Bett auf den Fußboden und forderte mich auf, mich zu setzen. Machte einen Kofferdeckel zu und setzte sich drauf.

„Ich kann nicht mehr. Ich lege mich zu meiner Mutter ins Spital", sagte sie theatralisch.

„Warum denn? Was ist denn los?", herrschte ich sie an.

„Es ist alles so entsetzlich!" Sie schnäuzte sich lautstark in eine schmutzige Serviette.

„Erzähl", sagte ich distanziert, aber nicht mehr feindselig.

„Ich weiß nicht mehr, was ich machen soll. Francesco und ich haben uns fürchterlich gestritten. Dabei habe ich nur versucht, ihm zu helfen, aber ..."

„Wo ist er?"

„Ich habe keine Ahnung."

„Wobei hast du ihm helfen wollen?"

„Er kann nichts dafür ..."

„Was meinst du?“

„Ich kann nicht darüber reden.“ Ihr Heulkrampf war beeindruckend.

„Hör auf zu flennen!“ Ich packte ihre Arme und beutelte sie. Am liebsten hätte ich ihr eine Ohrfeige verpasst.

Mir war ein schlimmer Gedanke gekommen. Ohne lange herumzureden, konfrontierte ich Carla mit meinem Verdacht, erwähnte allerdings nicht das blaue Heft, das ich im Schreibtisch ihres Onkels gefunden hatte: „Ich weiß, dass Francesco über die Verbrechen deines Bruders im Bilde war. Hatte er vielleicht sogar selbst seine Finger mit im Spiel?“

„Nein“, kreischte sie.

Ich starrte sie wütend an.

„Mein Bruder war an allem schuld. Die Einbrüche in der Farmacia Santa Maria Novella und bei Valentina Muggieri gehen allein auf sein Konto. Er hat Francesco erst nachher, als er nicht mehr weiterwusste, eingeweiht.“

„Das glaubst du wohl selber nicht“, erwiderte ich trocken. „Ich habe gehört, dass Francesco deinen Bruder gewarnt haben soll.“

„Riccardo hat Francesco gegenüber behauptet, dass er sich nur zurückgeholt hätte, worum unsere Väter jahrelang von der Florentiner Parfüm-Mafia betrogen worden sind“, unterbrach sie mich trotzig.

„Spinnst du? Wovon redest du? Dein lieber Bruder hat eine der berühmtesten Parfümeurinnen der Welt ausgeraubt und in der schönsten und ältesten Farmacia von Florenz einigen Schaden angerichtet.“

„Du hast keinen blassen Schimmer“, seufzte Carla.

„Aber du“, herrschte ich sie an. „Wenn du mir nicht sofort erzählst, was du über diese Einbrüche weißt, rufe ich die Polizei an.“ Um zu verdeutlichen, dass ich es ernst meinte, griff ich nach meinem Handy.

„Neiiin“, schrie Carla und versuchte, mir das Handy aus der Hand zu reißen. Wir begannen miteinander zu balgen wie zwei Kinder. Obwohl Carla um mindestens zehn Kilo schwerer war als ich, hatte sie keine Chance. Ich war viel flinker, befreite mich aus ihrer Umklammerung, sprang vom Bett und eilte mit meinem Handy zur Tür.

„Warte, ich wollte dir ja ohnehin alles erzählen“, wimmerte sie.

„Warum habt ihr gestritten?“

„Weil ich wollte, dass er zur Polizei geht. Ich halte das alles nicht mehr aus. Meine Mutter versteckt sich in der Psychiatrie, Francesco am Land und ich muss diese ganze Scheiße allein ausbaden. Heute waren die Bullen wieder hier.“

„Du Arme“, sagte ich zynisch.

„Francesco ist ausgezuckt. Hat mich beschimpft und mir die Schuld an allem gegeben. Er glaubt, ich hätte gewusst, dass Riccardo in unserem Landhaus Illegale das gefälschte Parfüm abfüllen und verpacken lässt. Aber hätte ich euch dann seelenruhig dort untergebracht? So blöd bin nicht einmal ich!“, schluchzte sie. „Er hat mir nicht zugehört. Hat mich angeschrien. Er will nichts mehr mit mir zu tun haben, mich nie mehr sehen ... Er ist einfach davongelaufen ... Es ist alles aus! Am liebsten würde ich mich umbringen.“

„Ich bitte dich, wegen so einem blöden Streit bringt man sich doch nicht gleich um. Du hast mir unlängst selbst erzählt, wie jähzornig Francesco ist. Er kommt sicher zurück, sobald er sich beruhigt hat. Wo ist er überhaupt hin? Ist er wieder raus aufs Weingut gefahren?“

Sie schüttelte den Kopf.

„Sei nicht so kindisch. Wenn er unschuldig ist, sollte er mit der Polizei reden. Du hast ihm völlig richtig geraten.“

„Er ist so schrecklich wütend auf mich.“

„Ich muss mit Francesco sprechen. Glaub mir, auch ich will ihm helfen.“

„Vielleicht ist er bei seinem Mäzen untergeschlüpft.“

„Du meinst bei Salvatore Brentone?“

Sie nickte. „Er wohnt in einer Villa in der Nähe von Fiesole. Aber er hat auch eine Stadtwohnung, die er allerdings kaum benützt. Francesco hat einen Schlüssel. Während der Umbauten bei uns hat er oft dort geschlafen."

„Hast du die Adresse?"

„Nur die von der Villa. Vor ein paar Jahren hatte ich zwar einmal eine kurze Affäre mit Salvatore, aber damals hatte er die Stadtwohnung noch nicht", sagte sie weinerlich.

Mir reichte es. Ich glaubte ihr nicht. Drang aber nicht weiter in sie. Ließ sie heulend zurück und schlug die Tür lautstark hinter mir zu.

Die heiße Dusche entspannte mich. Ausgiebig wusch ich meine verfilzten Haare. Bei diesen schweißtreibenden Temperaturen war langes, lockiges Haar ein echtes Problem.

Meine Wut war nicht verraucht, als ich eine halbe Stunde später mit feuchten Haaren den Palazzo verließ. Orlandos Freund hatte doch behauptet, dass Francesco über Riccardos kriminelle Machenschaften zumindest teilweise informiert gewesen war. Aber Francesco hätte uns sicher nicht im Landhaus einquartiert, wenn er von der Anwesenheit der Mädchen gewusst hätte. Irgendetwas musste schiefgelaufen sein. Wahrscheinlich war Riccardo auf seinen Mörder getroffen, bevor er die Kinder wegschaffen hatte können.

Ich hielt es nach wie vor für wichtig, mit Francesco zu reden. Vielleicht könnte es Orlando mit Hilfe seines Freundes gelingen, die Adresse von Salvatores Wohnung ausfindig zu machen. Meine Versuche, Orlando zu erreichen, scheiterten jedoch. Ich schrieb ihm eine SMS.

Die Luft war warm und schwül. Die Vögel flogen tief. Bei uns galt das als Zeichen, dass es bald zu regnen beginnen würde.

Ich dachte an den bevorstehenden Abend mit Livio. Wusste die Rolle, die er in diesem Familiendrama spielte, nicht so recht einzuschätzen.

Sein Restaurant lag in San Frediano. Da ich spät dran war, winkte ich ein Taxi heran. Der klapprige Fiat hatte keine Klimaanlage. Der Fahrer hatte alle Fenster heruntergelassen. Meine feuchten Haare trockneten im Fahrtwind.

Als mich Livio zur Begrüßung umarmte und mich schüchtern auf die Wangen küsste, beschloss ich, vorläufig meinen Mund zu halten. Wenigstens bis das Essen vorbei war.

Wir waren allein in seinem Restaurant, das offiziell noch geschlossen hatte. Das Lokal war in geschmackvollen Grautönen eingerichtet. Leichte Chiffon-Vorhänge verbreiteten eine anheimelnde Atmosphäre. Lediglich die dunkelblauen Wassergläser setzten einen kräftigen Farbimpuls.

Wir waren allein. Livio spielte Koch und Kellner in einem. Als Antipasto servierte er mir Millefoglie di zucchine e mozzarella di Bufala – Zucchini und Mozarella zwischen Weißbrotscheiben im Ofen überbacken. Danach war ich satt. Die Fagottini di pasta fresca con ricotta e carciofi – frische Nudelblätter mit Rucola und Artischocken gefüllt – rührte ich kaum an. Enttäuscht fragte er, ob es mir nicht schmecke. Rasch aß ich ein paar Bissen.

Livio bestand darauf, dass ich noch sein Tartare di manzo probierte. Das rohe marinierte Fleisch hatte er nicht so fein geschnitten wie sein Freund, bei dem wir am ersten Abend gegessen hatten, es schmeckte aber fantastisch. Ich ließ mich endlich dazu herab, seine Kochkünste zu loben.

„Früher haben wir für das Tartare auch Pferdefleisch verwendet“, sagte er.

„Brrr!“ Ich schüttelte mich. „Nichts gegen Rindermagen, aber Pferdefleisch bringe ich beim besten Willen nicht hinunter“, sagte ich lachend. „Außerdem ist uns Zigeunern der Genuss von Pferde-, Hunde- und Katzenfleisch strengstens verboten.“

„Ich habe gehört, dass ihr ziemlich viele Tabus habt. Ihr dürft auch nicht mit Blut in Berührung kommen, stimmt's?“, fragte Livio und grinste nun ebenfalls.

„Ja, Roma und Sinti dürfen eigentlich kein Spital betreten, mit keinem Arzt, keiner Hebamme in Kontakt kommen. Dieses Tabu hat sich jedoch mittlerweile gelockert. Wir sind aufgeklärte Leute." Ich zwinkerte ihm zu. „In den Dörfern werden alte Kleider aber nach wie vor nicht weggeworfen, sondern verbrannt, damit sie nicht dazu verwendet werden können, Macht über den ehemaligen Besitzer zu ..." Ich brach ab. Livio hatte eine kleine Tube aus seiner Hosentasche genommen und cremte sich seine Hände ein. Der süßliche, etwas modrige Geruch drang bis zu mir herüber. Er erinnerte mich unweigerlich an den Geruch des Brighella, der mich überfallen hatte.

„Ich weiß, diese Salbe riecht penetrant, aber nur sie hilft gegen meine Schmerzen", sagte er entschuldigend. Dann holte er die Nachspeise.

Ich verweigerte die Gelatina di fragole e vino passito. Wollte mir mit dem fantastisch aussehenden Erdbeer-Wein-Gelee nicht den würzigen Geschmack verderben, den das Rindertartar in meinem Gaumen hinterlassen hatte.

Nach dem Kaffee schlug Livio vor, zum Forte di Belvedere zu fahren.

## 21.

Die Nacht war sommerlich warm. Der Himmel voller Sterne, der Mond riesig und golden. In einer Kurve legte ich meine Hand auf Livios Knie. Er verriss den Wagen, brachte ihn erst knapp vor dem Abgrund zum Stehen.

„Entschuldige", murmelte ich und senkte den Kopf, damit er mein blödes Grinsen nicht sehen konnte.

Er fuhr langsam weiter. Ich verspürte Lust, ihn noch einmal zu berühren, mit den Fingern über seine muskulösen Arme zu streichen. Ich wollte ihn küssen, mit ihm schmusen, mit ihm schlafen, und schalt mich gleichzeitig selbst für diesen idiotischen Gedanken!

„Am Ende des 16. Jahrhunderts haben die Medici nach ihrer triumphalen Rückkehr das Forte di Belvedere zu ihrem eigenen Schutz erbauen lassen. Die Kanonen auf den Bastionen waren auf die Stadt gerichtet und somit ein deutliches Symbol für ihre Herrschaft und damit auch für das Ende der Republik. Vielleicht nehmt ihr euch tagsüber mal Zeit, diese alte Festung zu besichtigen", begann Livio zu dozieren.

„Glaubst du, dass die Fortezza um diese Uhrzeit offen ist?", fragte ich.

Er schüttelte den Kopf. „Ich kenne aber einen Platz hier oben, wo man einen fantastischen Blick auf die Stadt hat."

Langsam fuhr er weiter. Die sanften Hügel der Toskana badeten im silbernen Licht des Mondes. Zu unseren Füßen lag die beleuchtete Altstadt von Florenz.

Livio bog auf einen kleinen Schotterweg ein und stellte den Motor ab. Ich sah ihn fragend an. Er beugte sich zu mir herüber. Sah mir tief in die Augen. Und plötzlich spürte ich seinen heißen Atem auf meiner Wange.

Ich neigte meinen Kopf und küsste ihn sanft auf den Mund. Fuhr mit meiner Zunge zärtlich über seine Lippen, öffnete die Knöpfe seines Hemdes und streichelte seine Brust, seinen Bauch. Als ich seine Zunge schmeckte, wanderten meine Hände weiter hinab.

Zärtlich flüsterte er mir ins Ohr: „Wir sollten vernünftig bleiben."

Sofort riss ich mich von ihm los und sagte heiser: „Du hast vollkommen Recht."

Obwohl ich mich zurückgewiesen fühlte, bemühte ich mich, nicht wütend zu werden. Ich fragte, ob ich in seinem Auto rauchen dürfte. Er nickte und gab mir Feuer. Als die kleine Flamme sein Gesicht erhellte, erschrak ich fast angesichts des Begehrens in seinen Augen.

Was war bloß mit ihm los? Wir waren beide erwachsene Menschen und beide ungebunden. Warum fielen wir nicht einfach übereinander her?

Wir blieben eine Weile still im Auto sitzen. Die Domkuppel von Brunelleschi und der Turm des Palazzo Vecchio ragten hell beleuchtet in das Dunkel der Nacht. Bizarre Wolkenfetzen verdeckten bisweilen die Hälfte des prallen Mondes.

Auf einmal durchfuhr mich eine völlig irrationale Angst. Selbst die von Scheinwerfern angestrahlten Sehenswürdigkeiten erschienen mir unheimlich und bedrohlich.

Um Fassung bemüht, erzählte ich Livio, was ich in den letzten Tagen erlebt hatte. Ich sprach ganz offen über die seltsame Begegnung in der Kirche Santa Maria Novella, über die gestohlenen Parfümingredienzien, und erzählte ihm auch von meinen Besuchen in der Farmacia Santa Novella und bei der berühmten Florentiner Parfümeurin Valentina Muggieri. Er unterbrach mich kein einziges Mal.

„Ich vermute, dass Francesco an den Einbrüchen seines Cousins beteiligt war oder zumindest davon gewusst hat."

Nach langem Schweigen sagte Livio: „Ich fürchte, ich brauche jetzt auch eine Zigarette. Ich habe zwar vor fünf Jahren damit aufgehört ..."

„Hier, bitte", unterbrach ich ihn ungeduldig und reichte ihm mein Päckchen und meine Streichhölzer. „Wäre es nicht doch besser, die Polizei zu verständigen? Dieser Commissario war zwar ziemlich unfreundlich und präpotent, aber es geht immerhin um Totschlag und um Mord."

„Ich muss das alles erst mal verdauen." Livio begann zu husten. Machte einen letzten Zug und schnippte dann die Zigarette aus dem offenen Wagenfenster.

Ich war jedoch zu aufgeregt und gleichzeitig unheimlich erleichtert, meinen furchtbaren Verdacht endlich jemandem mitteilen zu können, um jetzt zu schweigen. „Carla ist Francesco hörig. Sie will ihn um jeden Preis als Liebhaber behalten. Außerdem hat sie mir erzählt, dass sie ein Verhältnis mit seinem Mäzen, diesem Salvatore Brentone, hatte. Kennst du ihn? Vielleicht ist sie auch nur mit diesem Typen ins Bett gestiegen, um ihrem Cousin bei seiner Karriere zu helfen."

„Ich weiß nicht, von wem du sprichst. Aber ich bin mir sicher, in diesem Fall geht es nicht um Liebe, sondern um Geld", unterbrach mich Livio. „Ich habe übrigens nicht gewusst, dass Francesco ebenfalls bankrott ist. Dass Carla und Francesco es miteinander treiben, habe ich hingegen seit Langem vermutet. Carla hat schon als Vierzehnjährige von ihm geschwärmt."

„Aber Francesco erwidert ihre Liebe nicht. Da bin ich mir sicher."

„Francesco ist gar nicht fähig zu lieben. Er ist ein Narzisst. Er ist nie richtig erwachsen geworden. Ist in der Pubertät steckengeblieben. Das ganze Leben ist ein Spiel und Menschen sind Spielsachen für ihn, die man wegwerfen kann, wenn sie langweilig geworden sind."

Ich sah Livio misstrauisch an. Obwohl ich über Francesco ähnlich dachte wie er, schrieb ich seine harten Worte seiner Verletztheit zu. Bestimmt hatte er es nie verwunden, dass seine Ex-Frau ihn mit diesem Womanizer betrogen hatte.

Er strich sich mit der Hand über die Augen und fuhr fort: „Ich fühle mich irgendwie mitschuldig. Hätte ich nicht vergessen, mein Geschäft abzuschließen, wäre Riccardo vielleicht noch am Leben."

„Was hatte er überhaupt in deiner Metzgerei verloren?"

„Das fragst du mich? Vielleicht wollte er sich bei mir mit einer Flasche Prosecco Mut fürs Begräbnis antrinken."

„Schon wieder stehlen", murmelte ich. Livio schien diese Bemerkung zu überhören. Er starrte vor sich hin.

„Ich muss dir was gestehen", sagte er plötzlich und packte meine Hände.

Ich erschrak, versuchte, mich aus seinem Griff zu befreien und aus dem Wagen zu springen. Doch Livio war viel stärker als ich. Er umklammerte meine Hände und sagte leise: „Bleib sitzen. Versuch mich zu verstehen und mir zu verzeihen, wenn du kannst."

Ich starrte ihn mit weit aufgerissenen Augen an. Befürchtete, er würde mir nun beide Morde gestehen.

„Am Tag des Begräbnisses hat einer meiner Kellner Carlas alten Suzuki in der Nähe meines Restaurants gesehen. Natürlich hat nicht nur Carla diesen Wagen benutzt, sondern wir alle, wenn wir etwas zu transportieren hatten. Den Schlüssel für den Wagen habe ich, bevor die Polizei eingetroffen ist, in meinem Geschäft unter der Theke gefunden."

„Als sie diese Klapperkiste letzten Sonntag aufs Land hinausgebracht hat, hat sie sich gefragt, wer damit in die Stadt gefahren war", warf ich ein. „Glaubst du, dass Riccardo am Weingut war und dann mit dem Suzuki zum Begräbnis nach Florenz gefahren ist oder besser gesagt zu dir?"

„Nein. Riccardos neuer Alfa war um die Ecke geparkt. Dieser rote Sportwagen ist nicht zu übersehen."

„Du hast also gewusst, dass Riccardo und noch jemand von der Familie in der Nähe deines Hauses waren?"

„Mein Kellner hat mir erst am nächsten Tag erzählt, dass er die beiden Autos gesehen hatte. Ich nehme an, dass Francesco Carlas alten Wagen benutzt hat. Seiner steht schon ewig lange in der Werkstatt."

„Du hast die ganze Zeit vermutet, dass Francesco seinen Cousin auf dem Gewissen haben könnte?", fragte ich ihn ungläubig. „Warum hast du ihn gedeckt? Familienehre? Oder wie nennt man das bei euch in Italien?"

„Der geparkte Wagen beweist doch noch lange nicht, dass Francesco meinen Neffen umgebracht hat. Wir wissen ja nicht einmal, ob Francesco wirklich den Suzuki gefahren hat. Außerdem will mir beim besten Willen kein Motiv einfallen."

„Vielleicht sind sie sich wegen Riccardos krummer Geschäfte in die Haare geraten? Wir müssen zur Polizei gehen. Am besten jetzt gleich!"

„Und was soll ich denen erzählen? Soll ich Francesco aufgrund völlig diffuser Vermutungen anschwärzen? Wie stellst du dir das vor? Der Commissario würde mich hochkant hinauswerfen, und dieses Mal zu Recht. Nein, ich muss unbedingt zuerst mit Francesco reden."

„Meinst du nicht, er könnte auch Maria ermordet und die kleine Sofia umzubringen versucht haben?"

„Was für einen Grund sollte er gehabt haben, dieses Zigeunermädchen umzubringen und dich und die Kleine im Theater zu überfallen? Dieser Verdacht erscheint mir völlig absurd. Francesco neigt zwar zu Wutausbrüchen, aber ich halte ihn nicht für fähig, einen Mord zu planen. Totschlag im Affekt, vielleicht. Mord, nein."

Da ich im Grunde derselben Meinung war, sagte ich kleinlaut: „Mir fällt, ehrlich gesagt, auch kein Motiv ein, warum er Maria getötet haben sollte. Wir wissen nicht einmal, ob er sie überhaupt gekannt hat. Außerdem sind die beiden Morde nicht mit der gleichen Waffe verübt worden. Ich glaube, es ist eher ungewöhnlich, dass ein Mörder seine Vorgehensweise wechselt, oder?"

„So was darfst du mich nicht fragen."

Obwohl ich mir absolut nicht mehr sicher war, dass es sich in beiden Fällen um ein und denselben Täter handelte, überlegte ich laut, welches Motiv Francesco gehabt haben könnte, beide Morde zu begehen: „Die Mädchen könnten mitbekommen haben, dass er Riccardo umgebracht hat. Vielleicht haben sie versucht, Francesco zu erpressen? Sofia hat mir gegenüber so etwas angedeutet."

„Ist das nicht etwas an den Haaren herbeigezogen?"

„Aber was hatte Francesco beim Teatro della Pergola zu suchen?"

„Vielleicht hat Carla die Wahrheit gesagt und er ist ihr an jenem Abend, als sie hinausgegangen ist, um das Verdeck ihres Cabrios zu schließen, wirklich zufällig begegnet?"

Ich hörte ihm nicht zu, war in Gedanken bei Sofia. „Wenn Sofia mit einem Seidenfaden, der sich vom Kostüm des Täters gelöst hatte, beinahe ermordet worden wäre, dann war es keine Tat im Affekt, sondern ein kaltblütig geplanter Mord, der Gott sei Dank fehlgeschlagen ist. Denn wer würde in so einer Situation daran denken, dass man mit einem dünnen Faden jemanden umbringen kann?", dachte ich laut nach. Ich zitterte am ganzen Körper. Ich zitterte vor Wut und begann leise zu weinen.

Livio nahm mich in die Arme, streichelte liebevoll über mein Haar und flüsterte: „Weine ruhig. Am liebsten würde ich mit dir weinen."

Spätestens in diesem Moment war mir klar, dass Livio mit dem Mädchenhandel nichts zu tun hatte. Er begehrte mich, eine gestandene Frau, fast einsachtzig groß und fünfundsechzig Kilo schwer. Trotzdem erzählte ich ihm noch immer nichts von dem blauen Schulheft, das ich im Schreibtisch des verstorbenen Pazzini gefunden hatte. Irgendetwas hielt mich zurück.

Livio schob meine Haare beiseite, küsste meinen Nacken und vergrub dann sein Gesicht in meinem Haar. Ich zwang ihn, mir in die Augen zu sehen. Mein Blick wanderte von seinen markanten Zügen zu seinen breiten Schultern, seinen muskulösen Oberarmen und blieb an seinen Händen hängen, die unter mein T-Shirt glitten. Er öffnete meinen BH und umfing zärtlich meine Brüste. Ich streichelte sein Gesicht, liebkoste seine schönen Augen und seine etwas zu groß geratene Nase. Ich wollte ihn überall anfassen und nicht nur anfassen. Er hatte sein Hemd nicht wieder zugeknöpft. Zärtlich spielte ich mit den gekräuselten Haaren auf seiner Brust. Seine rechte Hand rutschte unter meinen Hosenbund, griff nach meinem Po. Ich strich mit meinen Fingerspitzen über seinen Bauch, seinen Rücken. Ich wollte ihn so sehr. Als ich ihm zwischen die Beine fasste, stöhnte er leise.

Plötzlich stieß er mich von sich. Startete wortlos den Wagen und fuhr langsam zurück Richtung Stadt.

Wir waren beide so aufgewühlt, dass wir kein Wort mehr miteinander sprachen. Er ließ mich vor dem Palazzo aussteigen. Ohne mich von ihm zu verabschieden, sprang ich aus dem Wagen.

Sobald ich allein in meinem Bett lag, kamen mir finstere Gedanken. Warum erwiderte Livio meine Annäherungsversuche so zaghaft und wies sie letztendlich immer zurück? Er war nicht impotent. Ich hatte seine Erektion vorhin deutlich spüren können. Und er war auch sicher nicht schwul, denn das hätte Orlando sofort bemerkt. Schwule haben einen sechsten Sinn für ihresgleichen und neigen eher dazu, es zu übertreiben, halten oft eingefleischte Heteros für verführbar.

War ich einfach nicht sein Typ? Fuhr Livio doch auf kleine Mädchen oder zumindest auf androgyne Frauen ab? Doch ich verwarf diesen Gedanken sogleich. Hatte er schlicht und einfach Angst, erneut verletzt zu werden? Diese Angst kannte ich selbst zu gut. Deshalb hatte ich alle meine Liebhaber verlassen, bevor sie mich verlassen konnten.

Plötzlich musste ich wieder an Francesco denken. Hasste Livio ihn? Die Affäre seiner Frau dürfte ihn damals schwer getroffen haben. Natürlich hätte er sie deswegen nicht schlagen dürfen. Dafür gab es in meinen Augen keine Entschuldigung. Er machte jedoch keineswegs den Eindruck eines brutalen Machos. Aber konnte man es jemandem ansehen, dass er Frauen verprügelte? Nein. Genauso wenig, wie man es jemandem ansehen konnte, ob er fähig war zu morden. War nicht fast jeder Mensch imstande zuzuschlagen oder gar zu töten?

Der Psychotherapeut, zu dem ich nach der Ermordung meiner Eltern in Houston, Texas, gegangen war, hatte behauptet, dass ich eine tickende Zeitbombe wäre. Er hielt mich für schwer aggressiv. Wahrscheinlich konnte er mich einfach nicht leiden, denn er sagte mir noch mehr so nette Sachen ins Gesicht. Meinte, ich wäre beziehungsunfähig, würde jede Verantwortung scheuen und wäre eine Getriebene. Meine innere Unruhe würde mich von einem Ort zum anderen jagen, ohne dass ich irgendwo sesshaft werden könnte. Und das alles warf er mir vor, drei Wochen nachdem ich meine Eltern verloren hatte. Ich hatte andere Sorgen, als mir über eine Beziehung den Kopf zu zerbrechen oder mir einen festen Wohnsitz zuzulegen. Dass ich damals voller Hass war, wunderte mich nicht. Mein Hass wich jedoch bald einer tiefen Traurigkeit. Aber das bekam dieser superschlaue Therapeut nicht mehr mit. Nach zwei Monaten beendete ich diese sinnlose Therapie und haute ab zu meinem Onkel Sándor nach New York.

Plötzlich wurde mir bewusst, dass Livio mich rein äußerlich an meinen Onkel erinnerte. Außerdem liebten beide die Musik. Onkel Sándor war ein begnadeter Geiger und an Livio schien ein Opernsänger verloren gegangen zu sein. Aber ich wollte jetzt nicht mehr an Livio denken. Ich musste ihn mir ein für alle Mal abschminken.

Wie gern hätte ich mit Orlando über alles geredet! Andererseits war er wohl nicht der geeignete Gesprächspartner für solche Themen. Ich hielt ihn, trotz seiner vielen negativen Erfahrungen, für naiv.

Inkonsequent, wie ich war, griff ich, bevor ich einschlief, nach meinem Handy. Hoffte, Livio hätte mir per SMS einen Gute-Nacht-Kuss geschickt. Natürlich nicht! Ich löschte „I Maschi“ als Klingelton. Hatte die Nase voll von florentinischer Amore.

## 22.

Am nächsten Morgen fühlte ich mich wie gerädert. Um sieben Uhr früh wurde ich davon wach, dass Orlando in mein Zimmer kam und sich auf mein Bett setzte.

„Lasst alle Hoffnung fahren“, zitierte er einen Satz aus dem dritten Gesang von Dantes Inferno, als ich nach dem Zigarettenpäckchen auf dem Nachtkästchen griff. „Auf nüchternen Magen solltest du nicht rauchen, Katharina!“ Er nahm mir das Päckchen aus der Hand. Ich fühlte mich zu schwach, um mit ihm zu streiten.

Wir machten uns Kaffee in der Küche im zweiten Stock. Ich erzählte ihm alles, was ich bisher in Erfahrung gebracht hatte. Und dieses Mal wirklich alles. Als ich bei der Beziehung seines Bruders zu seiner Cousine angelangt war, verschnaufte ich kurz und zündete mir nun doch eine an.

Er reagierte weniger entsetzt auf die sexuellen Aktivitäten seines Halbbruders, als ich erwartet hatte. Kippte seinen zweiten Espresso hinunter und sagte ganz ruhig: „Habe mir so was schon gedacht.“

„Waaas?“

„Dass zwischen Carla und ihm was läuft, sieht ja ein Blinder.“

„Ich halte deinen Bruder für gefährlich. Wahrscheinlich wäre er fähig, jeden auszuschalten, der sich seinen Plänen in den Weg stellt. Jedenfalls traue ich ihm durchaus zu, dass er Riccardo umgebracht hat. Obwohl Livio starke Zweifel hat, halte ich es sogar für möglich, dass er auch Maria ermordet hat.“

„Du phantasierst dir da was zusammen. Das würde doch bedeuten, dass er auch dich und die kleine Sofia im Theater überfallen hat. Das macht überhaupt keinen Sinn. Warum sollte er dich und das Mädchen umbringen wollen?“

„Weil er fürchtet, dass wir ihn durchschaut haben.“

„Er konnte unmöglich wissen, dass ihr beide in den Nebenräumen des Theaters herumschleicht. Normalerweise wärst du doch zwischen Livio und mir im Parkett gesessen.“ Ich musste zugeben, dass sein Argument logisch klang.

„Vielleicht hatte er es nur auf Sofia abgesehen? Es wäre doch gut möglich, dass mir die Kleine ins Theater gefolgt ist, sich versteckt und auf eine Gelegenheit gewartet hat, mich allein zu erwischen. Wer weiß, wie lange er schon ein Auge auf sie hatte. Und als er mich gesehen hat, ist er in Panik geraten. Bestimmt hat er geglaubt, ich hätte ihm nachspioniert. Könnte es nicht so gewesen sein?“

„Carla hat doch gesagt, dass sie ihn zufällig vor dem Theater getroffen hat.“

„Carla sagt, Carla behauptet ... Deine liebe Cousine lügt, und zwar ziemlich gut. Vergiss nicht, dass sie Schauspielerin ist!“

„Willst du damit etwa sagen, dass Francesco und sie gemeinsame Sache gemacht haben?“

„Nein. Aber sie hat mir sicher nicht alles erzählt. Francesco könnte zum Beispiel als Statist in der Aufführung mitgewirkt haben. Ich nehme an, er und Carla sind mit vielen Theaterleuten befreundet.“

„Bitte, Katharina, ich kann nicht mehr.“ Orlandos Stimme klang resigniert und traurig.

Ich gab keine Ruhe. Sofias und Ceciles Leben stand auf dem Spiel. „Ich halte nicht nur Carla, sondern auch Francesco für einen notorischen Lügner. Außerdem hatte er ja höchstwahrscheinlich bereits einen Toten am Gewissen ...“

Orlando verbarg das Gesicht in seinen Händen und begann zu weinen.

„Hör sofort auf zu heulen“, herrschte ich ihn an. „Hast du etwa gar Mitleid mit diesem Schwein? Denk an die kleinen Mädchen. Womöglich hat er sie zur Prostitution gezwungen!“

Plötzlich fiel mir ein, dass sich Francesco in Salvatores Wohnung versteckt haben könnte. „Was hast du inzwischen über diesen Salvatore Brentone in Erfahrung gebracht?“

„So gut wie nichts. Er ist Geschäftsmann und steht auf Francescos Bilder. Mehr weiß ich nicht.“

„Was macht er für Geschäfte?“

„Kunst- und Antiquitätenhandel.“

„Vielleicht steckt er mit Francesco unter einer Decke? Oder er ist gar der geheimnisvolle Unbekannte, den Sofia als den „Italiener“ bezeichnet? Ich bin mir mittlerweile ziemlich sicher, dass die Rumänen nichts mit dem Verkauf der Kinder an reiche alte Knacker zu tun haben. Die Kinderprostitution wird bestimmt von der italienischen Mafia organisiert.“ Ich hatte mich in Rage geredet. Bezweifelte selbst, dass ich Recht hatte mit meinem Verdacht. Als ekeligen Zuhälter, der mit kleinen Mädchen handelte, konnte ich mir den kultivierten Francesco beim besten Willen nicht vorstellen. Und wenn ich ehrlich zu mir selbst war, traute ich ihm auch nicht zu, Maria mitten auf der Piazza della Signoria brutal niederzustechen. Meine Phantasie war tatsächlich wieder einmal mit mir durchgegangen.

„Vielleicht hat ja auch irgendein Psychopath Maria umgebracht“, sagte Orlando.

„Unsinn! In Florenz rennt kein Irrer herum, der wahllos irgendwelche Leute auf der Piazza della Signoria abschlachtet.“

Die Polizei hatte sich bisher mit Meldungen an die Presse zurückgehalten. Livio hatte bestimmt richtig vermutet, als er meinte, sie wollten vermeiden, dass sich unter den Touristen Angst und Schrecken ausbreitete. Die meisten Medien hatten den Mord an Maria anfangs als klassische Sippenfehde unter Zigeunern dargestellt. An den nächsten Tagen hatten sie diesem grauenhaften Verbrechen nur mehr ein paar Zeilen im Regionalteil gewidmet. Hatten die Journalisten Recht? Verzweifelt suchte ich in meiner Handtasche nach einer Beruhigungszigarette.

„Bitte lass die Tschickerei. Mir ist ohnehin schon schlecht“, bat mich Orlando leise.

Auf dem Display meines Handys blinkte ein Kuvert. Ich hatte das Telefon nicht läuten gehört. Vielleicht sollte ich doch wieder ‚I Maschi‘ als Klingelton aktivieren? Ich hörte die Nachricht auf meiner Mailbox ab. Eine Kinderstimme hatte aufgeregt auf mein Band gesprochen: „Bitte komm sofort zum Motel Primavera!“

„Sofia“, schrie ich in den Apparat. Natürlich war sie nicht selbst am Telefon. Der Anruf war vor einer Viertelstunde eingegangen. „Komm. Wir müssen weg.“ Ich zerrte Orlando von seinem Stuhl hoch und rannte los.

„So kann ich nicht außer Haus gehen“, protestierte er. „Warte wenigstens, bis ich mich geschminkt habe.“

„Sofia braucht uns. Sie ist in Gefahr“, rief ich ihm vom Gang aus zu. Er folgte mir ohne weiteren Protest.

Wir hatten Glück und fanden an der nächsten Straßenecke ein Taxi mit einem Fahrer, der das Motel zu kennen schien. Als ich „Suzuki“ auf dem Armaturenbrett las, fiel mir ein, was ich vorhin im Gespräch mit Livio vergessen hatte: Maria hätte durchaus mit dem Suzuki nach Florenz fahren können. Vielleicht war sie Riccardo gefolgt? Aber warum hätte sie den Wagen in Livios Straße stehen lassen sollen? Und wie war sie aufs Landgut zurückgekommen? Wir hatten sie doch in der Nacht dort getroffen?

Ich verdrehte die Augen, schimpfte mich eine Idiotin. Sie hatte ja den Wagenschlüssel in Livios Metzgerei verloren oder liegengelassen. Zurück war sie dann eben mit dem Bus gefahren. Vor der Abzweigung zum Weingut der Pazzinis gab es eine Busstation. Das würde bedeuten, dass sie tatsächlich gewusst hatte, wer Riccardo umgebracht hatte. Ich musste unbedingt Sofia fragen, ob Maria am vergangenen Samstag für ein paar Stunden verschwunden gewesen war.

Die Fahrt zu dem Motel dauerte schier endlos. Wir hatten die Stadt längst hinter uns gelassen, fuhren jetzt auf einer schmalen Landstraße, parallel zur Autobahn, durch ein Industrieviertel. Das monotone Dröhnen der Motoren drang durch die offenen Fenster zu uns herein. Wir sprachen kein Wort miteinander, bis der Wagen vor einem rosa gestrichenen Eingangstor hielt, über dem ein riesiges Schild hing, auf dem „Primavera" stand. Ich warf dem Fahrer einen Zwanziger in den Schoß, sprang aus dem Wagen und schnauzte Orlando, der in seiner Börse nach Kleingeld suchte, an: „Beeil dich gefälligst!"

„Du hast ihm kein Trinkgeld gegeben", protestierte er.

„Scheiß drauf!"

Hinter dem Tor befand sich ein Motel in typisch amerikanischem Stil. Das längliche, einstöckige Gebäude in U-Form war ebenfalls frisch in Rosarot getüncht. Um die billige Bauweise zu verbergen, dachte ich. Weit und breit war keine Sofia zu sehen.

Wir liefen zur Rezeption, die sich in einem Durchgang zum dahinter liegenden Garten befand. Neben der Tür prangte ein Mosaik. Eine üble Kopie von Botticellis Meisterwerk. Die Nymphe, der die Blumen aus dem Mund fielen, sah aus, als würde sie kotzen.

Wir wollten gerade hineingehen, da entdeckte ich ein kleines Mädchen im Garten, das auf einem Sessel im Schatten eines Baumes saß. Sonst war auf dem ganzen Gelände niemand zu sehen. Der kleine Pool war verwaist, ebenso die schmutzigen Liegen.

„Sofia!", rief ich.

Die Kleine sprang auf und lief mir entgegen. Fiel mir buchstäblich in die Arme.

„Ich wusste, dass du kommen würdest", flüsterte sie mir ins Ohr. „Wir sind allein. Der Kapo und seine Leute wissen nicht, dass wir hier sind. Sie suchen uns in der Stadt.

Außerdem fürchte ich mich nicht mehr vor ihnen. Ich werde ihnen erzählen, dass der Italiener meine Freundinnen an böse Männer verkauft hat. Und ich werde ihnen auch sagen, dass ich weiß, wer meine Schwester erstochen hat."

„Hast du den Mord mitangesehen?", fragte ich entsetzt.

„Nein. Aber ich weiß, wer sie umgebracht hat. Dieser Italiener ist noch viel schlimmer als unser Kapo. Er muss sterben!"

Entsetzt sah ich ihr in die Augen. Sie wich meinem Blick nicht aus.

„Cecile ist da oben eingesperrt. Hilfst du mir, sie zu befreien? Einer von den bösen Männern ist auch oben." Sofia deutete auf ein Fenster mit heruntergelassenen Jalousien im ersten Stock.

Das ließ ich mir nicht zweimal sagen. „Du wartest auf uns", sagte ich. „Keine Widerrede! Ich hole Cecile, aber nur, wenn du brav hier stehenbleibst."

Orlando war bereits losgerannt. Als ich an der Blondine in der Rezeption vorbeistürmte, sah sie nicht einmal auf. Das Hochglanzjournal auf der Theke schien spannender zu sein als wir.

„Ist es hier?", fragte Orlando und deutete auf eine Tür mit der Nummer 7, als ich keuchend oben ankam.

„Es war das dritte Zimmer von links, vom Garten aus. Ja, ich glaube, das ist es." Ich hielt mein Ohr an die dünne Spannholztür. Vernahm aber kein Geräusch, außer dem Rauschen des Verkehrs auf der nahen Autostrada.

Ich klopfte. Drinnen rührte sich nichts. Ich klopfte stärker. Nichts.

Die Tür hatte ein Drehschloss. Ich nahm meine Kreditkarte aus dem Portemonnaie. Schob sie zwischen die Türritze und schon waren wir drinnen.

Ich würdigte das entzückende Himmelbett in sandfarbenen Tönen kaum eines Blickes. Nahm auch die schwarzen Ledersofas und die versilberten Stehlampen nur verschwommen wahr, sondern stürzte mich gleich auf Cecile, die zitternd auf dem großen Bett saß.

Das kleine Mädchen hatte weiße Strümpfe an, sonst war es nackt.

„Was haben Sie hier zu suchen?“, herrschte mich der große glatzköpfige Kerl an, der vor Cecile hockte.

Ich schnappte Cecile, riss das Klebeband von ihrem Mund, hob sie auf und ging mit ihr zur Tür. Sie war leicht wie eine Feder. Ihr leises Wimmern zerriss mir das Herz.

„Was bilden Sie sich ein?“, schrie der Glatzkopf.

„Rühren Sie sich nicht von der Stelle. Die Polizei wird gleich eintreffen“, sagte ich.

„Perverses Schwein“, fauchte Orlando und versetzte ihm einen Tritt in die Eier. Der Glatzkopf krümmte sich vor Schmerzen. Bevor er sich aufrappelte, schlug ihm Orlando die Stehlampe auf den Schädel. Er plumpste wie ein Mehlsack zu Boden.

Orlando fesselte ihn mit den Handschellen, die auf dem Tisch lagen, an den Heizkörper und klebte ihm den Mund mit demselben Klebeband zu, das zuvor Cecile die Luft geraubt hatte. Ich schenkte meinem mutigen Freund einen anerkennenden Blick.

Kaum hatten wir die Tür von außen ins Schloss fallen lassen, zog ich mein T-Shirt aus. Ich hatte darunter ein Top an. Cecile reichte mein Shirt bis zu den Knien. Ich half ihr, die Strümpfe auszuziehen, und wischte ihr mit einem Papiertaschentuch die Schminke vom Gesicht. Völlig apathisch ließ sie mich gewähren. In meinem T-Shirt sah sie wieder wie ein kleines Kind aus. Als ich sie auf die Arme nehmen wollte, zuckte sie jedoch ängstlich zusammen.

Orlando und ich huschten mit Cecile in unserer Mitte an der Rezeptionistin vorbeiging. Erstaunt sah die Blonde von ihrem Klatschmagazin hoch.

„Schauen Sie sich lieber weiter die hübschen Bildchen an, bald werden Sie keine Zeit mehr dafür haben. Die Polizei wird gleich hier sein“, zischte ich sie an. Ihr grellrot geschminkter Mund stand noch offen, als wir dieses rosarote Etablissement verließen.

Sofia stürzte sich draußen sofort auf uns. Nahm Cecile in die Arme, streichelte zärtlich ihren Rücken und redete leise auf sie ein.

„Wir fahren jetzt zur Polizei“, sagte ich zu Sofia.

„Neeein“, kreischte sie. „Bitte bringt uns einfach nur von hier weg. Ich sag dir, wo wir aussteigen.“

Cecile wirkte wie in Trance. Ich vermutete, dass sie unter Drogen stand. Sofia redete dafür umso mehr.

Orlando, der mit der Polizei ebenfalls lieber nichts zu tun haben wollte, schlug vor, dass wir zuerst einmal in den Palazzo Pazzini fahren sollten. Sofia lehnte auch diesen Vorschlag energisch ab. Der Gedanke, die beiden in den Palazzo Pazzini mitzunehmen, behagte mir ebenfalls nicht. Befürchtete ich doch, dass sie dort nicht in Sicherheit wären. Sowohl diese rumänischen Kriminellen als auch die Mafia, oder wer auch immer für diese grauenhafte Kinderprostitution verantwortlich war, wusste mittlerweile sicher, wo wir wohnten.

„Ich kann Cecile in diesem Zustand nicht allein lassen. Sie muss in ein Krankenhaus“, sagte ich.

„Ich kümmere mich um sie“, sagte Sofia mit fester Stimme.

„Trotzdem müssen wir die Polizei informieren. Sie haben nicht nur Cecile wehgetan, auch die anderen Mädchen sind in großer Gefahr.“

„Neeein“, schrie die Kleine. „Die sperren uns ein! Lass uns einfach irgendwo in der Stadt aussteigen. Wir kommen besser allein zurecht. Ich habe dir gesagt, dass ich dem Kapo alles erzählen werde. Und dann wird der Italiener nicht mehr lange leben.“ Sie schaute so finster drein, dass ich mich fast vor ihr fürchtete. Wen meinte sie bloß mit dem Italiener?

„Wie sieht denn dieser Italiener aus?“, fragte ich.

„Er ist riesengroß und sehr stark". Diese Beschreibung passte, außer auf den Glatzkopf, den Orlando an den Heizkörper gebunden hatte, nur auf Livio. Francesco war weder besonders groß noch kräftig gebaut. Und Salvatore Brentone hatte ich ebenfalls als mittelgroß und schlank in Erinnerung. Andererseits musste der kleinen zarten Sofia fast jeder Mann groß und stark vorkommen. Ich hatte mich mein Leben lang immer in die falschen Männer verliebt. Auf meinen Geschmack, was Männer betraf, konnte ich mich nicht verlassen. Nein, stimmt nicht, mein erster Liebhaber war ein wunderbarer Mensch gewesen. Ein Rom namens Tony. Aber danach war es nur mehr bergab gegangen. Keiner hatte ihm das Wasser reichen können. War ich nun wieder einmal auf ein Arschloch hereingefallen?

Mir blieb nichts anderes übrig, als Sofia zu vertrauen, wenn ich sie nicht mit Gewalt in ein Spital oder zur Polizei bringen wollte. Und Gewalt war den beiden Mädchen schon mehr als genug angetan worden. Vor allem Cecile. Ich bat Sofia inständig, mit uns in ein Hotel zu gehen.

„Das ist viel zu gefährlich. Wir können nicht bei euch bleiben. Ihr seid zu auffällig. Glaub mir, nicht nur die Rumänen beobachten euch."

Obwohl ich schwere Bedenken hatte, sie allein zu lassen, sah ich ein, dass sie Recht hatte. Unsere Gesellschaft bot ihnen nicht genügend Schutz.

„Wir können bei einer alten Romni untertauchen. Ich habe schon einmal bei ihr übernachtet", sagte sie.

Ich war mir nicht sicher, ob ich ihr glauben konnte.

„Wo wohnt sie?"

„Beim Bahnhof", sagte Sofia. „Aber jetzt hör auf zu fragen, wenn du uns wirklich helfen willst."

Meinte sie diese Giorgina, von der mir Maria und die Roma im Lager erzählt hatten? War das nicht die alte Hexe, die die Mädchen mit ihrer obskuren Zauberei einschüchterte? Ich beschloss, die Kinder keinesfalls zu dieser Frau gehen zu lassen.

Orlando rief mit seinem Handy ein Taxi, während ich die Nummer der Polizei wählte. Sofia trommelte mit ihren kleinen Fäusten auf mich ein, als sie kapierte, was ich vorhatte.

„Sei still. Ich liefere euch nicht der Polizei aus. Ich sag ihnen nur, dass sie den bösen Mann, der Cecile wehgetan hat, hier abholen sollen. Okay?"

Ihr misstrauischer Blick wich erst, als sich das Taxi näherte. Der Chauffeur war ein junger Nordafrikaner. Er schien sich über seine seltsamen Fahrgäste nicht zu wundern, stellte keine lästigen Fragen und quatschte uns nicht die Ohren mit seiner Lebensgeschichte voll.

Während der Fahrt sprachen wir kaum miteinander. Ich schärfte jedoch Sofia noch einmal auf Romanes ein, dass Cecile womöglich einen Arzt brauchen würde.

„Die Alte kennt sich aus. Sie ist eine von uns", sagte sie knapp.

Als die Stazione di Santa Maria Novella in Sicht kam, deutete Sofia mir, hier aussteigen zu wollen.

„Ihr bleibt bei uns", sagte ich. „Vertrau mir. Ich schwöre dir, ich bringe euch in Sicherheit." Zwar hatte ich keine Idee, wie ich das anstellen würde, aber ich konnte die beiden unmöglich allein lassen. Cecile war in einer schlimmen Verfassung. Sie stank nach Alkohol. Wahrscheinlich hatte dieses Schwein sie nicht nur mit Drogen vollgepumpt, sondern auch gezwungen, Schnaps zu trinken.

Sofia sah mich böse an.

„Erinnerst du dich, ob Maria letzten Samstag den ganzen Tag bei euch war?", fragte ich sie nach einer Weile.

„Ich glaube, sie hat in der Stadt gearbeitet und ist erst am Abend mit dem Bus zurückgekommen. Warum fragst du?"

„Ist sie mit dem alten Auto nach Florenz gefahren?"

Sofia nickte.

Hatte ich es mir doch gedacht! Maria hatte tatsächlich die Ermordung Riccardos mitangesehen.

Als wir uns der Piazza della Repubblica näherten, bat ich den Taxifahrer anzuhalten.

„Jetzt trinken wir erst einmal was“, sagte ich und zwinkerte Orlando zu.

Wir setzten uns mit den Mädchen in das erstbeste Straßencafé. Ich bestellte für uns alle Orangensaft und ging auf die Toilette.

Als ich zurückkam, saß Orlando allein an unserem Tisch.

„Wo sind sie?“, herrschte ich ihn an.

„Sie mussten auch aufs Klo.“

„Idiot“, schrie ich, warf einen Zwanziger auf den Tisch und rannte los.

Auf dem großen Platz wimmelte es nur so von Kindern. Unschlüssig wartete ich auf Orlando, der graziös auf seinen High Heels über das Kopfsteinpflaster tänzelte.

„Ich bilde mir ein, ich habe sie drüben beim Kaufhaus gesehen“, sagte er.

„Du bist das Letzte! Auf dich ist kein Verlass! Wie konntest du sie nur aus den Augen lassen?“ Stinksauer stürmte ich hinüber in das moderne Einkaufszentrum, rempelte vom Kaufrausch besessene junge und ältere Damen an, stieß sogar unabsichtlich eine alte Frau nieder.

Plötzlich schlang sich ein Arm um meinen Hals. Ich erschrak und begann zu schreien. Eine sonore Männerstimme forderte mich auf, den Mund zu halten.

Als ich kapierte, dass ich einem Kaufhausdetektiv in die Hände gefallen war, beruhigte ich mich. Leider war der Typ für meine Erklärungen nicht zugänglich. Weder war er bereit, sich an der Suche nach den beiden Mädchen zu beteiligen, noch ließ er mich allein weiter nach ihnen suchen. Stattdessen erteilte er mir Hausverbot.

Orlando war mittlerweile ebenfalls eingetroffen. Mit ernster Miene und in arrogantem Ton sagte er in seinem besten Italienisch zu dem Mann, der mich nach wie vor festhielt: „Die beiden Zigeunermädchen sind raffinierte Diebinnen. Ich würde Ihnen raten, nach ihnen Ausschau zu halten, bevor sie den Laden auf den Kopf stellen."

Nach einigem Zögern gab der Detektiv die Suchmeldung per Handy weiter.

„Gut gemacht", lobte ich Orlando, als wir vor dem Eingang Stellung bezogen. Doch wir warteten umsonst. Inzwischen war eine gute halbe Stunde vergangen. Sofia und Cecile waren bestimmt längst bei dieser alten Romni.

„Ich glaube, wir sollten mit Carla ein ernstes Wort reden", sagte ich. „Ruf du sie an."

Sie hob nicht ab. Orlando versuchte auch Francesco zu erreichen. Es kam nur seine Sprachbox.

Frustriert machten wir uns zu Fuß auf den Weg zum Palazzo Pazzini. Orlando hängte sich bei mir ein. Wir nahmen einen kleinen Umweg, mieden die großen Plätze und schlenderten durch enge, dunkle Gassen.

Lautes Motorengeräusch ließ mich plötzlich zusammenfahren. Ich drehte mich um. Ein großer weißer Kleinbus schoss auf uns zu. Er war nur mehr wenige Meter entfernt. Verlangsamte aber nicht sein Tempo. Ich zwängte mich in einen Hauseingang. Riss Orlando in letzter Sekunde mit mir. Die Motorhaube des Wagens erwischte ihn an der Seite. Er stieß einen Schrei aus. Taumelte. Fiel zum Glück in meine Arme. Ich drückte ihn an mich. Der Wagen bremste scharf ab.

„Lauf", schrie ich.

Wir rannten so schnell wir konnten zurück. Erreichten die nächste Quergasse, bevor uns der Wagen, der nun im Rückwärtsgang auf uns zuraste, abschießen konnte. Eine kleine Pizzeria am Ende der Gasse hatte geöffnet. Ein alter Mann mit weißer Schürze stand vor der Tür. Am liebsten hätte ich ihn umarmt. Völlig außer Atem bestellten wir zwei Grappa. Der Alte schaute uns misstrauisch an, als wir ihm zuprosteten. Ich sah meine Angst und mein Entsetzen in Orlandos Augen.

„Wir haben echt Schwein gehabt“, versuchte ich zu scherzen.

„Hast du den Fahrer erkannt?“

„Nein. Aber ich habe das völlig verdreckte Kennzeichen gesehen. Es war kein italienisches.“

„Sie hatten es eindeutig auf uns abgesehen.“

„Natürlich. Oder glaubst du, dass uns zufällig irgendein Wahnsinniger überfahren wollte? Wir sind denen im Weg. Ich glaube, dass sie uns nur einen Schrecken einjagen wollten. Um uns zu beseitigen, hätten ein paar Messerstiche genügt. Lass uns aber jetzt lieber ein Taxi bestellen. Ich habe keine Lust, heute noch einmal von einem Kleinbus attackiert zu werden.“

Eine Viertelstunde später setzte uns der Taxifahrer vor dem Palazzo Pazzini ab. Als wir die Treppe hochgingen, kam Carla aus ihrem Zimmer. Sie schien auf uns gewartet zu haben.

Aufgeregt bat sie uns, mit ihr ins Spital zu fahren und ihre Mutter abzuholen. Wir hatten keine Chance, ihr von unseren Verfolgern oder gar von den verschwundenen kleinen Mädchen zu erzählen. Sie redete wie ein Wasserfall: „Aurora bleibt mir keine Nacht länger dort. Sie hat gedroht, im Negligé heimzuspazieren, wenn ich sie nicht sofort abhole. Der Entzug macht sie fertig. Angeblich hat ihr die Ärztin die Ginflasche weggenommen, die ich für sie reingeschmuggelt habe. Außerdem beklagte sie sich, dass lauter Irre auf ihrer Station herumrennen. Sie hält das Geschrei in der Nacht nicht länger aus. Ich vermute aber, es ist vor allem wegen des Alkoholentzugs ...“

Orlando war sofort bereit mitzukommen. Hatte er etwa gar Mitleid mit seiner alkoholkranken Tante?

„Ist schon gut. Wir holen sie gemeinsam ab“, sagte ich zögernd. Auroras Probleme interessierten mich zwar nicht, da ich aber für Sofia und Cecile momentan nichts tun konnte, fuhr ich mit ins Spital.

Ich schärfte Orlando ein, den Mund zu halten, und schwieg selbst während der ganzen Fahrt. Carla beklagte sich unentwegt über ihre unmögliche Mutter. Ich ließ sie reden. Mittlerweile fand ich es klüger, Carla nicht über die letzten Ereignisse zu informieren. Solange ich mir nicht sicher sein konnte, dass keines der männlichen Mitglieder dieser Familie in diese ekelhafte Prostitutionsgeschichte verwickelt war, sagte ich ihr lieber nichts.

Aurora empfing uns, angezogen und geschminkt, mit lautstarken Vorwürfen: „Keiner kümmert sich um mich. Am liebsten würdet ihr mich hier vor die Hunde gehen lassen."

„Aber Mama, ich bin doch sofort gekommen ...", sagte Carla leise.

„Sofort nennst du das? Ich habe dich vor zwei Stunden angerufen!"

„Verzeih, Mama. Ich musste auf Orlando und Katharina warten. Sie hatten keinen Schlüssel mit ..."

„Blablabla ..., pack lieber meine Sachen zusammen. Ich will hier weg. Und zwar gleich."

Obwohl ich seit meinem letzten Gespräch mit Carla nicht gut auf sie zu sprechen war, hatte ich Mitleid mit ihr, als sie die im ganzen Zimmer verstreuten Kleidungsstücke und Kosmetika ihrer Mutter in den Koffer packte. Den Hang zur Schlamperei hatte Carla offensichtlich von ihrer Frau Mama geerbt.

Kaum hatten wir das Krankenhaus verlassen, verlangte Aurora nach einem Drink. Wir kehrten in einer Bar unweit des Hospitals ein. Aus einem Drink wurden mehrere. Die Stimmung war am Nullpunkt angelangt. Orlando schwieg die ganze Zeit, was ihn bestimmt ungeheure Kraft kostete. Carla und ich bemühten uns vergeblich, eine Art höfliche Kommunikation aufrechtzuerhalten .

Als Aurora ihren vierten Gin Tonic bestellte, wagte ich es, auf meine Armbanduhr zu sehen.

„Haben Sie es eilig?", fauchte sie mich an.

„Ich bin müde. Hatte einen harten Tag", sagte ich.

„Wer hatte den nicht? Glauben Sie, es ist ein Vergnügen, mit all diesen Idioten tagelang eingesperrt zu sein?"

„Sie sind freiwillig ins Krankenhaus gegangen, soviel ich weiß."

Ihr hysterisches Gelächter hallte durch den hohen Raum. Die anderen Gäste schenkten uns pikierte Blicke.

„Wo ist Francesco?", fragte sie plötzlich und starrte Orlando böse an.

„Fragen Sie Carla", murmelte er.

„Ich weiß, dass du dich von ihm vögeln lässt, du kleines Luder", schrie sie ihre Tochter an.

Carla erblasste und stieß mit einer heftigen Handbewegung Auroras Glas um. „Du hast für heute genug getrunken, Mama", sagte sie scharf.

Ich machte dem Drama ein Ende, indem ich die Rechnung verlangte und sie auch bezahlte. „Ich gehe jetzt", sagte ich. „Orlando, kommst du mit?"

Er nickte und sagte dann leise zu seiner Tante: „Wir gehen alle nach Hause."

Zu meiner Überraschung hörte sie auf ihn.

*Er hat keine Glocke gehört. Doch er spürt, dass er nicht mehr allein ist. Eine verdammt blöde Idee, hierherzukommen. Aber er muss das Heft holen, bevor jemand anderer es entdeckt. Das Versteck im Schlafzimmer scheint ihm nicht mehr sicher genug. Diese Hexe schnüffelt bestimmt überall herum. Sie hat es noch nicht gefunden, davon hat er sich vorgestern überzeugt. Aber seit dieses Miststück aus Österreich hier aufgetaucht ist, geht alles schief. Sie ist unberechenbar, wenn nicht gar gefährlich. Er verflucht sich, dass er sie im Teatro della Pergola entkommen hat lassen. Nicht einmal die widerspenstige Kleine ist er losgeworden. Dieses Zigeunerpack ist verdammt zäh. Wenigstens hat er ihre hässliche Schwester zum Schweigen gebracht. Die dumme Kuh hat geglaubt, ihn erpressen zu können. Sie ist total verknallt gewesen in den hübschen Riccardo, ist ihm ständig hinterhergerannt und ihm anscheinend sogar mit dem alten Suzuki bis in die Stadt gefolgt.*

*Ausnahmsweise hat Carla mal funktioniert. Er hat ihr eine SMS geschickt. Sie gebeten, ihn hinaus aufs Land zu fahren. Brav und devot hat sie vor dem Theater auf ihn gewartet.*

*Die alte Holztreppe, die in den zweiten Stock des Palazzo hinaufführt, knarrt verräterisch, als er nach oben schleicht. Er spürt förmlich die Nähe dieser primitiven Kerle, bildet sich ein, sie zu riechen. Knoblauch? Zwiebel? Vorurteile, denkt er. Dieser Gedanke beruhigt ihn. Aber nur kurz. Denn auf einmal bildet er sich ein, flüsternde Stimmen zu hören.*

*Schritte nähern sich. Sein Hirn rattert mögliche Fluchtwege herunter. Er könnte sich in einem der Gästezimmer verstecken. Oder mit dem Handy um Hilfe rufen? Wen? Die Polizei?*

*Er beginnt zu rennen, die Stiegen hinauf in den dritten Stock. Einen Augenblick herrscht Stille. Dann Schritte. Schnelle Schritte. Hinter ihm. Er ist an der Tür zur Wohnung des Alten angelangt, als ihn ein harter Schlag im Rücken trifft. Kurz darauf spürt er eine Hand an seinem Nacken. Sein Kopf wird nach hinten gerissen. Muskulöse Arme packen ihn und drücken ihn an die Wand. Er wehrt sich. Der Griff wird noch fester. Er tritt nach hinten aus, trifft ein Schienbein. Ein Schrei. Ein zweiter Schlag trifft ihn an der Schläfe. Sekunden später knallt sein Kopf an die Mauer. Er sieht Sterne flimmern, bevor alles schwarz wird. Mit rudernden Armen fällt er rückwärts. Wird aufgefangen. Riecht den Schweiß des anderen. Mit hämmerndem Herzen und brennender Lunge liegt er auf den Stufen. Ein Knie drückt ihm schwer auf den Magen. Ihm wird schlecht. Er muss sich übergeben.*

*Grobe Hände packen ihn, schleifen seinen Körper die Stiegen hinunter zur Galerie. Sein Blick fällt auf ein Seil, das um den Kronleuchter geschlungen worden ist. Er will schreien. In diesem Moment schlingt sich das andere Ende des Seiles um seinen Hals. Ersticktes Röcheln dringt aus seinem Mund. Die Schlinge um seinen Hals wird enger und enger. Er versucht, Luft zu holen. Wie durch einen Nebel vernimmt er eine blecherne Stimme. Er versteht kein Wort. Das Dröhnen in seinen Ohren wird stärker. Er spürt ein merkwürdiges Beben unter der Zunge. Die Umrisse eines großen, kräftigen Mannes verschwimmen vor seinen Augen. Werden zu Schatten. Nichts als Schatten ... Den Mund zum Schrei geöffnet, stürzt er in die Tiefe. Sein allerletzter Gedanke: Altum silentium.*

## 23.

Als uns der Taxifahrer vor dem Palazzo Pazzini absetzte, half Carla ihrer Mutter, die vorne auf dem Beifahrersitz gesessen hatte, aus dem Wagen, nahm ihren Arm und führte sie zum Tor. Aurora schwankte bedenklich, konnte nicht mehr aufrecht stehen.

Carla steckte den Schlüssel ins Schloss des Eingangstores. „Ich habe vergessen abzuschließen“, sagte sie schuldbewusst.

„Auf dich ist eben kein Verlass“, schimpfte ihre Mutter.

Es dauerte keine zehn Sekunden, bis ein Schrei ertönte, der mein Herz fast zum Stillstand brachte. Als Aurora in das hysterische Kreischen ihrer Tochter mit einfiel, schob ich die beiden Frauen beiseite und warf selbst einen Blick in die Halle.

Ich erstarrte. Am liebsten hätte ich ebenfalls lauthals geschrien. Francesco baumelte von dem riesigen Kronleuchter. Sein Körper erstrahlte blassgrün im diffusen Licht des Treppenaufgangs.

Orlando, der knapp hinter mir stand, warf sich schluchzend an meine Brust. Ich wusste nicht, um wen ich mich zuerst kümmern sollte.

Verzweifelt drehte ich mich um. Auf der anderen Straßenseite hockte ein kleines Mädchen zwischen zwei Müllcontainern.

„Sofia?“ rief ich.

Das Mädchen sprang auf und eilte davon. An der nächsten Ecke blieb sie direkt unter einer Straßenlaterne stehen. Drehte sich um, griff nach dem Beutel um ihren Hals und schwenkte ihn hin und her. Dann machte sie eine eindeutige Bewegung mit den zwei Fingern ihrer rechten Hand. Ich wusste, was diese Geste bedeutete: Verflucht in alle Ewigkeit!

## Epilog

Zwei Wochen später. Es war kurz vor Mitternacht. Ich war allein zuhause und wollte gerade zu Bett gehen, als „I Maschi“ auf meinem Handy erklang.

Livio Francchetti. Mir verschlug es die Sprache.

„Katharina, bist du es?“, fragte er schüchtern.

Mein „Ja“ klang ebenfalls etwas unsicher.

„Ich wollte dir nur sagen, dass tatsächlich Francesco Riccardo umgebracht hat. Die Polizei hat seine Fingerabdrücke sowohl auf dem Fleischerhaken als auch auf den Kacheln des Kühlraums gefunden. Carla hat ausgesagt, dass ihr Bruder Francesco um seinen Anteil bei dem Handel mit gefälschten Parfüms betrogen hat. Francesco hat ihr das bei ihrem Streit kurz vor seinem Tod verraten.“

„Das hat sie mir verschwiegen“, sagte ich.

„Francesco dürfte auch Maria ermordet haben. Sie hat ihn vermutlich erpresst.“

„Das habe ich mir gedacht“, unterbrach ich ihn. „Sie ist damals Riccardo mit dem alten Suzuki gefolgt und hat den Kampf in deinem Kühlhaus mitangesehen.“

„Die Polizei hat übrigens auch Salvatore Brentone festgenommen. Er hat gemeinsam mit Francesco die kleinen Mädchen zur Prostitution gezwungen. Salvatore dürfte aber nur ein kleines Licht in der Mafia sein. Sie haben ihm zwar einen prominenten Anwalt verschafft, aber er wird hinter Gitter wandern, genauso wie diese rumänischen Schlepper. Anscheinend sind die Rumänen von Francesco und Salvatore ausgetrickst worden. Sie haben geglaubt, dass ihre ..., ihre Mädchen abgehauen wären“, stammelte er.

„Ihre Mädchen?“, fragte ich empört.

„Verzeih, ich meine natürlich die kleinen Romni ... Rumäninnen.“

Bevor er sich völlig verhedderte, sagte ich: „Ich verstehe. Und wer hat mich in der Kirche bedroht?"

„Salvatore. Aber er hat behauptet, dass er dich nur vor den rumänischen Schleppern hat warnen wollen."

„Und wer hat Francesco umgebracht? Oder glaubt mein lieber Commissario, dass es Selbstmord war?"

„Nein. Sie haben Radu und seine Männer verhaftet. Er wird des Mordes an Francesco angeklagt werden. Bestimmt hatte er Helfer. Bis jetzt hat aber keiner der Rumänen gestanden. Das sind harte Burschen."

„Und wo sind die Mädchen?"

„Spurlos verschwunden. Eigentlich ist das sogar eine gute Nachricht. Wenigstens wurden sie nicht abgeschoben."

„Sehr beruhigend", murmelte ich zynisch. „Du musst sie finden", sagte ich dann laut und energisch, „sonst landen sie wieder auf der Straße oder in den Händen von irgendwelchen anderen Schweinen."

„Ich tue mein Bestes. Bisher habe ich nicht einmal diese alte Romni, die angeblich beim Bahnhof wohnt, ausfindig machen können."

„Hast du den Bullen von ihr erzählt?"

„Selbstverständlich. Aber sie haben die Alte auch nicht gefunden."

„Wundert mich nicht", sagte ich.

„Carla und Aurora hatten mit der Zwangsprostitution nichts zu tun. Sie waren total entsetzt, als sie erfuhren, dass ihr geliebter Francesco sowohl Riccardo als auch das Zigeunermädchen umgebracht und, gemeinsam mit Salvatore, den Zuhälter gespielt hat."

„Reine Unschuldslämmer, ich weiß", sagte ich auf Deutsch.

„Was hast du gesagt? Ich habe dich nicht verstanden."

„Ich habe nur laut gedacht. Was ist mit dem Kerl, den wir in dem Motel gestellt haben?"

„Diesen Perversen haben sie, dank euch, ebenfalls erwischt. Er bekommt sicher eine Gefängnisstrafe."

„Das will ich schwer hoffen. Und Orlandos verstorbener Vater? War er auch in diese schmutzigen Geschäfte involviert?"

„Nein. Das Heft, das du gefunden hast, gehörte Riccardo."

„Aber die altmodische Schrift?"

„Riccardo hat von klein auf die Schrift seines Vaters imitiert. Er hat schon in der Schule so schnörkelig geschrieben."

Ich fühlte mich erleichtert und hätte am liebsten sofort Orlando angerufen.

„Der Commissario will dich und Orlando noch einmal befragen", fuhr Livio fort. „Ihr seid wichtige Zeugen, nicht nur im Fall des Mordversuches an Sofia und dir im Teatro della Pergola, sondern auch in der Betrugsaffäre. Aurora und Carla werden übrigens wegen Mitwisserschaft, was den Betrug mit gefälschten Parfüms und die Schwarzarbeit betrifft, angeklagt werden."

„Geschieht ihnen ganz recht", sagte ich unbarmherzig.

„Nachdem es um Mord geht, zählen ihre Vergehen nicht zur ‚fregatura'."

„Was soll das heißen?"

„Normalerweise werden bei uns nicht ganz legale Unternehmungen, die aber nicht wirklich kriminell sind, geduldet. Das gehört einfach zum italienischen Lebensstil. Wie sollten wir armen Italiener sonst überleben?", versuchte er zu scherzen.

Wir schwiegen beide eine Weile. Dann sagte er hastig und mit zitternder Stimme: „Ich träume seit deiner Abreise von dir. Es sind schreckliche Träume. Richtige Albträume. Manchmal steht dein schönes rotes Haar in Flammen oder dein wundervoller Körper löst sich in winzige Teilchen auf und du entschwindest in die Atmosphäre. Ich würde mich gern davon überzeugen, dass es dich überhaupt noch gibt.

Wenn du nicht bald wieder nach Florenz kommst, würde ich dich im Herbst gern einmal in Wien besuchen.“

Ich überlegte lange, bevor ich antwortete.